在 路 上

周崇贤　王海军　著

天 地 出 版 社　TIANDI PRESS

图书在版编目（CIP）数据

在路上 / 周崇贤，王海军著. —成都：天地出版
社，2017.10
　ISBN 978-7-5455-3186-2

　Ⅰ.①在… Ⅱ.①周… ②王… Ⅲ.①长篇小说-中
国-当代 Ⅳ.①I247.5

　中国版本图书馆 CIP 数据核字（2017）第 231703 号

ZAI LUSHANG

在 路 上

周崇贤　王海军　著

出 品 人	杨　政
责任编辑	蔡龙英
封面设计	景秀文化
内文制作	景秀文化
责任印制	田东洋
出版发行	天地出版社
	（成都市槐树街2号　邮政编码:610031）
网　　址	http://www.tiandiph.com
	http://www.天地出版社.com
电子邮箱	tiandicbs@vip.163.com
印　　刷	成都市天金浩印务有限公司
版　　次	2017 年 10 月第一版
印　　次	2020 年 7 月第二次印刷
成品尺寸	145mm×210mm　　1/32
印　　张	8.25
字　　数	200 千字
定　　价	35.00 元
书　　号	ISBN 978-7-5455-3186-2

版权所有◆违者必究

咨询电话:(028)87734639(总编室)

目　录

引 子

我们从这里走进黄沙镇的历史。

公元前某一年的秋天，那条人称秦始皇的汉子，在他想象中的南方打马狂奔。一统天下，是汉子的梦想。为此他东奔西跑，南征北战。当岭南新鲜的荔枝、龙眼以及橘子呈上龙桌时，汉子无意中瞟了一眼风起云涌的天空。关于南方的图景，在汉子炯炯有神的眼睛里长久定格。其时是公元前 214 年——秦始皇三十三年。

统一岭南的艰辛令秦始皇仰天长啸。征服南蛮的成就感，暂时麻醉了他无边无际的野心。当南海郡、桂林郡、象郡这些南蛮之地，在他天子至尊的御诏中昭示于天下时，拥着美女呼呼大睡的秦始皇，梦见两个手执长剑、闻鸡起舞的好汉。秦始皇盯着好汉手中那柄铿然作响的长剑，感到一种隐约而有力的威胁。他喝令好汉放下长剑的声音，只是招来好汉轻蔑的一瞥。秦始皇仿佛看到了自己当年的影子。

秦始皇浑身发冷，他猛地扯出身后的美女，推向好汉。他希望好汉会因美女的迷人而长剑落地，然后，他将毫不犹豫地杀死好汉。可是，面对美女的好汉不屑地笑了，那种笑像一柄长剑，锋利无比，深深地刺痛了秦始皇的心。

"你是谁，你要干什么？"一代枭雄秦始皇惊惶地问。

好汉收剑入鞘，说："我要你后脑勺上的一根头发。"

陡然惊醒的秦始皇，自然而然地想到了，后脑勺上的那根头发，或者就是骁将赵佗攻克的南蛮之地。虽是紧急之时，但他仍舍不得那一根头发。他一边擦拭着额头的冷汗，一边下令追杀梦中的好汉。然而直到造秦俑入秦陵，好汉仍然无影无踪。被好汉困扰一生的秦始皇一声长叹，永远地闭上了他血光四射的双眼。

秦始皇三十三年之后的某一年，秦氏天下遭遇好汉陈胜和吴广的挑战，日落西山苟延残喘已成定局。一个名叫赵佗的汉子，当机立断，兼并南海、桂林、象三郡，建立南越国。

南越王赵佗无法得知，秦始皇曾经与陈胜、吴广在梦中相逢。建国称王那天，他于无意之中，看见空中一条光影犹如大江，波涛汹涌，黄沙弥漫。眨眼之间，黄沙呈旋转之势聚拢，终落地成岛。任洪水滔天浊浪排空，几经沉浮，岛自岿然不动。赵佗拍案称奇。

然赵佗未加深究，历史因此得以自然发展。

秦亡汉兴。公元前 111 年，西汉王室下了一道令，伏波将军路博德率军出桂阳下湟水，楼船将军杨仆率大军出豫章下浈水，会师番禺（今广州），直逼南越国。

兵临城下，南越王建德吓得六神无主，浑身发软。丞相吕嘉伏地背起主公建德在城池之中四处奔走，激励守城将士誓死护城。然大势已去，任何努力均无济于事。城门轰然洞开，汉兵大举入侵，吕嘉双眼血红，披头散发，背着主公建德冲向敌阵，身后子弟兵目睹主人在重兵之中长发飘飘健步如飞的场景，士气大振，齐声呐喊，冲将上去。刹那间天昏地暗，飞沙走石，地动山摇，汉兵阵脚大乱。吕嘉血染战袍，背着主公建德率数百子弟兵冲出西门，突围而去。

　　然而吕嘉无法不面对南越气数已尽之现实，在夺路而逃的途中，他擅自做主，将主公建德宫眷抛落江中，再命亲兵弃械化装，以难民之态沿江而下，护送王眷。

　　吕嘉、建德终为汉兵所擒，已是不争的历史。只说那沿江漂流的宫眷被吕嘉下令抛入江中，惊恐之下，哭骂不止。吕嘉双膝跪地，泪如雨下。霎时，江水暴涨，恶浪滔天，宫眷以及她们的哭骂尽被洪水席卷而去。岸上，吕嘉亲兵发足狂奔，追随而下，一连数日。亲兵疲惫至极，步履蹒跚。此时洪水已退，有人抬头，忽见一岛，岛上黄沙遍地，所有落水宫眷，业已漂流至此。因不知此地何名，遂取名黄沙。

　　据传，黄沙镇之吴氏家族，乃南越建德王之后，因南越江山不再，又怕汉兵斩草除根，便从此与黄沙相守，隐姓埋名。偶有外乡人涉足黄沙境内，问及主人之姓，均被告知姓无。外乡人不知内情，以为姓吴，就此逐渐传开，黄沙吴遂成一方大姓。

　　历史的脚步不可阻挡，时代的车轮滚滚向前。沧海桑田，星移斗转。放眼黄沙，又一大姓与吴姓逐日比肩，此姓为苏。翻开苏氏族谱，我们赫然看见袅娜柔美的苏妃，从南宋度宗金碧辉煌、荒淫无耻的寝宫中跟跄而出。史载，苏妃为度宗之贵妃。后宫深似海，能跻身贵妃者寥寥，古往今来，有多少女子梦想入宫为妃一人得道鸡犬升天而不得？又有多少洒泪后宫寂寞一生幽怨一生终无缘得皇上"惠施雨露"郁郁而终的妃子？贵妃的得宠与显赫，又令多少后宫女子梦寐以求？苏贵妃却逃离了身为贵妃的荣华富贵，这在历史上是极少见的，差不多空前绝后。苏贵妃因此受到黎民百姓旷日持久的尊敬和推崇。

　　关于苏妃的传说很多，黄沙苏氏先祖之说只是其中一种。透过黄沙苏氏泛黄的族谱，我们看见七百五十年前的苏贵妃，以她备受皇上宠爱的三寸金莲，踩出一条新生之路。娇贵的苏妃、柔美的苏妃、坚定不移而又惊魂未定的苏妃，在大批追兵的刀光剑影之中，以一种弱柳扶风的姿态，以一种雨打芭蕉的姿态，向民间款款而来。

苏妃的私逃令大宋的皇宫摇摇晃晃。度宗须发俱张，破口大骂。他在痛失美人的同时感到极度恐慌，无上的权威面临挑战，他的震怒和惊惧可想而知。于是，他下了一道血腥弥漫的圣旨，搜捕苏妃成了文武百官必须面对的命令。大批官军连夜出动，四处搜捕屠杀无辜百姓，然后飞报朝廷邀功请赏。霎时，举国上下尸横遍野，血流成河。苏妃耳闻目睹官军的凶残杀劫，仰天悲号，挺身而出。官军上前捉拿苏妃，不料大批难民犹如洪水席卷而来，官军挥刀砍去，血光飞溅，遮天蔽日。苏妃身不由己，混在难民之中沿江而下，流落黄沙。

其时是咸淳十年。时值深秋，黄沙之地，遍野金黄，灿烂的菊花开得正艳。苏妃置身花丛，泪流满面。婢女和随从遂前往吴氏祠堂交涉，吴氏族长从来者身上隐约感到了贵妃之气，当下热情相迎。苏妃及其随从从此落根黄沙，生养繁殖。

而救护苏妃的难民，自忖与王室相距甚远，见苏妃有了安身之所，便放心而去。他们行至中山小榄一带，垦荒定居，并将苏妃怜爱的菊花移植于园圃之中，精心呵护，以纪念终返民间的苏妃。到了清代嘉庆甲戌年，为纪念苏妃而培育菊花之事经过演变而成民间活动。自这年第一届规模盛大的菊花会之后，相约每隔一个甲子（六十年）举办一次。此民间活动延续至今。

我们不难想象，无论是吴氏先祖还是苏氏先祖，当他们站在黄沙的土地上，贫瘠和困苦便成了他们必须攻克的难关。开荒垦地，建设家园，一切都得从零开始。为求生存，吴氏先祖在沙地上种植香蕉、芭蕉和稻子。苏妃一介女流，早早入宫，只会些针线活儿，缝补刺绣，生存技能极差。然形势迫人，偏僻的黄沙虽少了官兵的追杀，但活下去的愿望与生存条件没法形成正比。苏妃冥思苦想，率族人栽桑养蚕以缫丝，挖泥成塘以养鱼，如是日复一日年复一年，代代相传，生生不息。

第一章

一

我们的故事从这里开始。

这里是中华人民共和国 1992 年的黄沙镇，这里有满眼青翠的黄沙山，一望无垠的黄沙田，浮出水面的黄沙岛以及在阳光照耀下闪闪发光的黄沙滩。凝望这个从远古洪荒中演变而来的南方小镇，我已经想象不出当年苏妃的艰难了。鱼塘的基围上，茂盛的桑树和茁壮的甘蔗成片成林。风自北或南而来，到处可见绿意摇曳，掀波起浪。这绿色的波浪连着天也连着地，直至冲出视野，滚滚而去。隐隐约约似有风雷之声，那种源自先祖开天辟地的声音，在岩层之下黄沙之下来回奔突，千年功过均不再，黄沙人继续坚守着生养他们的这块土地。

然而，这一年春末夏初的变故，足以让黄沙人目瞪口呆。首先是一场罕见的龙卷风突然而至，霎时间飞沙走石，日月无光，蕉林成片成片地折断，民房一幢一幢地倒塌，正在奔跑的汽车被掀翻下河，远未成熟的稻子也难逃劫数……颗粒无收的结局已经铸成，黄沙人呼天抢地，六神无主。

这时候，黄沙镇迎来了灾后第一支慰问队伍，而在黄沙老街口，一棵千年古树倒卧街头，挡住了车队的去路。

排在车队最前边的，是西江市委书记杨树威的奥迪。透过茶色的车窗玻璃，杨树威看见一群惊魂未定的男女老少，跪在老树周围洒酒焚香。杨树威觉得心口有点堵，就像被压上了一块石头。他静静地看了好一会儿，发现拜祭者很虔诚很忘我，这让他感觉很不好。

杨树威推开车门，在随从惊疑的注视下，走向拜祭的人们。他的心口上有一口气堵着，令他难受。他想问问这些遭灾的村民，为什么不去找黄沙镇党委，为什么不团结在镇党委、政府的周围与灾难做斗争，却跪在这儿拜神。

这世上有神吗？就算真有神，他又能保佑大家什么呢？灾难已经发生，即便他神力无边，难道说还能把龙卷风收回去，让一切回到从前？

据传，老树是当年苏妃亲手种下的。屈指算来，已七百余年。此刻，它就横在杨树威面前，像极了一堵厚厚的历史之墙。杨树威停下脚步，站在老树面前。他突然觉得自己很渺小，很羸弱。他拉着树枝，想爬上树干，可试了几次，都没成功。质地不错的皮鞋，从树皮上一次次地打滑，有一次还险些害得他栽了跟头，吓得秘书方正赶紧上前扶住他，不敢松手。

杨树威再次拉住树枝，往树干上爬，他终于在老树上站直了身子。随队采访的电视台记者和报社记者，一齐将镜头对准他。他感到恼火，感到莫名的愤怒。他的右手高高举起，刀一般往下一挥。他看见方正抢步上前，将记者的镜头挡在一边。

"共产党员站起来！"杨树威大喝一声，跪在老树旁磕头祈祷的人们愣了。他们抬起头，不知道发生了什么事。

"共产党员站起来！"杨树威又喊了一声，他的神情和语气令空气都紧张起来了。有几个男女愣怔着迟缓地站起身。他们仰视杨树威的目光中，有一种似是而非的漠然，杨树威感到心口有点冷，他努力收敛怒容，放缓语气。

"你们都是共产党员？"

人们木头似的望着杨树威。

"身为共产党员，不组织群众积极抗灾救灾，却在这儿求神拜鬼，你们的党性哪儿去了？原则哪儿去了?!"

人们没什么反应，仍然木头似的望着杨树威。

杨树威发觉背心发凉，他甚至还有点紧张，如果面前这些人继续没有反应，他还真不知道自己该如何收场。他下意识地回头，至于为什么要回头，他自己也不清楚。但他在回头这一刻，看见另一支车队醉汉般摇将过来。为首的是一辆三菱越野警车。他的目光越过警车，一眼就认出了黄沙镇一把手的"官轿"。那是一辆崭新的本田轿车。在灾后的黄沙地面上，闪着刺眼的白光。

杨树威听见自己的心里发出一声长长的叹息。

不用说，车队从西江城来，而且是在自己之后。在人民遭受灾难的时候，这厮竟然警车开道，前呼后拥……杨树威黑着脸，看着颠出本田轿车的黄沙镇一把手，朝自己连滚带爬而来。

其时，《西江日报》记者杨菲菲正一脸怒气，左一眼右一眼，不停地瞪视方正。方正是她自己选中的杨家快婿，却在这节骨眼儿上，毁掉了她抓拍的大好机会。市委书记杨树威站在苏妃种下的古树上，挥手高喊"共产党员站起来"，这同时具有历史意义和象征意义的瞬间，因了夫君方正的横加干涉一闪而逝……杨菲菲气得恨不得用相机砸方正的头。电视台记者同样因为方正的阻挠，未能将杨树威那历史性的挥手摄入镜头，那几个小青年偷看一脸火气的杨菲菲，捂住嘴直乐。

杨菲菲生气地走过去说："你们笑什么？"

拿话筒的小妞儿俏脸一扬说："杨姐，你可要为我们记者伸张正义呵！"

扛摄像机的后生趁热打铁献上一计说："晚上回去，叫方秘书跪床头，我们帮你免费录像。"

杨菲菲没好气地说："一边儿去！"这个时候的她，一万个没想到，夫君方正会因为这一场龙卷风，从西江市委书记秘书的宝座上飞身而下，跌进黄沙镇的第一把交椅里。

此时此刻，杨树威乌云压顶的脸色，只能预示他身边的黄沙镇一把手要倒霉了，但这跟方正有什么关系呢？八辈子都扯不上关系。作为跟随杨树威多年的秘书，按常理推断，即便是下基层锻炼，也不会放逐黄沙。因为，黄沙太穷了。如果真把方正放到黄沙，那只能说杨树威脑子出了问题。

放眼西江市，亿元企业、亿元村比比皆是，偏偏黄沙镇的上空，还飘着贫穷的旗帜，数万人口的大镇，基本上听不到机器的轰鸣声。因了它的偏远、闭塞和多灾多难，工业文明的光辉，无法照耀它贫血的机体。桑基、鱼塘、荒山野岛以及平展展的大沙田，在改革浪潮中一成不变。贫瘠的田园风光无限，却带不来优裕和富足。尽管黄沙公路上奔跑着进口轿车，尽管镇、管理区以及私营企业里也响着大哥大"嘀嘀"的叫声，但是，大多数黄沙人，还是日出而作日落而歇，打发着昨天和今天。

黄沙穷，黄沙一直都穷。因此，方正调任黄沙镇党委书记，在杨菲菲的眼里，就有了被充军发配的意味。杨菲菲真的想不到，方正为杨树威鞍前马后这么多年，最后却得了这么一个结果，而原黄沙镇一把手严重渎职，却被调回市里，升了官。

其实不单杨菲菲想不到，很多人都想不到。原黄沙镇一把手，因为一场龙卷风而荣升的消息在黄沙人中引起轩然大波，从镇长吴天祥到苏氏平民，都对消息的真实性心存怀疑。当灾难突袭黄沙镇的时候，作为一把手的镇党委书记，竟然开着他的小轿车，在西江市江北娱乐城里与一帮幕僚打麻将，等他从麻将桌上下来，市委书记已先他一步抵达灾区。

龙卷风使黄沙镇损失过亿，遇难者的遗体和失踪者的名单令杨树威拍案而起。命运的丧钟已经敲响，黄沙镇一把手面如死灰，他等待着命运的宣判。然而，恐怕连他自己都想不到，他竟然升官了，从黄沙镇调进了西江市。人们吃惊之余仔细咀嚼，勉强品出了其中滋味。荣升了的他，实际上被闲置起来。昔日在黄沙镇上呼风唤雨的他，也已风光不再。

人们这样猜想：年仅四十八岁的镇长吴天祥坐镇黄沙名正言顺。然而，人们清晰地看见，1992年的夏天，三十一岁的方正怀揣盖有市委大印的调令，扛着他的行李，走进了黄沙镇机关大院。

其时，天上乌云密布，有江风逆流而上，呼呼猛吹。

黄沙人感到一阵莫名其妙的心跳。查阅记忆，黄沙的命运，从未有过让外姓人掌握的记载。解放数十年，党政一把手不姓苏便姓吴。而这一年——1992年，有一个剑眉、国字脸、戴方框眼镜、黑发粗如钢针的年轻人，顶着他既非苏又非吴的另一个姓氏——方，以一种唐突的方式，闯入黄沙的核心层。

这个年轻人，名叫方正。

二

其实说不清从哪年哪月起，衍生繁殖于黄沙的吴姓和苏姓人家已开始了亲密的通婚。因此，不难推测曾经在历史的某个时刻，黄沙地盘上的吴、苏亲如一家。那种由娶嫁之针织成的关系网络纵横交错，剪不断理还乱。由亲到疏，由疏到亲，自然规律左右一切。

又不知从何年何月起，黄沙境内，招婿上门成了习俗。于是有了外姓之人。特别是苏妃后裔，女子多娇俏柔美，闻名远近，便有了黄沙之外的媒妁约定，便有了外乡打鱼佬煽情的歌声，便有了女子的外嫁。先祖的血脉，因了这一代代儿女的婚嫁，像春天的种子，以纷纷扬扬的姿态，以黄沙为中心，向四周播撒。

不用怀疑，这是两个生机勃勃的家族，在贫瘠的黄沙地上生存，他们承续了先祖忍辱负重、倔强顽强的生命力，世世代代，在黄沙以及黄沙之外生根发芽，开花结果。

尽管如此，尽管有了外姓人的介入和渗透，吴、苏跨越了年代久远的历史空间，仍然保持着他们在黄沙的家族地位的尊崇。倘若还有探究一番的兴趣，我们只需站在通往黄沙的任何一个路口，逐一询问来往行人的姓名，那么我们就会并不意外地发现，从你面前经过的路人，总是重复着两个汉字：吴和苏。当然，也会有张王李宋什么的。即便如此，这张王李宋，或多或少，也可能就是吴家或苏家的远亲。

以上这些稍嫌啰唆的介绍，就是黄沙镇目前的人口状况。于是我们不能不面对这样的现实：新任镇党委书记方正，他身上流淌的血液，与黄沙没有关系。甚至可以说，他在黄沙镇举目无亲。因此我们不能不担心，如果把方正比作一粒米，那么，他能糅进黄沙镇满天满地的黄沙里吗？

实际上，我们的担心同时也是方正的担心。组织的决定来得突然，作为当事人，方正在打点行装准备赴任的当儿，仍然有一种措手不及的感觉。一直以为自己走在一条铺满阳光的康庄大道上，到处都是鲜花和笑脸，谁知就在这春风得意马蹄疾的一刻，一场龙卷风席卷而来，他一脚踏空……

作为市委书记的秘书，下基层接受考验和锻炼，这是必然，对此他早有思想准备。上边要求各级干部年轻化、知识化，有关精神正在各部门逐步落实，揣着本科文凭的他，如果不出意外，可以说前途无量。

然而，意外却在这一年的夏天突如其来。

他清晰地记得，杨树威将他找去谈心的时候，是一个阳光满地的上午，窗外的天空蓝莹莹的，像没有染尘的宝石。他和杨书记，在彼此都十分熟悉的环境和氛围中静静地坐了半天，彼此的心里都有许多话要说，可是，千言万语又不知从何说起。最后还是杨书记站起来，走到他跟前，拍了拍他宽阔的肩膀。杨书记没说话，但是，那一刻，他感到了杨书记那手掌之上的分量。那是一种信任、期望和担心。

方正感到一股情感之水冲击胸腔，他在杨树威的凝视下站起身来。握着书记温热宽厚的手，方正的胸腔里充满了神圣和庄严。老实说，因为杨树威将他调去黄沙，他也曾意外和埋怨。但是在这一刻，与老上级握手的这一刻，他领悟了对方的意思。

"你去吧。"杨树威再一次拍他的肩头。方正转身出门那一刻，他发觉自己的眼眶都湿了。

……

方正下基层，在杨菲菲看来，完全是意料中的事。市直机关的年轻人，谁要是混得风生水起，那么，或早或迟，都会踏上这座通往光明的桥梁。下去锻炼一年半载再调回来，内定的宝座早已虚位以待。只是，杨菲菲没想到方正将去黄沙，而且行动如此之快。在她的想象中，方正绝对是杨树威的亲信，安置他，黄沙镇根本不可能在考虑之列。然而，调令已经下达，生米迟早得煮成熟饭。在方正赴任的前一个晚上，杨菲菲抱着她的熊猫玩具，望着打点行装的夫君发愣。

"你……真打算去黄沙？"在事实面前，杨菲菲仍然有些怀疑。

方正回头看娇妻，他取下眼镜擦了擦，冲杨菲菲一笑。

"不是打算去，而是真要去，必须去。"他说。

"你就不想找杨书记磨一磨？也许他又改变了主意呢？"杨菲菲说，双眸充满天真和迷茫。

方正心疼地看了娇妻一眼，走过来在她鼻子上轻轻地刮了一下，说："睁着眼睛说瞎话！好了，别孩子气了。明晨一别，尚不知何年何月才能相见。你真忍心不帮老公收拾收拾？"

杨菲菲抱紧那只大熊猫，乜视方正："我不。"她觉得眼眶里有泪花儿在打转，"你走了我怎么过？我连孩子都没有，你走了我一个人怎么过？"

方正迟疑了一下，轻轻地伸手将杨菲菲拥入怀中，用下巴摩挲着妻子柔软的黑发，深深地吸着来自妻子身上的芳香："瞧你，我又不是下地狱，没准过两天杨书记又有什么别的安排。"

杨菲菲开始抽泣："安排安排，在书记身边混了这么多年，没功劳也有苦劳呢！到头来还不是落得个发配充军的下场！这么多镇区不让去，偏偏让你去黄沙那鬼地方，还指望安排呢。"

方正沉默。妻子的牢骚，是可以理解的。老实说，他也没想过会到黄沙去。黄沙，那是一个什么样的地方呢？当年苏东坡被贬，途经岭南，过黄沙的时候，虽满怀感慨，却最终不见诗情，连一句半句墨宝也未留下，就一声长叹而去。想一想，这黄沙之地，如何能调动妻子杨菲菲的激情？！

但方正又不赞同妻子所说，发配充军？那是戴罪之身干的事。不管怎么说，黄沙也是西江大镇，只不过穷了点。但穷未必不是好事，至少没有工业污染。再说了，好歹也是一方水土的父母官（其实方正不大认同"父母官"这个称谓，按人民公仆为人民服务的宗旨，人民群众才是父母，而地方官员，充其量就是"子女官"。好好干，那是孝子；乱干，那就是败家子、逆子）。珠江三角洲的任何一个小镇，较之内地一些县份，不知要发达多少富足多少，何况改革开放还在不断深入，谁就敢肯定黄沙注定了世代受穷？方正想事在人为，他要争取成为孝子，做好黄沙的"子女官"。

只是，在这个特殊的晚上，方正暂时还不打算纠正妻子的说法。怎么着，妻子也算是知识分子，虽说这年头知识分子整体质量滑坡，但他相信妻子知书达理，她总有一天会想通的。靠一支钢笔就可以将社会分析得头头是道的她，难道连这点小小的道理都不懂得？于是方正转移话题，笑着说：

"我真妒忌这只狗熊。这家伙，把本该属于我的怀抱据为己有。"

杨菲菲没好气地说："什么狗熊？这是熊猫。"

方正顺水推舟，说："哦，原来是熊猫，但我觉得就算是熊猫，也不能不讲道理。老婆是我的，老婆的怀抱也是我的。它凭什么抢我老婆？！"

杨菲菲从方正怀里挣脱出来，推开他："谁有心情听你胡说八道！老婆是你的，好啊，赶明儿你把老婆带下去。你只管自己拍拍屁股走人，也没想过要问我一声，问我舍不舍得，问我心里怎么想的。你说，你老婆肯与你亲还是肯与熊猫亲？至少熊猫不会抛下我远走黄沙。"

方正说:"我得提醒你,这熊猫没有生命。"

杨菲菲说:"你也好不了多少,你没良心!"

方正说:"这就是你的不对了。作为共产党员,我必须听从组织的安排。"

杨菲菲大声说:"你少给我在家里讲大道理!我也是共产党员,我懂得的不会比你少。"

方正愣了一下,缓和口气说:"算了算了,菲菲,我不和你吵。我只想说,黄沙离西江市区并不远,一个小时的车程,我每天晚上都可以回家。过来吧,菲菲,过来,我宁愿是你怀里的大熊猫。"

杨菲菲突然双目含泪,扔下怀中的熊猫,一头扑进方正怀里,搂着方正又哭又笑。她的双手捶打方正,她在哭笑和捶打中,感受一种扯心牵肺的心疼和幸福。

方正原就是她生命中知冷知热的男人,你叫她如何舍得他远赴黄沙?杨菲菲以她记者洞察世事的触角,敏锐地感到——丈夫的黄沙之行,很有可能吃力不讨好。

三

当提前接受委托的寻呼台小姐,在这一天的清晨,利用电波向方正发出第一声呼叫时,方正刚一睁眼就发现妻子杨菲菲柔情的凝视。杨菲菲从方正的睡梦中早早起身,已经为夫君备下了鱼片粥和点心。这在他们的婚姻史中,具有破天荒的意义。如此贤妻良母的一幕,在方正的记忆中,从来没有发生过。

方正一骨碌爬起来,意外和吃惊同时浮上脸庞:"太阳从西边出来了?"他看见一抹娇羞和嗔怪,从妻子白净的脸上徐徐掠过，随即他就发觉，窗外正下着暴雨。

"夫人，我要漱口去了。"方正三下两下穿上裤子，趿着拖鞋往洗手间走，一边走一边唱歌："世上只有老婆好，有了老婆起得早……"调为借用，歌词已经篡改过了，乱七八糟的，听得杨菲菲真想揍他。

回头一想，也难怪方正乐呵，打结婚或者干脆说打拍拖以来，习惯于深夜看书和笔耕的杨菲菲，压根儿就没想过要天未亮就爬起来，为方正弄一顿早饭。早上那会儿她睡得正好，经常是方正下楼买了早点回来叫她起床，还得听她满肚子委屈地嘟哝，嗔怪方正不懂得怜香惜玉，每天跟催命似的。两个人的早餐，多半在象征性的吵吵嚷嚷中结束。当方正拎起皮包匆匆外出，冷不丁就会听到一声娇呼："姓方的，你给我回来！"

许多时候方正都会愣在那儿，回头傻问："干吗？"

然后就见杨菲菲一脸的轻嗔薄怨："你就这样走了？"

方正旋即明白过来，歉然一笑大步而回，揽住娇妻轻吻红唇，再附在她耳边轻轻道别。然后，他拖着高大而略显削瘦的身影，在妻子满足而怜爱的目光中，走出家门。

只是，这一天的早餐，没有往日娇妻慵懒的嘟哝。方正抬起头，迎接妻子凝视他的目光："菲菲，你怎么啦？看你，跟林妹妹似的，干吗弄得这么伤感？"

"你昨晚上说，每天都要回来陪我。"杨菲菲盯着方正。

方正一愣，他的目光从妻子的视线上撤离。"我这样说过吗？"他说，"这是什么粥？这么难吃！"

杨菲菲没有追随方正转移话题。"你说过。"她固执地说，"你心里清楚，其实粥味道不错。"

方正自嘲地笑笑，喝了一勺粥，说："不错，的确不错。就算我说过吧，但也要看客观条件和环境是否许可。"

杨菲菲激动起来："君子一言，驷马难追。方正你不要出尔反尔耍赖皮！"

方正一时间接受不了妻子的指责，他有些恼怒，敲着碗说："是谁规定我就一定得每天赶回来陪你，就不兴你下去陪我？赖皮？我看你才赖皮！"

杨菲菲眼珠子一转，忽而转怒为笑。她狡黠地把手伸到方正面前，屈起前四指而伸直小指头。

"干什么？"方正说。

杨菲菲说："这可又是你说的。我是你老婆，听从你的安排。我们说定了，你不回来，就不能保证我不下去。总之，方大书记，你要是想用下乡来疏远我，然后半道甩了我，告诉你，没门儿！"

看着忽怒忽喜、娇美可爱的妻子，方正忍不住挨过去，把她抱起来放在膝上，在她脸上轻轻地咬了一口："傻瓜，净说浑话。"

小两口子在风声雨声中紧紧相拥。

"给我一个孩子，求你！给我一个孩子吧！有了孩子，我就不会感到寂寞。正，你知道吗？你每一次出差，从你一出家门我就觉得孤独无助，谁也帮不了我，直到你回来……"

杨菲菲的呢喃，在这个夏天风雨交加的早晨，像鼓槌一下一下地全敲在方正的心上。他吻妻子的头发，吻她的脸，他的感情无法用语言表达，他搂着妻子娇美的身躯，轻轻地咬着妻子柔软的耳垂，低喊："菲菲。"他轻轻地，一遍一遍地喊，"菲菲，菲菲呵……"

……

从黄沙开过来的面包车已经到了楼下。当司机第三次按响喇叭的时候，方正拍拍妻子的小脸，转身下楼。

前来接他的是黄沙党政办主任苏啸广。看样子，苏啸广与方正的年纪不相上下，只是苏啸广长得比较小巧，瘦瘦的身板，行动非常灵活。他将方正的行李扛下楼搬上车，那股子真诚和热情不容置疑。方正觉得这将是一个很好的合作伙伴，而杨菲菲却提出了相反的观点，她说："这种人你要小心提防，没准哪天就在背后捅你一刀子。"

方正拱手一揖："多谢夫人教诲。"

杨菲菲站在阳台上，向方正挥手飞吻。方正从车窗里探头出来，又被雨水浇了回去。杨菲菲转身进屋，扑到沙发上拨打方正的手机，她说："方正，老婆不在身边，小心着凉。"

方正正在收拾那一头雨水，他瞥了一眼前座的苏啸广，气哼哼地冲电话那头的杨菲菲说："你这个害人精！"

面包车驶出西江老城区，司机从后视镜里发现一辆形迹可疑的桑塔纳。桑塔纳从方正楼下开始，就一直跟着面包车。司机为此感到好奇和疑惑。

"苏主任，后头有辆车。"司机说，但未将意欲表达的意思表达清楚。

苏啸广回头从车后窗看出去，果然见一辆蓝色的新款桑塔纳亦步亦趋，紧随其后。

很快，桑塔纳追了上来，与面包车并肩而行。司机晃眼一瞥，看见桑塔纳驾驶室的茶色玻璃已徐徐落下。里边驾车的，是一个正值青春妙龄的女子。女子示意司机停车。司机正犯犹豫的当儿，方正认出了那张秀美冷艳的面孔——西江市委副书记、常务副市长刘世平的千金——西江风姿时装集团公司副总裁刘礼。

方正想叫司机停车。那边的刘礼一手开车一手拨电话，打通了他的手机："方书记，可否停车一叙？"

"刘礼,怎么这么巧?大雨天的,你上哪儿去?"

"你认为这是巧遇吗?天底下哪有这么巧的事?方正,这么大件事,你怎么一声不吭?好歹也让我道声恭喜才是呀。"

"唉,好在你没听见菲菲说的,人家管咱这叫充军、发配。"

"别开口菲菲闭口菲菲。放心,我一个柔弱女子,手无缚鸡之力,吃不了你。怎么样,让我送送你?"

面包车在方正与刘礼的电话交谈中停了下来,刘礼刹住桑塔纳推开车门,撑伞过来。方正见没了退路,只好和苏啸广招呼一声,拉开车门钻进刘礼的伞下,上了桑塔纳。

方正看见苏啸广在车里冲他挥挥手,旋即坐着面包车绝尘而去。

桑塔纳轻柔地划出一道斜线,在路边停下了。窗外是扯天扯地的雨条子,刘礼望着雨幕中隐约可见的田野和现代建筑,良久无语。

"为什么要去黄沙?"

"不是我要去,是组织上要我去。"

"就不能不去?就不能换个地方?"

"没想过。上边让去就去。"

"为什么不事先告诉我一声?为什么不争取留在西江?要不是我老爸说起这事,你失踪了我都不知道!"

方正不知该如何回答刘礼连珠炮般的质问。这个娇贵的千金小姐,这个纵横商海年轻有为的副总裁,这个清秀美丽、风度不凡的女子,早在多年之前,就将她骄傲的芳心,系在方正这个男人的舟上。然而,因了她的骄傲和羞涩,也因了她的特殊身份,还因了杨菲菲火热猛烈的攻势,方正未能及时接收到来自她心底关于爱情的信息。擦肩而过的凄美和伤感,从此根植于刘礼的内心。刘礼从父亲有意无意的闲聊中，得知方正将赴黄沙的消息。她辗转反侧，一夜未眠。次日一早就驾车赶来为方正送行。

彼此都有许多话要诉说，而彼此最终选择的方式，却是长久的沉默。

"我会到黄沙看你的。"刘礼说完，发动了汽车。

四

鉴于黄沙镇特殊的人文环境，杨树威曾经设想过两个方案为秘书方正践行。

一是由他专车送方正远赴黄沙，以壮方正声威。要在黄沙地盘上施展拳脚，光靠个人的功夫不行，还得有外援，有后盾。否则，在那个无处不沾亲带故的家族式小镇上，任你有三头六臂，也休想蹚打出什么名堂。因此杨树威想以个人名义，将方正送到黄沙。毕竟方正跟他多年，扶上马送一程，于情于理都说得过去。而他的醉翁之意，自然不在送行本身，他无非是要黄沙镇那个班子的人少安毋躁，好好地与新任书记团结起来，带领黄沙人民早日脱贫致富。

另一个方案，是让方正自己想办法去黄沙，最好是搭公共汽车去，这有利于干群一心。

久居市委机关的方正，一年四季跟着他出入大会小会，恐怕早已习惯了车进车出。而黄沙，一个又穷又苦的农业大镇，把他调去主持大局，首先得具备平民意识和吃苦的思想。当然，杨树威并不想将方正丢在黄沙从此不闻不问，他希望方正此行，能打破黄沙有史以来的家族式政权格局，就算打不破，动摇一下也好。不用说，这需要真本事。

俗话说，新官上任三把火。这三把火如果烧不起来，或者说烧起来了却烧不出什么名堂，没准儿就会弄个灰头土脸，最后还得他以组织的名义去收拾局面。杨树威不希望倒霉的事发生在方正身上，但他又不敢保证倒霉的事就不会发生在方正身上。至于他放方正在黄沙，实际上不够深思熟虑。这种略显草率的决定，主要是针对他个人而言。老实说，对方正下乡，他缺乏应有的信心。相对说来，他以为方正更适于机关。方正的性格、思维以及书生气息，要打入黄沙内部，并稳处核心位置掌控大局，恐怕不是件容易的事儿。尽管如此，杨树威仍然决定下放方正。他想，人的潜力无穷无尽，如果挖掘好了，方正将令他脸上增光；倘若不行，他随时可以找个借口将方正调回西江市。因此，他最后作了一个较为折中的决定——他让市委办的人给黄沙镇打了个电话，让镇上派辆车上来，给方正拖行李。这样既给自己和方正的今后留了退路，也不至于让方正太过寒碜。市委书记亲自送行未免隆重；而搭公共汽车走马上任，似乎又显得造作和夸张。让黄沙镇派辆车来，虽说中庸了点，但利于工作和班子团结，少许多闲话。

但杨树威没想到，黄沙会派辆半新不旧的面包车来，方正好歹也是市委派下去的镇党委书记。黄沙再穷吧，车库里也还有几辆小轿车，怎么着也寒酸不到叫书记坐面包车的地步。可偏偏就用一辆面包车，载着新任书记方正跑出西江市，然后，被刘礼半路"劫持"到桑塔纳上。

当然，这些杨树威都不知道，包括副手刘世平在与女儿刘礼闲聊的过程中，把方正下放的消息传出去，他也不知情。这就使方正在挺进黄沙的途中，意外地遇到刘礼，并身不由己上了刘礼的车。

关于雨天刘礼的出现，黄沙镇党政办主任苏啸广颇不以为然。他不认识刘礼，暂时还猜不透方正与刘礼的关系。他只是觉得，方正不应当换车。方正无意中的换车，这在某种意义上，是对他苏啸广乃至黄沙镇的不尊重。

老实说，在派车这个问题上，苏啸广是花了不少心思的。之所以最后决定派面包车，一是他事先与方正电话联系过，方正自己开口要面包车，说是有一堆行李，一并拖下去；二是苏啸广对这个突如其来的书记，有一种天然的抵抗。他年轻，可方正同样年轻；他有文化，方正也满肚子墨水。最要命的是，方正的政治背景之于他宏大了不知多少。说简单形象点，方正的到来，就像凭空飞来一座山，牢牢地压在他头上。苏啸广在心里，把方正的到来比喻成——飞来横祸。

按镇长吴天祥的意思，应该开前任书记那辆本田去接方正。苏啸广谎称方正行李多，怕本田装不下，吴天祥又建议弄两部车去。

苏啸广说："方书记肯到我们黄沙来，也不会讲究这些。我看还是删繁就简，能省则省吧。"

吴天祥就不再说什么。对这位从市委大楼里走出来的书记，他基本上是抱一种走着瞧的态度。在他常规的想象中，方正的黄沙之行，无非是走走过场，捞点政治资本，跑马观花一两年，一纸调令升上去就名正言顺了。这年头到处都是这模式，他想作为市委书记秘书的方正更不会例外。

如果不是这天下大雨，或者说，如果不是还得收拾前阵子龙卷风造成的残墙断壁，吴天祥可能会为方正搞一个小小的欢迎仪式，将镇属街道居委以及各管理区书记、主任召集起来，开个茶话会什么的。相信方正没有打虎棒不敢上山，不会擒龙术不敢下海。既然来了黄沙，说不定早就准备了几手，就让他即兴来个就职演说。反正黄沙镇这些年在经济方面没多少起色。倘若方正能给黄沙带来富足，未尝不是一件好事。

老实说，从小镇利益出发，方正调任黄沙镇党委书记最为合适不过。明摆着的，他身后有杨树威这棵大树撑着。在中国，什么都讲圈子。政治也是一圈子。官场这玩意儿，其实也简单，只消杨树威在各个方面关照一下黄沙，在政策上给予适当倾斜和扶持，牵线搭桥，引个把大项目进来，不说完全救活黄沙吧，至少也可为黄沙注入几缕鲜活的时代气息。而特别重要的一点，便是这利于鼓舞黄沙人的斗志。其实人有时候就是这样的，当有类似于希望的火光在心头燃起，其潜力就有可能超水平发挥。黄沙人当然不会比别人蠢多少，如果追根溯源，黄沙人更具吃苦耐劳的精神。因此吴天祥对方正的到来，如果排除私心杂念，总体上还是欢迎的。尽管他也曾有过当"一哥"的渴望，但多年为官的经验，使他理智地控制住了心底的渴望，以免这渴望转化为难以收拾的野心。

苏啸广和司机拎着方正的行李，在镇政府底楼大厅里碰到刚回来的吴天祥。微微发福的吴天祥，正在抖着身上的雨水，见苏啸广和司机，随口问道："方书记呢？没接到？"

苏啸广本能地撇撇嘴："还是吴镇长有先见之明。瞧，人家方书记不坐面包车。"

吴天祥愣了。他刚去看望了几家受灾较为严重的农户，有房子倒塌的，有死了人的。他要督促各管理区把救灾工作落到实处。如此这般转了一圈，作了几个指示，安慰了一阵受灾人家，最终还是闹了一肚子气——在沙北管理区，一户农家儿子在龙卷风中失踪，生不见人死不见尸，家属一天到晚缠着治保会干部哭，说是有人蓄意谋害。治保会忙了一阵漫无头绪，让吴天祥心烦意乱，敷衍几句一掉头回了镇政府。听苏啸广这一说，心情彻底变坏。

"就这破车，换了我也不来。"吴天祥这话说得苏啸广一愣一愣的。

这时候刘礼的桑塔纳滑到门口，方正请刘礼下车看看，刘礼盯他一眼，婉言谢绝。"后会有期。"她说。

五

两双手职业性地握在一起，这是黄沙政坛两大巨头的晤面。观众只有司机和苏啸广两人。吴天祥首先发觉方正的手白皙软和，缺乏想象中的力度，这使他多少有些失望。可想而知，面前这位是过惯了好生活的公子哥儿，一年四季跟着市委书记，机关的优越性熏陶出来的气质，体现得比较充分。老实说，吴天祥对方正那副方框眼镜没什么好感，一个学生娃娃到黄沙来主持全面工作，开什么玩笑！

关于吴天祥对自己的态度，方正不可能不敏感。握过的手虽已分开，但在相握的那一瞬间，仍可感到对方没有应有的热情和真诚。好在，这类不冷不热的寒暄，一直在大小官场上流行，因此方正并不意外。事实上，他是做过思想准备的。他希望自己是一粒种子，能将根须深深地扎下去，感天地之灵气，汲日月之精华，在黄沙贫瘠的土地上，磨砺一回。

"方书记辛苦了。"吴天祥至少将这句话重复了五遍，"你来了就好了，这些天事特别多，没个头儿很多事都没法做。"

方正一边回应或客套，一边明知故问："这么大雨还忙呀？唉，事情哪能做得完，你歇口气儿再忙吧。"

吴天祥说："方书记你刚来不知道。这次龙卷风，吹跑了我们镇将近一个亿，急得我天天晚上往农行王主任家跑。光喊抗灾抗灾有什么用？重建家园，得跑钱呀！方书记你来得太是时候了，看看有没有什么办法，从市里边弄一笔救灾款下来。群众这些天意见很大，说政府光知道收税，关键时候却不顾人民的死活。听起来挺刺耳，可人家说的也不全是冤枉话。但政府的能力也有限，没法让受灾群众满意。"

方正听吴天祥嘴皮不停。他似乎看见一个圆溜溜的皮球，在吴天祥的作用下，向自己缓缓滚来。他心里好笑，毫不客气地一脚将球踢回去："吴镇你别怪我。老实说吧，我对来黄沙这事，没多少思想准备。组织的决定太突然，我人是下来了，可不顶事。首先吧，我对黄沙的情况一点也不熟，加上刚来，更是无头苍蝇没个头绪。我看我还是先翻翻相关材料，再四处走走，熟悉一下周围的情况。不过吴镇你要多指点指点，不然我更是瞎子摸象了。"

吴天祥不曾想方正年纪轻轻，却如此老到，自己踢过去的皮球还没滚多远，就让他给一脚踢回来了。而初次见面，不宜发生争斗，以免伤了和气，于是就哈哈地笑着顺水推舟："方书记说得极是，我这儿是急得发昏，见了谁都忍不住说这事。嗯，还是先在招待所住下来吧。不瞒你说，政府干部宿舍那边还没腾出空儿来，只好先委屈方书记。"一边说，一边前边带路，朝政府招待所那边走。司机和苏啸广扛了方正的行李跟在他们后边，从大厅右侧的过道穿过去。

出了门，是一条盖了顶的走廊。走廊蜿蜒伸展到政府的后花园里。青绿的草坪、开放或凋零的花、小桥、假山和鱼池，在烟雨蒙蒙中，这小园林倒不失为一幅迷人的景致。方正在心情清爽的同时禁不住感慨，在珠三角的土地上，任你多穷多艰难，领导班子那几个人都知道想办法先把"门面"树起来，以维护他们的核心形象。看样子黄沙镇也在镇政府大楼上花了不少心思，没准还请了专业人员设计。看这周围的布局，粗糙之中仍不失匠心独运。

"这楼得花不少钱吧？"方正没话找话。其实一看这八九成新的洋楼，傻瓜也明白钱少了是办不成的。因此话一出口方正就有些后悔。自己这话分析不得，三想两想准琢磨出一些别的意思。在西江，谁不知穷不拉叽的黄沙镇呀，可你看人家的政府洋楼！

一边是镇政府拔地而起气派巍峨的高楼大厦，一边却是风一吹就塌、水一冲就垮的小平房。出入镇政府大楼的当然不会是平头百姓。这景象落在谁眼里，心中也不会是个滋味儿。人民群众和人民公仆的差距，一目了然。

方正正待寻思转移话题，不料在身后半天没作声的苏啸广接过话头说："还算好啦，要不是张炳伦，还不知要多多少钱！"

方正问："张炳伦？"

苏啸广说："沙北区搞建筑的。早些年发了，这楼还是张老板本着为社会主义做贡献的原则，免工钱给建的。这么大幢楼，你说得多大工程多少工钱呀？"

方正对苏啸广的话产生了本能的怀疑。那张什么伦的，真一心建设社会主义，免费包工？正想再问句什么，吴天祥呵呵呵地笑着说："到了到了。啸广你叫服务台开308房。"紧接着又回头对方正说："方书记你累了，先进屋歇着。房子小了点，先住着，我这就去给你张罗。"

方正说："我看这挺好，我一个人住那么大干什么。"一边说着，就进了房间。里边是一个套间，挺宽敞，通风采光都不错。待与几个人又说笑了一阵，送走他们，回头来一头倒在床上，忍不住想乐，这儿环境比想象中的要好许多。

方正想得先冲个凉，然后睡一觉。等一觉醒来，可就是黄沙人了，从此就得在黄沙镇上做事。恰巧服务员拎了开水瓶进来，方正随便与她聊了几句，得知服务员是饭堂的，不在这儿专职，只是顺带管着招待所的房间钥匙，平常政府来个客人什么的，负责开开门扫扫地打打开水。方正从她口里得知，镇主要领导一般都有专用房间，中午都上这儿休息，或者几个人凑一块儿打麻将，有时也打夜战，"哗哗哗"地闹到天明。服务员的话使方正想起几句民谣："春眠不觉晓，处处闻糊了。夜来麻将声，输赢知多少。"就觉得这年头不单单世风日下，恐怕党风也跟着世风，不断变化。

中午苏啸广敲门进来，带方正到饭堂吃饭。吴天祥专门叫饭堂师傅炒了几个菜，给方正接风。下午苏啸广亲自送来一叠与黄沙有关的材料，方正关在房里看了一下午，竟伏在桌子上睡着了。一觉醒来天色已晚，无意间偏头一看，不禁大吃一惊，床上不知何时躺了一个青春女人！

第二章

一

　　杨菲菲是要了专车赶过来的。在黄沙渡口，她把司机连同他的车一并打发回去，独自站在江边等待过河船。

　　上午刚落过雨，空气清新而湿润，杨菲菲望着略显混浊的江水，在风中撩了撩额前散乱的刘海。过河船还在江对面蠕动，而丈夫方正从今以后，就定格在江那边了。要走向丈夫温暖的怀抱，她必须借助渡口的这条长年累月、来回奔走的过河船。因此，此时的过河船在杨菲菲眼里，就有了鹊桥的意味。细细想想，好像挺浪漫的。但她心里明白，现实离浪漫越来越远，于是就觉得很伤感。恍惚感到自己与丈夫之间，从此就横亘了这条大江。

　　对多年之前的建德王后裔以及苏妃流落黄沙，杨菲菲一直心存怀疑，在未经考证的情况下，她仍然以一种传说的目光来关注黄沙镇以及它的历史。站在江边不免心绪愁闷，就想传说也有传说的依据，比如这浩浩荡荡的大江，在遥远的西汉或者南宋，完全可以抵挡千军万马。接着杨菲菲就开始想象——当年的黄沙先祖，是以怎样的方式渡过这滔滔大江进入黄沙的？

这条曾经拯救过黄沙先祖的大江，却在多年之后，将现代文明挡在江的这面。

渡江的过程繁忙有序，早已在渡口这边等候的人和车，待那艘笨拙的铁壳子吼叫着靠上来，稍稍停稳，立马就人走人路，车行车道，急急忙忙、慌慌张张地往上边挤。然后是慢慢吞吞地开船、卖票。

其实这是杨菲菲最为头痛的时刻，以往下黄沙采访，坐在车上过河，她总是闭上双眼，想一些别的事情，不然那接近二十分钟的轮渡，简直就让人没法忍受。而这一天，当牛郎与织女的故事在脑子里闪现回旋，杨菲菲站在斑驳的铁护栏边迎着江风，不自禁地，心里竟有了许多感动。

只是，故事中的牛郎没有从鹊桥那边奔来。杨菲菲在渡口叫了一个摩的佬，向着方正的方向风驰电掣而去。

进门才发觉方正睡了，地上散落着一些纸张。方正的睡姿令杨菲菲略感意外，记忆中的丈夫从未有过如此疲惫，无论在家里还是在杨书记身边，他从来都朝气蓬勃、斗志昂扬。

杨菲菲轻轻地关上房门，轻轻地走到床边，轻轻地躺下。她不知道丈夫是什么时候睡着的，又会在什么时候醒来。她将双手枕在头下，目光向上，作一种想象中的仰望。她仿佛看到黄沙弥漫的空中，丈夫方正灰头土脸，一言不发。她多想走过去擦去他满脸的风霜呵……她在一种浅浅的心痛中，轻轻地合上眼睑。

方正醒来一眼瞥见床上的女人，第一个念头就是开门叫服务员。床上这突如其来的女人，将他吓出了一身冷汗。刚起身又觉得情况可疑，回头再看时，不禁哑然失笑。他看见杨菲菲已侧过身来，冲他眨眼。

"怎么？临阵脱逃？"杨菲菲说。

方正走过来摸她的脸，说："你猜我想干吗？我想去报案。"

杨菲菲从床上翻身起来，走过去收拾地上那些散落的材料。"这是什么？先进事迹？"她一边说，一边将桌子上的材料码整齐。

方正这才从杨菲菲从天而降的小小意外中回过神来，他忍不住叹了口气，说："看这些东西，远不如看你写的报道来劲。哎，菲菲，我记得，每年关于黄沙的报道，都不是一团糟呀，怎么从这材料上，我一点生机都感觉不到？"

杨菲菲随手翻弄那些有些发黄的油印资料，说："你以为这儿是天堂？"

方正说："没有，但也不至于是地狱吧？"

杨菲菲说："我看，实际情况比这材料上写的还糟。你不妨抽些时间到处转转。黄沙这地方么，饿不死也喂不肥。从古至今，都这样。"

方正像突然想起什么似的，说："你是跑这条线的？你好像对黄沙的情况了如指掌。"

杨菲菲翻着白眼："方书记，你真是公而忘私，连老婆跑哪条线你都不知道。假如哪天跑丢了，你上哪儿找去？"

方正说："我以为杨大小姐摇身一变成了方太，不看僧面看佛面，报社怎么着也不该派如此苦差。"

杨菲菲"扑哧"了一声，将手揣进高腰牛仔裤的裤兜里，望着方正："你以为你是谁？很遗憾，方书记，正因为看在你老人家的面上，总编才把黄沙这条线硬摊派在我的头上。"

方正说："这样好，李自成都得靠老婆出力打天下，何况我方正？"

杨菲菲说："你是不是要我帮你？你看看都几点钟了，也不请杨记者进酒店海参鱼翅卡拉 OK，叫我怎么帮你？"

方正回过神来哈哈大笑："不瞒杨记者，方某人初来乍到，人地两疏，纵是想拜佛求神，也摸不着庙门。"

杨菲菲拉开房门往外走，一边走，一边回头说："没关系，现在我带路，你跟着。待会儿我点菜，你买单。"

方正犹豫了一下，往桌上瞟了一眼，匆忙间将那叠材料塞进手提包，关门出来，说："我怀疑自己刚开始精力不集中，看花眼了，偌大一个黄沙，一年下来怎么才这么点产值！都什么年头了，人均收入还不够一千元！"

杨菲菲说："当头棒喝了吧？你知道，这儿每年指望的是什么？水稻、香蕉、甘蔗、养蚕、养鱼，你说这些玩意儿，能换几个钱回来？"

方正说："《西江日报》上不是经常神吹鬼吹，说大搞'三高'农业奔小康吗？"

杨菲菲就笑："关键是黄沙特别呀，水稻高产吧，又遇洪水；香蕉丰收吧，偏偏遭风暴；甘蔗扔在江边十天半月没船拖去变现钱；蚕茧价钱也不稳定，而且有时还没人收购，卖不出去，气得农户一篓子一篓子地往江里倒。那些雪白的蚕茧东一片西一团地在水上漂着，看了气也会气死你！"

方正说："要是有座桥就好了，其实这些东西运出去还是能创造经济效益的。"

杨菲菲说："桥？做梦吧，没有几个亿你敢动念头？我看除非你把黄沙卖了，不然上哪儿弄么大笔钱？"

方正心一动："我要是把一部分黄沙卖出去怎么样？黄沙有的是土地，靠山吃山，先把桥弄通再说。"

杨菲菲摇摇头说："你真能做梦！你黄沙连一条像样的公路都没有，谁上你这儿买土地呀？又不是搞忆苦思甜基地。"

　　两口子一边说着，一边已下到底楼。刚一出门便碰到吴天祥，吴天祥匆匆忙忙的，一见面就自责："哎呀，方书记、方太你们还没吃饭吧？怪我没交代清楚，饭堂每天上午 11 点半，下午 5 点半开饭。我刚才在家里正吃着，突然想起这事还没跟你说。你瞧你瞧，差点犯了错误。"

　　方正笑，说："我们杨大记者说，叫我跟着她，管吃管喝。"

　　吴天祥也笑，说："走，我们去黄沙山庄，那儿刚换了个老板，恐怕有新菜式，还八折。"

　　杨菲菲偏头对方正说："有一种美味——黄沙虾，又鲜又嫩又香，你肯定没吃过。"

二

　　有首《咸水歌》这样唱：

　　左弯右弯，黄沙近海近山。
　　过去有人流言，有女唔愿嫁落黄沙湾。
　　年年水咸，食水要担，路烂难行，踢跛脚公，磨损脚跟。
　　基地种菜生滋，水田种禾又唔生。
　　台风洪水一来，黄沙湾变成白鸽坦。
　　妹好呀哩，沙田人们没日开颜。

　　《咸水歌》源于珠江水上人家。在半咸不淡的水上，哼一些缠绵悱恻、凄楚哀怨的调儿，逐日流传开去，后人称之为《咸水歌》。

　　方正对《咸水歌》缺乏必要的了解。他走马上任的第二天下午，妻子杨菲菲去车站搭车回西江。在送别的途中，杨菲菲建议他去一趟黄沙湾，然后他就听人唱起这歌。

杨菲菲当时正用他的手机 call 报社办公室主任，让主任派个车下来接。主任一查司机出勤表，告诉她有记者在江北镇采访，离黄沙不远，待会儿让司机拐过来搭上她。杨菲菲就回头，到黄沙镇政府等。这时候，她向方正说起黄沙湾："你去黄沙湾看看，就明白黄沙是怎么回事了。"

送走妻子，方正找苏啸广要车。苏啸广不在，他去楼下司机休息室，听见里边"哗哗哗"的挺热闹。推门进去一看，几个后生在兴致勃勃地玩麻将。方正不认识他们，他推了推眼镜，想问谁是司机。话还在心里想着，就见其中一个留中分发型的后生，从桌子边站起身来。

"方书记是不是要车？我叫刚仔，以前给苏书记开车。"

方正说："我想去趟黄沙湾。"眼角的余光，从麻将桌上一掠而过。

刚仔赶紧赔上笑脸："书记，您看我们，就玩一玩。嘿嘿……方书记您去黄沙湾检查工作呀？那儿可多麻烦啦！有个苏老头儿，特能胡搅蛮缠，以前苏书记最不喜欢去那儿，一去半天都脱不了身。"

方正被刚仔的话转移了视线，便暂时放下了心中的不悦，问刚仔："为什么？"

刚仔有些得意，不自觉地朝另外几个后生那边扫了一眼："喊冤呗！前些年死了一仔一女，把老头儿搞得疯疯癫癫的。"

方正说："走吧，去看看。"

刚仔发动本田车开过来，停在方正跟前，飞快地下车，从车头绕过去，拉开右边后门，请方正上车。右后座是整部车最尊贵，也最安全的位置，当然得给领导留着。只是方正拉开前门，坐上了副驾位，不知是他不懂呢，还是不领情。刚仔愣了一下，马上手脚灵快地绕回驾驶室，发动了汽车。

通往黄沙湾的土路坑洼不平，而且，经过昨天那场暴雨，到处都是东一坑西一洼的积水。刚仔开着车，在机耕道上东倒西歪，将一洼洼的水激得四处飞溅。

"坏了，苏老头儿又在唱歌。"刚仔有些紧张，"那老头儿一见小汽车，就要跑上来喊'青天大老爷'。"

方正问："他的仔女是怎么死的？"

刚仔忽左忽右地打方向盘，说："唉，不关谁的事，自个儿寻死的。方书记您不知道，这黄沙湾，在我们镇倒数第一，最穷。我们这儿有个说法，叫'好女不嫁黄沙湾''好男不住黄沙湾'。他家仔女，好像就是为这事死的。大概妹子外嫁为给哥哥换亲，最后两兄妹都跳了江。"

方正凝神细听。唱者五音不全，把凄怨哀伤的调儿，唱得像石头一样，硬邦邦的，一下下地撞在方正心上。

方正心情沉重起来。

先前，杨菲菲给他介绍过黄沙湾的情况，那地方地势低洼，却偏偏又落在风口上。稍有个风吹草动或暴雨水涨，首当其冲的受灾区，就是黄沙湾。方正想，在上次那场龙卷风中，不知黄沙湾又伤成了什么样子，也许正是因为黄沙湾的多灾多难，才成就了这《咸水歌》中的悲凉。

路真没法走，到处都是烂泥，到处都是水洼。本田车好不容易颠到村口，抬眼一看，连机耕道也断了，就像一个悲剧的悬念，在这儿戛然而止。

"方书记，车只能到这儿了。"刚仔说。

方正推开车门，抬腿下车。站在烂泥路上往四周看看，呼出一口气，朝刚仔扬下手，走上一条断断续续的青石板小路。

　　小路上的石板东一块西一块，东翘一角西斜半边。不提防间，皮鞋尖若踢在石棱子上，就随时都有可能马失前蹄。方正左右环顾的时候，差点摔了一跤。

　　放眼四望，平展展的大沙田无边无际，田里的稻子、地里的菜蔬七零八落，看样子还没从龙卷风劫难中恢复过来。方正心中叹了口气，这地方，果然是刮风下雨都不堪一击。西江就在旁边，一年四季的水位都比黄沙湾地势高。风从江上来，无遮无拦，任何时候都可以横扫千军。辛苦劳累一年，眼看稻子黄灿灿，香蕉硕果累累，说不定就在你高兴的时候，一股狂风，一场暴雨……丰收的憧憬和喜悦便一扫而光。

　　方正发现，视野之内的黄沙湾，甚至连鱼塘都没有。这些年，乡间有句俗语：种田不如挖塘，挖塘不如办厂。连个鱼塘都没有，想一想，黄沙湾的日子，怎么能有起色？大伙儿每年的企盼，就是老天爷开眼，求个风调雨顺，而现实往往是失望更比希望多。平洼地里水网纵横，壑沟遍布，转来转去都在自己的圈子里，要是遇上暴雨洪灾，那水便从地势高的地方往湾里涌来。稍急点，就把成片成片的大沙田冲得稀里哗啦。即便雨过天晴、风和日丽，那水也在湾里流连着，久积不退。方正走走看看，转了几弯就明白了，这儿为啥没鱼塘？因为不能有。要是在这地方挖塘养鱼，等同于拿票子打水漂。任你票子再多，只要老天爷恶作剧，随时都可以让你竹篮打水一场空。

　　刚仔在前面带路，方正在后面高一脚低一脚。他感到心里越来越沉，就像坠了一筐子石头。

　　一条小河从村中穿过，七弯八扭的，像一条被随手扔掉的鸡肠子。有农人摇着破烂的小船，在小河里晃晃悠悠，农人黧黑多皱的脸膛上，镌刻着那一船的陈年旧事……刚仔有些神秘地转过身来，压低声对方正说："方书记您小心些，别让那老头儿缠上。"

方正一愣，不由得认真地往船上看了几眼，心里就有些怜悯。船上的老人，该有六十岁了吧？那一脸的皱褶，就像一本从旧书摊上淘来的小人书。那一生的苦难，文字不多，但非常直观。痛失亲人的心情，除却他自己，谁能体会呢？

黄沙湾管理区驻地坐落在河岸之上。拐脚进门时连招牌都没看到，要不是刚仔提醒，方正还以为这是一家普通农户。老房子，都不用开口，单那灰不溜秋的样儿，就已经预示了年代的久远。令方正吃惊的是，在院子一侧，有间小平房不知在什么时候倒了，塌在那儿像一堆烂泥。刚仔朝那边指指，说："那是村委的饭堂，上次让风吹垮了。垮下来那阵，管理区苏主任还在里边倒开水，一听不对劲，丢了水瓶就冲出来。虽说跑得快，头皮还是被梁柱砸下来拉掉一块。"

这是村委？方正不敢相信，就这破地儿，怎么看都像猪棚，而且还是废弃的！在他惯性的思维中，西江地盘上，再不见起色的管理区，其驻地也应是一两幢像模像样的小洋楼才对。而眼前的景象，是在材料中绝对看不到的。也就是说，杨菲菲建议他到黄沙湾看看，足见其用心良苦。

村委没几个人，头头脑脑都不在，只有一两个懒汉样子的人，趿着拖鞋，从这间屋子走进那间屋子，如是反复。

方正指着那间倒塌的饭堂，问给他倒茶水的办事员："为什么不叫人收拾收拾？"

办事员懒洋洋的，甚至还打了个哈欠，回答说："收拾？没钱怎么收拾？"

方正说："不是有救灾款吗？"

办事员用手拍着嘴巴，打了个长长的哈欠，说："那点钱哪够呀，村民整房子都不够。黄沙湾倒房子的又不是一家两家。先修村委，群众不戳脊梁骨？"

方正愣了一阵，心里边对未曾谋面的黄沙湾管理区领导班子产生了几丝好感。

三

也许，黄沙镇就是这个样子，就好比一潭死水，没有波澜，没有涟漪，更没有离经叛道。任何一件小事，都可以让人意外乃至震惊。当苏啸广得知方正自作主张，去了一趟黄沙湾，他那张略显小气的脸上，一下子乌云密布。是谁向他提供线索，又是谁带他去的？想象中的方正，不可能知悉黄沙湾的情况。虽说昨天给了他一堆材料，但未必他就能一眼瞅准黄沙湾是最羞于见人的地方？几百户人家，至少有一大半还在贫困线上挣扎，连吃饱穿暖都成问题！对黄沙历届领导人来说，黄沙湾简直就是扫帚星。它拖着长长的阴影，长久地罩在心里，甩不脱挥不掉，分明就是成心和你过不去。

苏啸广想了很久，想得头疼，他开始把注意力向带路人身上转移。而这时候的刚仔，对已经种下的祸根一无所知，他甚至还为方正的平易近人感到幸福。给书记开车，这是政府众多司机眼里的美差。主荣仆贵的意识，在他们的心中，或多或少，还有些残渣。特别是在黄沙，从历史的山顶上往下看，王室遗风至今仍可寻见。主仆观念，在黄沙很有生命力。因此，刚仔心情挺好，至于苏啸广的态度，他始料不及。

事实上苏啸广没费多少劲，就弄清了事情的来龙去脉，他不动声色。在他不动声色的日子里，刚仔又十分卖力地开车，带着方正在黄沙地盘上四处奔走。

一圈转下来，黄沙的现状令方正大失所望。一切均让杨菲菲不幸言中,现实比材料中反映的更糟,整个镇连一家外资厂都没有。所谓的工矿企业,全是作坊式的小打小闹。一两个老板七八个工人,就打着什么厂的牌子,听起来蛮好听,实际上没"料"。敲敲打打,整些镙丝钉,钉些盒子出来,弄得不好还找不到销路。

工业上不去,怎么发展经济?纵观西江周边城市,顺德、中山、东莞,哪个地方的经济支柱不是蓬勃发展的工业?威力电器、容声冰箱,这些名牌企业才是地方经济的龙头呀!而回过头来看黄沙,瞄一眼一肚子火。别说龙头企业,连龙尾巴也找不到。照此状况,还怎么搞市场经济?!

方正马不停蹄,很快引起了吴天祥的注意。作为一镇之长,对初来乍到的方正,他原打算花点时间,和他谈谈黄沙的大概情况,顺便进行思想沟通和感情交流,以便日后的工作。然而接连几天都不见方正的影子,上书记室找了几趟,老是没人,就没耐心再为这事牵挂了。反正镇上事多,随手一抓就大把要忙乎的,便没同方正联系。但这并不等于说他不关心方正的动向,当他从苏啸广口中得知,方正正在对黄沙进行全面了解和深入时,不由得愣住了。

方正到底想干什么?他想,但想不透。

是的,方正此时此刻的心境,是吴天祥想象不到的。在黄沙生活了几十年,对眼前的一切,他已经习以为常。他忽略了一个细节——对黄沙来说,方正是一个外乡人。外乡人有外乡人的眼光,特别是方正先前的身份,使他没法不对黄沙的现状感到沮丧和吃惊。在市委大楼里,感觉中的西江形势大好、欣欣向荣,而作为西江之一部分的黄沙,怎么就半死不活、了无生机呢?

吴天祥感到,是找方正讨论黄沙的时候了。

但没料到这当儿出了件大事：新任书记方正，在黄沙山青龙岗山脚，不幸被一条如狼之狗咬伤。更严重的是，那条狗不认识书记，也不知道书记的厉害。它只听从主人的指挥，猛扑上来，也不管你书记不书记，张嘴就咬。结果就出事了。

这次意外事故，缘自一阵"叮叮哐哐"的撞击之声。那时候，方正正坐在刚仔身边，奔走于黄沙大地。他摇下窗玻璃，目光从窗口望出去。他对黄沙的过去以及未来充满迷惘。几天来，他跟着刚仔东奔西走，深入黄沙。刚开始刚仔话挺多，说这又说那，兴致勃勃、滔滔不绝，后来渐渐发觉情况不对，书记方正那张白净的脸，在他的饶舌中乌云滚滚，他赶紧悬崖勒马，打住话头，让方正用他的眼光掂量黄沙的分量。而实际上，方正没有对他热情的介绍表示厌烦。只是，他的心在黄沙了无生机的现状中，一点点地冷却，他实在提不起说话的兴趣。

其时，本田车正行进在黄沙山青龙岗附近，情绪不佳的方正，突然有个想法——如果自己不是来黄沙当家，如果只是来旅游，只是下乡采风，这一穷到底的黄沙，也并非一无是处，至少它没有被污染，至少它是原生态……这不经意的一想，眼前的黄沙山脉眨眼间就变得鲜活生动起来。方正有些小兴奋。对啊，为什么不想想发展第三产业呢？现代人生活水平提高了，特别是发达地区的城市人，他们不是在四处寻求自然风光吗？黄沙有山有水有岛，不是绝好的旅游胜地吗？

"刚仔，那是什么地方？"方正指着青龙岗问。

刚仔有些惊喜，因为他发觉方书记的脸上多云转晴。他松了口气，勤快地说："方书记，那是青龙岗。看，那是龙头，向左看过去，龙身，龙尾巴，您看像不像？"未待方正表态，他又接着说："我们转过弯到右边去，还有个白虎岗，远看近看都像老虎。左青龙，右白虎，看家护院强过狗。总之，挺神的，我晚上还听过白虎岗有虎吼声呢。"

可想而知，方正的心情开始好转。这时候，他听到一阵巨大的"哐哐"声响。他不经意地往青龙岗方向看，看到了一片瘦骨嶙峋的山体，绿色的植被不知被谁扒掉了，裸露的岩层就像一堆堆森森白骨。方正的心陡然收紧，刚刚涌上来的一点欣喜和憧憬，就像碰到了山洪，眨眼间被冲得无影无踪。

刚仔敏感地觉察到方正的情绪变化，他说："那儿是个采石场，没什么好看的，我们还是走吧。"

方正说："过去看看。"

采石场的景象惨不忍睹：青龙岗脚下，沙尘飞扬，乱石遍地。一个小型的采石场正在大规模地挖山采石，几台碎石机灰头垢面地忙碌着，将青龙岗"龙头"的支撑点一点点地瓦解。

方正从车里钻出来，朝采石场大步而去。

"干什么的？站住！"两个提着猎枪的大汉飞奔过来，挡住了方正的去路。

方正抑制不住心头的怒火，说："谁是这里的老板？叫他赶快给我停下来。"话音未落，就有一只大手揪住他，狠狠地拉过来，又推开去。

方正感到下盘不稳，他踉跄着退了几步。都没来得及再说点什么，一条如狼之狗已经猛扑上来，直取他的咽喉。方正本能地伸手抵挡，随即，一阵钻心的疼痛涌遍全身。

"方书记——"刚仔大惊失色，狂奔而来。

刚仔一巴掌打在大汉的脸上，红着眼大吼："那是方书记，你他妈不想活了?!"

"书……书记？"大汉吓了一跳。一声呼哨，狼狗放开方正，退到一边，依然凶凶地盯着，时刻准备第二次猛扑。

方正甩着血淋淋的右手，痛得直抽冷气。方正有点惊奇，眼前这个瘦瘦小小的刚仔，何以能镇住那两个大汉？惊魂未定的他，对刚仔勇敢的表现感到满意。他忽略了刚仔曾是前任书记的司机。说不定，他与采石场的人早已熟悉。

"方书记，哎呀方书记！快上车，快！我们去医院！狗嘴有毒，迟了要坏事。"刚仔扶住方正就往车边走。方正回过头，严肃地对两个仍然一脸敌意、高度警惕的大汉说："叫你们老板赶快住手！不然，别怪我对他不客气！"

两个大汉看着方正，没反应。方正满脸怒火，在刚仔的催促和劝说中上了车，从车窗里回头望青龙岗山脚，白骨森森般的采石场令他心里一阵刺痛。这时候，方正听到一声枪响，他推了推眼镜，简直不敢相信眼前的事实—— 一条恶狗和两个大汉，正在狂追几个从采石场跑出来的什么人。方正定睛一看，不由得脸色煞白，怒发冲冠。

方正抓起手机忍住剧痛，拨响了黄沙镇派出所的电话："喂，找欧所长！我是书记方正。你是老欧？你立即带人来青龙岗采石场，我看简直是癫子打伞——无法（发）无天了！"

四

黄沙镇派出所所长欧火生，原是一名退伍军人，转业进入西江市公安局，先搞刑侦，后调预审，年前才擢升派出所所长。他与方正的相同之处——都是从上边下来的，而不同之处在于，他下来的时候，已经得到了市局有关领导的明示：只要你有能力在地方上找到供给补贴，黄沙镇派出所就可以更名为西江市公安局黄沙镇分局。而局长宝座，自然非他莫属。

实际上，在西江，一个镇还维持所建制的地方治安队伍已经不多了。到处都在锣鼓喧天地成立公安分局。欧火生奔赴黄沙时，绝对是满怀的雄心壮志，却不料一脚踩进来，就像失足了似的，"扑通"一声掉入冰窟窿——黄沙这个穷鬼镇，除了一堆黄沙，什么都没有。他只能心灰意冷地面对黄沙镇政府无法提供补养的现实。也就是说，即便市局给他警员编制，他也没法养活那一帮手下，更不可能为他们配备相应的武装器械。虽说这些问题应当由市局解决，但凭良心说，城里边的治安比乡村复杂得多，市局靠着财政那点拨款，同样捉襟见肘，等米下锅。每每想到这些，欧火生都忍不住在心里仰天长叹。

方正来电那阵，欧火生正懒洋洋地躺在办公室沙发上看报纸。沙发很有些年头了，而且是木头的，躺在上边，硌得周身痛。连油漆也剥落得东一块西一团，像长了癞皮癣。

全省性的春季"严打"已接近尾声，黄沙镇的治安形势令市局感到满意。本来这是一件值得高兴的事情，但欧火生却提不起高兴劲儿。因为他心里明白，黄沙的发案率低，大案要案少，其主要原因是这地方穷，那些卖淫嫖娼吸白粉的勾当，基本上形不成气候。说白了，这些社会病菌是以经济为依托的，在黄沙一贫如洗的大地上，他们找不到依附的载体。因此，市局的表扬在他看来，其实没多大意思。

按理说，人穷生是非。可穷地方往往又民风淳朴，少生许多罪恶。欧火生有时也会想，这矛盾的两个点，该如何去辩证看待呢？就说这黄沙吧，穷得卖底裤，民风好像好不到哪儿去。违法比普法更普遍，比如说赌钱，倘若较真儿抓，派出所这几条枪根本不顶事。随便哪晚上即兴出去兜一圈，保准拖几卡车赌徒回来。原因无他，就是因为穷。

黄沙人也是人，他们和全国人民一样，心里都揣着发财的梦想，但苦于致富无门。怎么办呢？这一生的希望，总得找个地方寄托吧？找来找去也找不到什么好地方，最后只能把希望和梦想押在赌注上。总想老天开眼碰到狗屎运，将阴沟里的瓦片彻底翻转过来。

欧火生也曾劳心费神琢磨过，如何扭转黄沙全民皆赌的局面。为这个事，他摸过底排过查，做过思想工作，动过手铐、枪杆子。可是，最后，他发觉要弄好这事难度比较大。除非搞点正经事给他们做，让他们除了整那几块田，还有别的出路。可是，出路，谈何容易！于是只能睁只眼闭只眼。

只要不出大漏子就好。他经常这样想。

听到书记方正的吼声，欧火生吓了一跳。方正没说什么事，但估摸事情非同小可，不然他犯不着那么大动肝火。

欧火生禁不住心里打鼓，虽说在行政上他不属方正管，但倘若方正刚下来，自己就给他留下个治安不力的印象，对今后的工作明显不利……他从沙发上跳起来，一把抓过挂在墙上的警服，大盖帽往头上一扣，大步跨出所长办公室，扯着嗓子喊了几个人名。

"紧急集合，地点青龙岗采石场。"

一队全副武装的警察，两人一辆摩托车。有人问欧火生拉不拉警笛，欧火生想了想，说："拉。"于是，尖利的"呜呜"声，向青龙岗方向呼啸而去。

这时候的欧火生有些奇怪，因为他感到一种力量和酣畅，正潮水般涌遍全身。老实说，下来了将近两年，他还从没这么煞有其事地带着人马鸣着警笛去什么地方办过案子。在黄沙的治安史上，一大半案例都是小偷小摸，这警笛什么的，根本就派不上用场。想一想，一队荷枪实弹全副武装的人民警察，开着警车闪着警灯鸣着警笛，去捉拿一两个偷了邻家母鸡的小偷。小偷在前边抱着母鸡拼命地逃跑，警察在后边大举追捕，这场景岂不让人笑掉大牙？

在警笛长鸣中奔跑的欧火生，无意间扫了一眼自己率领的队伍，那可都是一张张充满兴奋、好奇的严肃的脸。欧火生差一点就想哈哈大笑。他甚至想向其中的谁发问，问他带枪没有。他敢保证这几个人中，有人慌得连衣服扣子都没扣整齐。

青龙岗遥遥在望。一眨眼，欧火生的警队已冲到了采石场门口。

"方书记，你怎么啦？你的手？他妈的，反啦反啦！哪个龟孙子干的？啊？"欧火生这下是真的火了，他以为方正那只手是让哪个胆大包天的人给打伤的。

这还了得！欧火生随手一挥，警员们跟小豹子似的跳下车，朝采石场大门扑了过去。

"太不像话了！"方正叫住欧火生，正要对他说句什么。眼前的情况却令他大跌眼镜——

采石场门口一侧，几个大汉从工棚里冲出来，手里端着鸟枪或拿着铁棍，打算和警察对抗。

欧火生火冒三丈，拔枪在手冲了上去。

"干什么？你们他妈的想干什么?!"欧火生气坏了。他用枪指着虎视眈眈的大汉们，一张脸憋得像新鲜出膛的猪肝。"你——放下枪！这枪哪儿弄来的？还有你，你拿着棍子想造反啊？还不给我放下！还有，是哪个浑蛋打伤了方书记？站出来！"

欧火生的猪肝脸有着无边的威力，随着他手中那支枪的不断指点，惊惧和害怕的表情逐渐在大汉们的脸上展现出来。警员们见机行事，在欧火生的掩护下，迅速占据有利地形，很快解除了对方的武装。

几个大汉面对欧火生的指指点点心里发虚，而就在他们心虚的当儿，冰冷的手铐已经被戴上了。如梦方醒时，其中一两个拔腿想跑。早就窝了一肚子火的警员抓紧战机，横腿扫将过去，轻而易举地将对方掀翻在地。

"老实点！"欧火生将手枪插进枪套，突然觉得这事好玩儿。他想不通这伙人何以连书记都敢动。书记代表的是党，党是指挥枪的。你端着鸟枪吓书记，这不是活腻歪了么？

"带走。"欧火生喊了一嗓子。有个警员提醒他，人多车少，带不走。欧火生抬眼见一辆农用车正在装砂石，于是小跑过去敲了敲司机室的门。

司机认识他，一直躲在驾驶室里看热闹，他觉得外边的世界真像齐秦唱的那样，"很精彩"。但他不知欧火生要他干什么，他抽出一支"555"烟递给欧火生："哟，欧所长，啥事呀？"

欧火生说："借你车用用，帮我拖一车'猪'！"

司机愣了一下，就明白了。他有些为难："欧所长，那几个人，我可惹不起，要是他们今后找我麻烦怎么办？"

欧火生说："你就不怕我找你的麻烦？"

司机笑了，说："我一不偷鸡二不摸狗，大大的良民，干吗怕你？但他们不同，惹了他们，怕是连命都保不住。"

欧火生火了："你啰唆啥！下去，滚下去！"

欧火生将司机赶下农用车，爬进驾驶室将车开过来，众人七手八脚地把大汉们往车上赶。

方正大步过来叫欧火生："欧所长，你别忙走，这个采石场里有古怪，麻烦你带人进去搜一搜。"

欧火生有点紧张。在黄沙能有什么古怪？莫非有人躲在里边大开赌戒？采石场其实是赌场？这么一想，不由得在心里暗暗叫苦。不搜吧，方书记在这儿督阵；搜吧，这采石场的老板苏天光，与前任苏书记绞得铁紧，且和苏啸广是远房兄弟，加上他本身捞了一兜子钱，就更不好惹。这年头某些有钱人总是这样，干了坏事犯了法，还满不在乎，气壮山河。原因就是他们靠一兜子钱，总能跟一些当权人物拉拉扯扯搞上关系。结果，癫子头上打一把权力保护伞，那更是有恃无恐，肆无忌惮。欧火生在公安线上摸打滚爬十多年，耳闻目睹的钱权交易，当然不止一桩两桩。老实说，他对这个社会缺乏应有的信心。

但欧火生不能不下车。他在下车的那一刻狠狠地想：嗯，要是真抓到大赌，也可以缓解一下派出所入不敷出的尴尬。就算赌资上交充公，抓几个赌徒罚他三千五千也是一笔进项啊。这么一想就横了心，留两警员看守，带着另几个往里边闯。方正也没听刚仔的劝说，托着受伤的手跟在后边。

搜查的结果令欧火生大失所望。里边根本没有预想中的钞票，却是一群瘦骨嶙峋的打工仔，见到他们吓得躲在工棚一角"呜呜"直哭。

咋回事？一问，这些可怜的外乡人，都是苏天光招来的民工，一进采石场就像进了牢房，白天拼命干活，晚上戴着手铐脚镣睡觉，毒打和折磨更是家常便饭。

欧火生想：这下麻烦了。

五

从黄沙医院出来已是午后，方正这才想起连午饭都没吃。右手经过医生的处理，缠了一圈纱布。一条带子从肩上吊下来，把手悬在腰眼上，远看上去，像刚刚吃了败仗的伤兵。

刚仔还在门口守着，一边喝矿泉水一边啃面包。见方正出来，赶紧上前问情况。方正笑笑说："没事，那种狗看上去很凶，真下口咬人还不如土狗。"

刚仔松了口气，说："方书记，我请你吃饭吧，都快2点了。"

方正说："那哪儿成，好歹我还是个书记呢。我请你吧。不过先讲清楚，吃快餐。"

刚仔忍不住笑起来，说："方书记，我算服了你啦，给领导开了这么多年的车，还没谁掏腰包请我吃过盒饭。"

方正也笑，逗趣说："我这可不是公款。"

方正吊着手走在镇政府的走廊里，引得每一个看见他的人都夸张地惊呼，关心地上前问寒问暖。方正脸拉得长长的，"嗯嗯"着应付别人的关爱，径直走进镇长办公室。

吴天祥正在翻箱倒柜找什么东西。见方正进来，愣了一下，立即就把话题扯到了方正的手上："哎呀，方书记你这手怎么啦，怎么回事？"

方正不请自坐："吴镇长，我正要和你谈这事。"方正轻描淡写地将受伤之事一掠而过，然后切入问题的中心，"青龙岗一带是沙中区还是沙东区？"待得到吴天祥的确认之后，他接着说，"我看那地方山清水秀，很有开发价值，但有个叫苏天光的在那儿搞了个采石场，将好好的青龙岗挖得千疮百孔，所以我想和你商量一下，能不能让他停下来？"

吴天祥端起茶杯，掩饰性地喝了口茶。他早就从欧火生那儿知道了这事。抓了苏天光的保安倒没什么，可打狗要看主人面，为了不至于得罪苏天光，欧火生一回来就打电话向吴天祥讲了事情的大致经过。吴天祥当时没发火，怎么说欧火生在黄沙也是个人物，而且还是镇委委员，就算吴天祥是一镇之长，也不能不尊重他。但吴天祥很为这事生气，方正独自四处乱窜本身就令他不愉快，这下又闹出事来，心里便对这位新拍档有了意见。

"哎呀，方书记，按说吧，你是我的领导，论年纪，我又比你虚长十多岁。黄沙的事吧，我比较了解，反正急也急不来。你这样跑来跑去，也没同管理区打个招呼，要真是出了什么意外，你叫我怎么向杨书记交代？你想想，你刚来才几天，就让狗咬了，这事传出去，别人恐怕会笑话……"

方正听出了吴天祥的不愉快，他点了点头，表示理解："我倒没什么，我只是想，能不能让沙中管理区跟苏天光协商一下，终止开采合同。按理说，沙中管理区没权利让人开山采矿。况且，就黄沙目前的情况看，这样做也不太明智。连小山丘都挖掉了，整个镇岂不都成了黄沙湾？"

吴天祥没料到方正会这么不软不硬。他又喝了一口茶，说："我们镇本身就没有什么经济来源，要是把采石场停了……"

见吴天祥态度暧昧，方正接过话头，不愠不火地说："可青龙岗能开采多久呢？一年？十年？那么十年之后呢？好好的一座山毁了，就不可能再有。我倒觉得可以把黄沙山、青龙岗、白虎岗一带开发出来，搞旅游。"

吴天祥突然笑起来："旅游？方书记，谁会来黄沙旅游啊？老的有南海西樵山，新的有番禺飞龙山，又有多少人去旅游？再说开发要钱，我们上哪儿弄钱？"

方正想了想，说："番禺飞龙山我去过，光秃秃的几个山头，根本就不能同黄沙山比。再说人家也刚开始建设，我们也可以效仿嘛。至于钱，这才是个大问题。"方正说到这儿又想了想，"吴镇长，我有个思路，不知行不行——我在市里边经常见杨书记会见港澳台和海外乡亲，我们能不能找几个黄沙乡亲，回来支援支援家乡建设？"

吴天祥放下茶杯，苦笑："方书记，你不了解黄沙，黄沙穷是事实，可黄沙人有恋土情结，即使在战争年代，跑海外的也极少。退一步，就算有，也未必就有能力回乡投资。再退一步，就算有能力，可你都看见了，就黄沙这样子，过河都要等半个钟头，谁愿睁着双眼往水里扔钱啊?!"

方正说："苏主任呢？好像他给我的材料里没有侨联工作这一项。"

吴天祥说："唉，侨联哪有什么工作。先前有间办公室，让宣传办主任兼管，实际上没人也没事，后来办公室也干脆堆杂物了。"

吴天祥轻描淡写的口吻和随便的态度让方正感到吃惊："黄沙没有侨联？天，哪个地方的招商引资不靠侨联协作啊？别说镇，市里边也不敢对这个部门的工作掉以轻心呀！"

吴天祥笑，那是一种理解中略含轻视的笑，仿佛在笑方正天真，笑他不切实际，异想天开。他说："方书记，各个地方有各个地方的实际情况，还是因地制宜好。"

方正感到受伤的手有些胀痛，他有些烦躁起来："总之，我的意思是，青龙岗脚下那个采石场得停下来，而侨联工作这台机器得转起来。"方正一边说一边起身往外边走。这是他第一次在黄沙镇机关里以这种口气说话，而且是对镇长吴天祥说话。

吴天祥看着方正走出门去的背影，感到心里很不舒服。他明白，方正这是在行使一个书记的权力。

方正拐进书记办公室，打电话把苏啸广找来，让他找几个人，把侨联办公室的杂物搬出去。苏啸广想问为什么，见他脸色不好看，又忍住了。方正在青龙岗采石场被狗咬伤的事，已经传入了他的耳朵。听到消息的那一刻，他像盛夏里喝了杯凉水，从头到脚真有一种说不出来的痛快，然后他想，有好戏看了。青龙岗采石场老板与吴天祥沾亲，和前任苏书记可以说是哥们儿。方正可以动他，也可以搞倒他，但在黄沙同时惹火了苏、吴两姓，今后的日子恐怕就没法儿顺风顺水了。为此，他多多少少有些幸灾乐祸。

但方正顾不上掂量这些，几天的跑马观花，所见所闻，令他对黄沙的现状由失望而生反感。他反感吴天祥的暧昧态度；反感苏啸广的半阴不阳；他甚至反感那个失去一双儿女的老头儿。刚仔说那双儿女的死因是换亲。作为家长的苏老头儿，绝对有不可推卸的责任，说不定悲剧就是他一手造成的，可他还一天到晚唱什么咸水歌淡水歌。从法律上讲，这种人简直就应该去坐牢、去劳改！

冷静下来，又觉得自己冲动了些，这样显然不利于今后的工作，便有些灰心丧气。唉，黄沙这个烂摊子，要想把它收拾好，绝非易事。方正仰在座椅上叹气的时候，突然有些想杨菲菲了。他抓起电话，向远在西江的妻子发出思念的信息："菲菲，我想你了。"

六

杨菲菲以最快的速度赶到黄沙镇。一眼看见方正吊在腰上的那只手，她眼眶一热，泪花儿直打转："你怎么啦？才几天就弄成这个样子！"

看着娇妻脸上的心疼和焦急，方正叹了口气，苦笑："有战斗就会有牺牲啊！夫人，不知怎么回事，我这些天产生了一种预感，我感到自己啃不动黄沙这块骨头。"

杨菲菲下来这阵儿还没到下班时间，她坐在书记办公室里，隔着办公桌，心疼地凝望着丈夫。才这么几天，丈夫明显瘦了，白皙的脸皮隐隐呈青灰之色，脸上的骨棱子也凸了出来，特别是他疲惫的神态、忧郁的心情，将深陷于大班椅中的他映衬得更加惨淡。杨菲菲冲动得真想扑过去抱住丈夫大哭一场。读完大学就进了机关，在城里养尊处优惯了，何曾受过如此艰难苦楚？她在心里对丈夫说："走吧，离开这个鬼地方，我们回西江去，回到我们的小屋里去。我们添一个孩子，我不再睡懒觉了，每天早上我会早早地起来，给孩子换衣服，给你煮早餐……"

可杨菲菲最终没能把心中的话说出来，她默默地陪着方正在办公室里坐了很久，很久。

"你为什么不说话？菲菲。"

"你叫我说什么好？安慰你还是鼓励你？可说这些又有什么用?!"

"现在黄沙的情况的确非常糟糕。你早知道，可你没告诉我。"

"我对黄沙不感兴趣。况且就算我说了你也不会相信。再说相信又怎么样，还得下来。这是光骨头，怎么啃也没肉。但你别无选择，你已经没有退路了。方正，你得打起精神来。"

方正从椅子里直起身子，双肘撑在办公桌上，认真地看着妻子，看着看着，一抹忍不住的笑意悄悄地爬上他的愁容："哎，你说，我有没有希望从市里边弄一笔钱过来，也闹个工业开发区什么的?"

杨菲菲突然感到鼻子发酸，她抑制住心中的伤感，说："你笑得很天真。"

方正不死心，说："你否定我？"

杨菲菲叹了口气，说："其实哪用我来否定，你心里难道会不清楚？你的工业区开发什么？家电？建材？轻纺？你的交通呢？能源呢？你总不至于用人工将原材料一捆捆地背进来，又将成品一筐筐地担出去吧？"

方正感到没劲，他长叹一声倒在椅子上，望着办公室的某个地方发愣。良久良久，他收回涣散的目光，问杨菲菲："你说，我有没有可能出去找几个外商回来？我认识好多外商。"

杨菲菲摇了摇头："我看很难，交情归交情，生意归生意。投资要讲投资环境，以黄沙的现状，别人凭什么来投资？"

"其实黄沙的投资环境也不差嘛，'天时'是有同样的开放政策，而且我们可以更优惠，这是'人和'的体现。"

"可你的地利呢？你的基础设施呢？你已经失了地利。其实现在你心里已经很清楚了，你只不过不愿说出来，不愿面对现实。你现在需要一座桥，一座横跨西江的黄沙大桥。几乎每一次从渡口经过，我都忍不住这样想：要是有座桥就好了。"

方正再一次坐直身子，手中的钢笔轻轻地敲打在办公桌上，看着杨菲菲，说："夫人，看来你应该多抽点时间下来指导工作。"

杨菲菲冷着面孔，说："你为什么就不回去看我？你说话不算话！"

方正站起身，指指右手："我负伤了。"

杨菲菲哼了一声："狡辩！"

天色渐晚，黄沙的晚风捎带着草木的清香和泥土的芬芳，在这方贫瘠却美丽的土地上轻轻地吹。杨菲菲倚着方正，走在黄沙古老的街道上，吸引了不少好奇的目光。如此亲热悠闲的散步方式，在黄沙的公众场合还比较少见。方正和杨菲菲都感觉到了身后的那些成分复杂的目光。方正有些不自在，说："注意影响。"

杨菲菲一撇嘴："我才懒得理他们，这是现代文明，我们是文明的使者。黄沙这地方早该吹点文明风，感受一下都市文明气息了。"

华灯初上的时候，这一对来自西江市区的文明使者已经走出了街口，隐约可见暮色中的黄沙山脉。杨菲菲用手指点着对方正说："在山的那边，有一个四面环水的小岛，岛上翠竹青青，林木葱茏。每天当太阳初升或落日余晖普照之时，成片成片的鹭鸟从林子里飞出来，在岛的上空盘旋、飞翔、鸣叫，简直就是一大奇观！"

方正有些心动，他思忖了一下，说："其实黄沙颇有世外桃源之风。要真抓住这点，深挖下去，说不定还是一条好路子。"

杨菲菲抗议说："业余时间不谈工作。"想了想，又说，"听口气你好像真要在这儿干一辈子似的。我可告诉你，本小姐不愿一辈子守在这地方，来玩玩可以，但绝不是长久之计。你千万别把我当作你开创事业的牺牲品。"

方正说："瞧瞧，说这种话也不怕伤感情，不是说只要我们在一起，再穷再苦喝水也甜吗？"

杨菲菲说："这话是七仙女说的，我可没说过。"

方正说："当初你不是说要跟我到天涯海角吗？"

杨菲菲说："你别激我。有本事你让我丢了工作到黄沙来守着你，天天给你洗衣做饭。"

方正大笑，说："我们回去吧，天黑了，没准又让狗咬一口。"

杨菲菲的到来，在某种程度上缓解了方正这些天来郁积于心的烦闷。可是，杨菲菲心里却有些难受，此次赴黄沙，原因之一，当然是方正负伤了。可认真了说，她还肩负着一项惩恶扬善的任务。本来这事是群工部的，可总编考虑再三，却交到她的手上。总编这样做，不用说是因为方正在黄沙，或者他是出于一片好心，让他们两夫妻合计这事，大事化小小事化了。而事实上杨菲菲却像抓着一团炭火，浇不灭甩不脱，十分头痛和棘手。

任务的缘由与方正被狗咬伤有关——几个因方正受伤而被欧火生解救出来的民工，逃出青龙岗采石场后直奔《西江日报》，在群工部声泪俱下，控诉采石场强制劳动，不给工资，虐待工人等。群工部主任觉得这事不好办，就向上反映。总编左思右想，便想到了杨菲菲。总编很体谅人，他对这事的基本态度是能搞则搞，不好搞也别硬来，要注意与镇上各方面协调好关系，别出了差错闹得大家不愉快。

也就是说，总编已经很体谅杨菲菲了。说白了，这事主要看她丈夫方正的态度，方正如果不赞成扩大事态，就不要报道了，免得伤了和气。反正这种事到处都有，每天都在发生，至于怎样处理，那得看实际情况。

杨菲菲直到晚上还没听到方正主动提及这事。她发觉这事还未引起方正足够的重视。她感到一丝隐约的不安爬上心头。

第三章

一

阳光下闪闪发光的沙砾蕴藏的热能，可以令人赤着的双脚因烫而疼痛的时候，这一年的夏天真正到来了。

在黄沙镇成片成片的大沙田里，勤劳的人们，正在平静地收割因遭受风灾而被风吹得七零八落的庄稼。一般情况下，对在高高耸立的镇政府大楼进进出出的体面人来说，他们对此并不怎么关心。他们早已习惯于静静地过一种和乡村一样朴素的日子。天灾人祸不可抗拒，与其说他们的心灵因了太多的艰辛和灾难日趋麻木，不如说他们对现在的这一份日子，已保持了足够的平常心。他们不会因灾难而仰天悲号，他们从无数的艰辛和灾难中走来，他们用一种坚韧却又平静的心态，面对现实中正在发生或将要发生的一切。他们甚至不知道因为前阵子的风灾，镇上的党委书记已经易人。他们不会关心这些，他们甚至连聊一聊这类话题的兴趣都少有。

就是在这样的黄沙镇上，年轻的镇党委书记方正，正在为黄沙的未来冥思苦想。对黄沙贫困的现状，他简直就不能容忍。他在一个狂风暴雨的日子里向黄沙走来，他走遍了黄沙的旮旯角角，他不相信黄沙会将这种闲散的贫穷延续下去，他已经憋足了一口气，要打破黄沙这种不知始于何年何月哪朝哪代的生活模式。他知道这样会引发黄沙的震荡乃至惊慌。但他毕竟年轻，对行进途中的意外和艰难，缺乏应有的思想准备。

在处理采石场这事上，足以说明他经验有限。都没深入了解，就像打仗一样捣毁了采石场。看起来他是正义的，可他的正义，已经将他推到了漩涡的中心，而他对此竟一无所知。

当杨菲菲正式对"青龙岗采石场事件"展开调查采访的时候，他还在寻思着，什么时候硬着头皮去敲杨树威的门。他甚至亲自动手把有关材料和报告都准备好了，他要尽他最大的努力，从杨树威手里要一座黄沙大桥回来。

实际上，关于兴建黄沙大桥一事，早在两年前，市领导就非正式地讨论过。至于构想为什么迟迟未能变为现实，方正不得而知。他始终有一定想法——那就是想方设法让市领导旧话重提，将兴建黄沙大桥的构想和计划，郑重其事地摆上议事日程。

方正一门心思想着黄沙的未来，差不多就把妻子杨菲菲忘记了。有一天，他突然发现杨菲菲在黄沙晃来晃去，不免迷惑和惊讶："你驻黄沙？"他想杨菲菲没理由老是采访黄沙。

"方书记，有件事本来不想打搅你，但目前看来，非你出马不可。"杨菲菲说，"关于青龙岗采石场私自关押、殴打工人，强制工人劳动一事，不仅仅是违反《中华人民共和国劳动法》那么简单。经过多日调查采访，大量事实证明老板苏天光已经触犯刑法。我和镇有关方面交涉多次，苏天光至今逍遥法外。作为一名记者，我的行为准则是认事不认人，但作为你的妻子，我又不想将影响扩大。我还同派出所、劳动管理所协调过，希望大事化小把这事处理了。因为，我知道苏天光是苏啸

广的堂弟，而且吴天祥对你引发这件事也很有看法，但我的几
番努力均告失败。迟迟不见处理结果，有几个民工都投诉到省
报去了，现在想捂也捂不住了。"

方正愣了，他的脸色不可能好看："你怎么搞的嘛，你怎
么事先不同我打声招呼？"责怪的意思很明显。

杨菲菲感到委屈："我只不过是想你少操点心……"

"少操心少操心，你的出发点是好的，可你最终帮了倒忙。
你看看你看看，我刚下来就出事，往省报上一登，全省人民都
知道了！"方正越说越气。

杨菲菲火了："哎，你有没有搞错？冲我发什么脾气呀？
是你们黄沙人自己犯的事，还不认错，趾高气扬以为民工好对
付，连一分半厘工钱也不给，你说人家平白无故被关在里边服
劳役心里火不火？我可先通知你，这两天省报和省劳动厅调查
小组就要下来处理这事了。到时候，你的态度别这么恶劣，免
得被人误解，以为苏天光给了你什么好处。"

方正探究地拿眼看杨菲菲，杨菲菲最后这两句话意味深
长。是啊，苏天光犯法是显而易见的，可为什么事发之后他仍
然嚣张和猖狂？方正觉得里边大有文章："还是那句话，你应
该早跟我说。这事其实一目了然，采石场该关，苏天光该抓。"

杨菲菲"哼"了一声，说："现在说什么都迟了，听说省
《劳动报》还专门派了记者过来。这人胆子大笔杆硬，谁都敢
碰，写了稿子天女散花，到处投稿。你这种态度对你不利。"

方正叹了口气："你就少给我添乱了。是福不是祸，是祸
躲不过。来了也好，我尽量配合。"

杨菲菲想了想，也叹了口气，说："你不妨打个腹稿，姿
态高一点，让他们给你做一次免费广告。"

方正说："这事也怪我，没想到情况这么严重。这些天我

满脑子的黄沙大桥。"

杨菲菲说："你捅了一个马蜂窝。关一个采石场，得罪的是一批人。"

方正生气地说："不得罪人还能办成事？"

杨菲菲说："你完全可以处理得漂亮些。"

方正感到情况复杂。当然，这复杂的情况，原就是他应该做好思想准备来面对的。杨菲菲的提醒显然迟了些，这使方正略感恼火和被动。方正不能不再一次行使他作为镇党委书记的权力，他严厉的声音，通过无线电波有力地敲击着欧火生的耳鼓膜：

"老欧吗？你好！哎，青龙岗采石场那事惹麻烦了。你抓紧时间，和劳动局一起把事情给办了。要快，要主动，该怎么办就怎么办，别犹犹豫豫的。"

"可是方书记……我看这事，是不是同吴镇长、苏主任通个气？"

"都什么时候了，还通什么气呀！上头都来人调查了，再通气也得这么办。私藏枪支，关押、毒打工人，这些都是桌面上说不过去的事！"

"方书记的意思是，把苏天光抓起来？"

"该不该抓有条款，你让劳动局尽快叫苏天光掏钱把工人打发走。眼屎大点事非闹得满城风雨才好？"

方正挂了电话才开始喘气。这个欧火生，难怪下来都两年了还没法把分局的牌子竖起来，就冲这软不拉叽拖拖沓沓的德行，别说当分局长，就这所长迟早也得让人撸了。

方正的想法，欧火生不得而知。如果觉察到了，也许他会果断一些。不过方正的思路是撇开了黄沙的现实的。实际上，欧火生之所以提吴天祥，是在向他透露亲近的意思。他想提醒方正——苏天光后边有人，比如吴天祥、苏啸广。他之所以提醒方正，其实是为了表明自己的立场——他和方正站在一起。

然而，方正没想那么多，没领他的情。

二

一份沉甸甸的材料，经由方正之手，放在市委书记杨树威的办公桌上。走进这熟悉的氛围，面对这熟悉的环境，方正感慨万千。这里的一张椅子一个茶杯，都是他曾经朝夕相处的伙伴啊，而今却物是人非！

动身之前，方正给杨树威打过电话，告诉他上西江的时间。杨树威当时好像挺忙，只是"嗯"了一声，表示知道了，让握着电话的方正愣了半天。本来心里边有很多话要对杨书记说的，可对方似乎没有听他诉说的兴趣。方正感到一颗心无限地沉下去。此次回城，是他上任以来的第一次。尽管他早就答应过回城陪妻子，而事实上，他猫在黄沙一动不动，倒是杨菲菲或公或私主动往黄沙跑了几次。

这次回城，方正做了比较充分的准备，关于黄沙的现状、未来，都已撰字成文，一条一款清清楚楚地表达出来了。他要把材料送到杨树威的手上，争取他的支持。老实说，他对自己的努力没有多少信心。虽然这仅仅是改变黄沙的第一步，但就这一步，要跨出去，踩在点子上，也是非常艰难啊！

方正没料到杨树威会郑重其事地坐在办公室里等他。在他零碎的记忆中，杨树威很少在办公室里待，他永远有忙不完的应酬、开不完的会、作不完的指示。许多时候，他的办公时间都挤在了汽车上和走路的过程中。而今天，当方正刚刚跨进书记办公室，还没来得及说话，杨树威已从椅子上站起身迎了过来。

"我等了你足足一个小时。"杨树威说。在握住方正的手的同时，他抬起左腕认真地看了看表。

方正感到眼眶发热。叫了声"书记"，就再也说不出话来。

"哎呀，小方，你的精神状态不怎么好啊。"主宾落座，杨树威看着方正，故意用一种轻松的语气说，"是不是还在抱怨我将你发配黄沙呀？你呀你，凡事慢慢来，急不得呀！对了，你今天就把材料放我这儿，先回家等消息。还有，你得上市场买点菜，做顿饭，表现表现，可别委屈了我的侄女。不然，到时候她又说我滥用职权，将你充军黄沙。"

杨树威一边说一边乐呵，却把方正搞得心中十分惶恐，不知如何是好。看样子妻子杨菲菲为自己的事已和杨书记接触过了，而且听口气，她还说过不少气话。关于发配充军之说，和他开开玩笑可以，怎么可以在杨书记面前如此没遮没拦呢？当下心里就生气，恨不能瞪着眼睛把杨菲菲狠狠教训一顿。

"杨书记，那是菲菲说笑，您多包涵。"方正在这熟悉的地方第一次感到拘谨。今天面对杨书记和从前的无数次相比，在感觉上很不一样。不是杨书记与从前不同，而是自己的心态，已经打上了黄沙的烙印——自卑、寒碜、小里小气。方正不由得在心里悄悄叹息。

本来，方正想向杨树威汇报自己下黄沙以来的思想，包括情绪波动、思想矛盾以及思想斗争，最关键的是，要让书记明白那份材料的分量。然而，杨树威只是将那叠材料塞进抽屉，就打电话叫车了。他还有事要忙，他总是有很多事要忙。他再一次叮嘱方正回去陪陪杨菲菲，他的侧重点令方正大失所望。他那么忙，那份塞入抽屉的材料，完全有可能被他遗忘。方正失望极了。

在离开市委大院的过程中，免不了会碰上熟人，有的叫"方秘书"，有的叫"方书记"，这使他产生了一种摇摆不定的感觉。他发觉自己迷失了，怎么努力也找不到准确的坐标。

方正陷入了无边的苦恼之中。头脑昏昏的，直到走出市委大院，才想起司机还在停车场候着，这才踅身回去，把司机打发走。

司机是新面孔，恍惚中的方正忽然醒过神来，他颇为奇怪地敲敲脑门，问："你瞧我，我一直以为还是刚仔开车，咦，刚仔呢？你是——"

"方书记，我是小陈。刚仔不在政府开车了。"

方正似有所悟，"噢"了一声，随口问："政府司机待遇不行，是吧？一个月多少工资？"

小陈说："两千左右吧，也不是特别差。"

打发走司机，方正才发觉又犯了个小小的错误。原本，他应该先让司机送他回家，可这脑子里混沌一片……

方正迈动着疲惫的双腿，朝市委大院门口走。恍惚听见谁在叫他的名字。他以为是幻觉，晃了晃头，继续走。直到一辆黑色轿车刹在跟前，这才将他从稀里糊涂的状态中拉扯出来。

"刘书记。"方正脸上本能地浮起谦恭的笑容。这不单单因为招呼他的刘世平是西江市委副书记、常务副市长，还在于他有一个让方正喜欢的女儿——风姿时装集团公司副总裁刘礼。

"小方哪，怎么，去了黄沙就忘了我们呀？来来来，上车上车。"

方正不想上车，但他已经坐在车上了。刘世平坐在司机旁边，和方正说话的时候，特地回过头来，这使方正有点受宠若惊。这是他做秘书的时候不曾有过的感觉，他觉得这种感觉非常强烈。

"上来办事？"刘世平说，"小方，我看你气色不太对，是不是太劳累了？都说新官上任三把火，其实光三把火哪里够？你不要太急，火要烧，而且不单三把就完事，关键是要持久，要火下去。不过也难怪，黄沙嘛，环境是不太理想，但市委对你很有信心。你知道吗？小方，你是我们市最年轻的镇党委书记。"

话说到这份儿上，方正不能不强打起精神。他抱着垂死挣扎的心态，把本该向杨树威说的话，一股脑儿倒给了刘世平。黄沙的过去黄沙的现状黄沙的未来，他滔滔不绝的诉说让刘世平暗暗吃惊。等他终于说完，这才发觉汽车已经穿城而过。

"哎呀，我还要回家呢，刘书记您去哪儿？"

刘世平也回过神来，一边吩咐司机调头，一边对方正进行安慰："小方，你别着急，困难总会有，但也总会解决。杨书记既然让你回家等消息，他就一定会抽空看材料。看得出，你这次是花了大力气下了苦功夫的，其实市里这两年也在为一些边远镇区找出路。你的设想不错，不过难度也大……"

方正说："我面临的最大的一个问题，就是一座桥。这桥除了政府投资，恐怕很难找到更好的方法。"

刘世平微微一笑，没表态，直到将方正送到家，临下车时，他才对方正说："其实黄沙大桥已经酝酿了很久了，迟早都会修。"

方正愣愣地望着刘世平的轿车远去，他把刘世平的话当成了一个暗示。

三

方正开门进屋时，杨菲菲刚好准备出门，乍一听门外锁孔

转动的声音，吓了一大跳。等方正的头从门口探进来，她捂住
"咚咚"跳的心口，说："你不怕我手里攥着一条木棒？"

方正笑笑，进门："连保险都不锁上，你还能想起拿
木棒？"

杨菲菲说："你回来干什么？看我？"话没说完，就发觉情
感之水冲动起来，"哗哗"响。她扑上去，一把抱住方正，又
哭又笑："老公老公老公，你再不回来看我，我都要疯了！你
知道吗？我有一种预感，我老是觉得黄沙不吉祥，黄沙会将你
从我这儿抢走！每一次经过黄沙渡口我都忍不住要哭，听牛郎
织女的故事觉得虽然凄惨，但还有些许美丽，可让自个儿遇上
就一点儿美感都没有了，有的只是担心、痛苦、烦……"

方正暂时不想附和杨菲菲的情感走向，小别胜新婚的感觉
不是没有。问题在于，现在，他——心烦。

是啊，他不能不烦，辛辛苦苦整理一堆材料，送上去人家
连看一眼的兴趣都没有。如果他无力争取市委、市政府的支
持，将黄沙大桥的梦想变为现实，那么改变黄沙的努力基本上
等同于白搭。因此，方正没有心情和妻子调笑，他心事重重地
揽着杨菲菲，在沙发上坐下来。

"你没上班？"方正抽出一支烟，点燃，吸了一大口。方正
这种态度就像一盆冷水，全浇在杨菲菲兴头上。强烈的委屈感
袭上心来，杨菲菲"呼"地从沙发里站起身，抓了提包就往外
走，一边走一边回头大叫："我没上班。我上不上班关你什么
事？你只关心你的黄沙，关心你的桥，关心你的锦绣前程！除
了这些你还关心什么？你关心过我吗？我是你老婆，我在家里
等你！你关心过这些吗？"

杨菲菲拉开门跨出去又摔上门。

方正窝在沙发里，木然地，睁着一双布满血丝的眼睛。

我关心过自己的妻子吗？我都在关心些什么？方正扪心自问，就有几丝愧疚爬上心头。

门突然被谁狠狠捶响，方正甚至分辨出了脚踢的声音。他大惑不解，愣在那儿望着房门发呆。他怀疑是自己的幻觉，老实说，心灵的疲累已经抵达极限，他估摸自己坚持不住了。

大门童话般地开了，白雪公主随了门的开启，在方正的眼里凸现出来。

方正还在发愣。

"坏人！冤家！你为什么不追上来？为什么不叫我停下来？你为什么一动不动？你……"杨菲菲扑进方正怀里号啕大哭。

方正轻轻地拥着妻子，眼眶都潮湿了。

……

杨书记在看材料吗？等待中的通知似乎遥遥无期。

送走擦干眼泪去上班的杨菲菲，方正忍不住抓起电话，拨打杨树威的手机。然而，刚拨了一半他又犹豫了。自己的心情未免过于急切，别说如此工程浩大的投资项目，就是开业剪彩，要请动杨书记，恐怕都得提前打通关节、做好工作，然后耐心等待。

方正强迫自己静下心来。他趿着拖鞋，在屋子里走来走去，试图找到一种可以让人安宁的方法，或者一件可以打发时间的事情。但是，最后，他终于还是一声长叹，再次抓起电话。按电话键的手有些激动又有些迟疑，他努力调整自己波动的情绪：

"喂，刘总，早上好，我是方正。"

"方正，你在哪儿？黄沙？怎么样，还习惯吗？我刚从北京回来，还在车上。那边搞了个时装展销会，风姿的行情看涨。"

"我有一个建议，刘总，如果你想扩大阵营，不妨把风姿集团的触角伸到黄沙来，就像科龙公司总部在香港，但大本营在顺德容奇；健力宝总部在广州，而它的大本营却在三水西南。我认为，要施展你的宏才大略，老是抱着西江不行，你应当把总部设在广州、北京或者上海，而你的大本营在黄沙，黄沙会给你若干优惠于其他地方的条件……"

"你的建议很有创意。不过方书记，你这样，是不是太急功近利了一点儿？瞧你一副公事公办的口气。哈哈，你应当把话收回去。然后约个时间，在西江大酒店请我吃饭，一边吃一边把话引上正题。"

"我说的是真的，刘礼。我这儿正争取杨书记，先弄座大桥。只要桥一通，在黄沙施展拳脚还是大有作为的。刚才我还碰到世伯了，看情形，他挺支持我。"

"你是说我爸？这事我倒可以帮你问问。至于投资这个问题，对不起，我一个人说了不算。况且，我不喜欢你这么直截了当。"

"刘礼，你别笑话我。我这是人穷志短、马瘦毛长，算我求你了，有可能的话，就当帮我个忙。"

"方书记，你真会开玩笑，那么大的事怎么可以随便帮忙。我可有言在先，风姿集团的确有意扩大再生产。至于是否在黄沙设厂，那得看黄沙各方面的条件，与私人关系毫不相干。哎，我都到你楼下了，要不要请我上去坐坐？"

方正措手不及："你……在楼下？可……可是……"

"可是我老婆在家，我不敢，对吧？"刘礼笑。

方正稳了稳神儿，纠正她说："你错了，我想说的是——可是我老婆刚好不在家。"

刘礼乐了。方正听到一串清脆的笑声。

方正说："你别笑。我跟你说，黄沙那鬼地方，到目前为止，连一个可以叫作工厂的地方都没有，全是些零敲碎打的作坊。"

刘礼无缘无故地叹了气，说："我不明白，我老爸为什么还那么护着你。你早成别人的乘龙快婿了，宠着有什么用?!"

方正沉默，他不知该说什么好。认真了说，刘礼在美女如云的南方堪称佳丽，体态、长相、风韵、气质以及文化教养，有机结合、和谐统一，绝对是"众里寻她千百度"的佳人。当然，这也不能说在方正心中她比杨菲菲有魅力，实际上她与杨菲菲是两种惹人怜爱的不同类型，一个如水般淡雅而实则如火如荼；另一个千媚百态又柔情似水。方正不会将她们放在一起进行比较。在情感的地图上，方正自觉地将自己划为"粗线条"型，不会把两个女人放在一起比来比去。

但是，如果从婚姻角度上看，他觉得自己更喜欢杨菲菲，杨菲菲可以大吵大闹大哭大笑，然后又小鸟依人偎在他怀里要求和平相处，或者软语嗲声乞求谅解，或者睁着一双烟雨迷蒙的泪眼，可怜巴巴地望着他……谁也不忍心冷落她，更不忍心伤害她，于是便伸手过去拥她入怀，吻她的脸，吻她的唇，吻她眼里的泪花……

而刘礼不会这样，刘礼有一种大家闺秀的矜持和行为方式。许多时候，她会把伤痛深深地埋起来，独自抚慰。

……

方正有些后悔给刘礼打电话。对刘礼的心思，他不可能一无所知，他觉得自己刚才所做的一切，已亵渎了刘礼对自己的那份感情。

四

一辆小轿车驶进深夜的西江花园。这是位于西江森林公园的住宅区，西江市委、市政府多数头头脑脑都住这儿。每天一早一晚，人们都可以看见西江高干及其家属们，在森林公园风景如画的林间、草坪上锻炼或消遣。

而现在是深夜，时针已经指向夜间 12 点。西江花园基本上已经安静下来了。没有轰轰驶过的汽车声，也没有正在流行的卡拉 OK 声，只有那依然亮着灯的窗户以及里边影影绰绰的人影，才使这个雅致而阔气的花园小区，散发着人间烟火的气息。

杨树威从小轿车里钻出来，他整了整衣服，又往头上抹了一把，然后迈步回家。走到楼梯口，突然有个人蹿出来，挡住了去路。他吓了一大跳，本能地退后一步，定睛细看，不禁摇头生气："小方？你干什么?! 这么夜深了，还待在这儿？你沈姨不是在家吗？有事也先进去坐啊！"

"杨书记，我……"方正发觉喉头哽塞，千言万语不知从何说起。

"你看看你看看，你怎么这样子呢？你以前不是这样子的嘛！小方，你现在是镇党委书记了。你怎么这样……唉，上楼坐吧，有什么事上楼说。你看你，叫你回家等着，你不信。幸好天热，要是大冷天，这样不把你弄出病来？"

方正感到脸上火烧火燎十分难受，原本他已做好准备，为了黄沙，他要将心中的话全说出来。可是现在，他突然发现自己笨嘴拙舌，反应迟钝，想说的话想表达的意思一瞬间无影无踪。面对杨树威略含责备的邀请，他落荒而逃："夜深了，时候不早了，我……我不打扰了。"

"那好吧。"杨树威说，"快回吧，别让菲菲在家里担心。说了让你好好陪陪她的嘛，偏就不听话。"

方正狼狈而出西江花园。先前是搭摩托车来的，那时才晚上9点，他先打电话问了一下，知道杨树威还没回家，索性就在外边等，不曾想整整等了三个小时，却最终以这样的结局收场。方正真想狠狠地扇自己两耳光，为什么未下黄沙之前，面对杨书记时自然得体？为什么如今却这样拘谨乃至尴尬？他真想找个没人的地方仰天长啸。

一柱灯光从身后直射过来，一辆摩托车停在身边。方正以为是搭客为生的摩的佬，他很不友好地挥了挥手，示意来人赶快走开，不料来人对他的恶劣态度无动于衷，像影子一样紧紧地跟着他。

"你跟着我干什么？你简直……你……"方正愣住了，"菲……菲菲，你……你来干什么？"

杨菲菲停了车，从车上下来朝方正走来。

"老公，我们回家。"杨菲菲说。在方正惊讶而略略惭愧的目光中，杨菲菲从容地做着她所要做的一切。

方正被动地抬腿上车，轰油门那一刻，他感到妻子杨菲菲的双臂缠上腰际，随即就有一张充满柔情的脸，靠上来贴紧了他的背心。

没有多余的话语，有的只是妻子无边的深情和爱。这个时刻，这个特殊的时刻，什么也不用说。妻子柔情的双臂已经缠上来，让彼此的心在深夜的孤寂中一起跳动。所有的焦虑、委屈和苦楚，所有的得失、成败和荣辱，在这个时刻都已随风而逝！

方正有一种想哭的冲动。他猛轰油门，把摩托车开得飞快！

当清晨的空气四处浸润和流荡的时候，新的一天终于在焦急和渴盼中姗姗而来。然而，年轻的黄沙镇党委书记方正却未能等来杨树威的消息。他在心里长叹一声，向妻子杨菲菲怆然作别。

他不能坐以待毙。他想。在这个崭新的早晨，他踏上了返乡之途。

是的，从他踏上黄沙土地的那一刻起，他就把黄沙当成家乡了，他奔走在这贫瘠的家园之中，他抚摸家园中的一草一木，他无法不感到一种隐约而遥远的心痛。

方正返回黄沙的第一件事，便是召开紧急碰头会。凡未因事外出的镇委、镇政府各部门主要领导，全部参加。

苏啸广在走廊上碰见行色匆匆的方正，方正随手把通知开会的任务交给他。苏啸广有些疑惑，想问句什么，又忍住了，趔身进了办公室。

大约上午9点，在家的大小干部，散散漫漫地朝二楼小会议室走，都不知道开什么会，都不以为然。在机关里混事，最头痛最反感又不可能逃脱的，就是开会。大会中会小会，那可见得多了，即便市委书记要来又怎么样？迟到的照样迟到，撒尿的照样撒尿，进吸烟室抽烟的照样吞云吐雾。这似乎不能说大家态度不严肃不认真，关键在于，各式各样的会议太多了，今天开明天又开，接二连三，不可能不让人厌烦。听觉和视觉都已麻木，就忍不住要打呵欠，座椅也暖烘烘的催人入眠。而一不留神在会场里睡着了，给人的印象肯定不好，于是就溜号，就开小差，就不知台上那人都讲了些什么。

等终于散会，嬉笑着撤离会场，说不定还会有一种大难不死劫后余生的惊叹。至于会议中心议题，好说好说，有关材料早用文件袋装好了，一人一份，抽空随便翻翻。总之上头的大小精神都有个一二三四五，想不吃透不明白都不可能。

而今天，新任镇党委书记突然开一个什么会，多多少少，还是引发了大家的一些兴趣。原以为他一上来就会慷慨陈词光荣就职，事实上没有。有些部门人员甚至还不识书记庐山真面目，说不准某天在路上因什么事扯上皮了，还可能挽袖子抡胳膊打一架。

事实上，大家一进门就看见方正了，这个黄沙头号人物，戴着一副黑框眼镜，面皮白净，神态略显疲惫，隐隐似有忧虑之色。但整体形象不错，身板儿挺得笔直，头发好像才吹过的，一丝不苟地由左向右斜过去，呈波浪形，潇洒中不失庄重沉稳。

当然，让人一进门就不由自主地往方正身上聚焦的另一个原因，还在于他的左右坐着黄沙镇第二号和事实上的第三号人物：镇长吴天祥和党政办主任苏啸广。虽说苏啸广头上还有两个副镇长和两个副书记，但实际情况是，党政办主任实权在握。一二号人物的大事小事，没有他的通力协作，办起来恐怕就不那么顺畅，而且，在一些不太见得人的交易面前，如果党政办主任要和你较真儿，待你自以为神不知鬼不觉大功告成之时，没准就会从背后狠狠地捅你一刀。

实际上这个小会议室没有主次之分，会议以座谈的形式摆开，谁坐什么地方没有规定，但是，人们仍然一眼盯住了头号人物。而巧就巧在吴天祥的发福和苏啸广的瘦小，无意中成了方正的陪衬和烘托。

人们开始抽烟和喝茶。方正在一片烟雾缭绕和吸取茶水的"咕咕"声中开门见山，切入主题：

"请大家来开个短会。经过深入调查研究，我个人认为，要彻底改变黄沙目前的困境，首先要建一座黄沙大桥，据初步预算，最少得上亿元投资。"

除了方正，几乎所有的人都呆了。天，上亿元是多少钱?!

"因此，想让大家一块儿想想办法，看看有什么好方法，可以尽快解决这个问题。如果这个问题解决不了，可以说，黄沙的经济建设和发展，将无从谈起！"

会场里烟雾腾腾，一片死寂。

"我整理了一个报告，希望市委、市政府能考虑这个问题，但这只是一厢情愿。报告送上去了，别人看不看，重不重视，又有无能力解决这个问题呢？我们有没有办法让市委、市政府重视这个报告？我们有没有办法说服他们？"

有什么办法？每一个人都感到茫然。

五

可以这样设想：这个群策群力的碰头会，在难熬的沉默中终于结束。也许在此之前，每个人都曾经想过这个问题，如果有办法，恐怕早就将连接外界的彩虹架起来了。年轻的方书记初来乍到，立马就抓住了这个焦点问题，并为解决它、攻克它四处奔走呼吁，这完全可以说明方书记是一心为黄沙的。然而也正因为这样，与会者才更加感到难堪，没人能想出什么好办法，大家都觉得脸上无光。特别是，当方正透过玻璃片的目光扫过来时，大家的目光都慌忙四散奔逃，没人敢与他对视，没人有勇气和他对视，都觉得羞惭，都觉得自己蠢，只能拼命地抽烟，呛着了又压抑地咳嗽。那么，这个碰头会就该结束了。谁都知道，就算接着"碰"下去，碰得头破血流吧，恐怕好办法仍是碰不出来的。

于是我们年轻的方书记又陷入了无奈和无助之中。走出会议室那会儿，尽管他竭力振作精神，但谁都看得出，方书记几乎心力交瘁了。

吴天祥和苏啸广对方正的心理状态不可能一无所知，他们的不动声色，颇有些智者范儿。看着方正的疲累和憔悴，他们想：知道厉害了吧？这么大件事，是随便就能成的么？

吴天祥以他一如既往的姿态，挺着微微凸出的肚子，走进镇政府办公室落座。他的神态有些高深莫测，像是在等待一个什么人的到来，或者一件什么事的发生。

实话实说，对于方正近期的所作所为，他基本上抱一种可以理解的态度。他总是这样想：作为年轻人的方正，他的毛毛躁躁，他的急功近利是不可避免的。特别是，吴天祥至今还认为方正是杨树威送下来镀金的，随时都会上调西江市。当然，这里边会有杨树威殷切的期望和托付。这之于方正，自然是捞政治资本的时候了。如果他下黄沙能踢出头三脚，甚至能踢出一个形势不错的局面来，那么，他的未来阳光灿烂，毋庸置疑。

吴天祥又回过头来想：三十一岁的方正，在他心中毕竟还是个黄毛小儿，乳臭未干。就算背后有杨书记，能把黄沙怎么样呢？黄沙，特殊的黄沙，历史将它定位在艰辛的环境中，让人们默默承受。那么，它的性格、思路、生活方式早已自成一派，谁也别想改变它，至少不可能轻易改变它。因此，方正的焦头烂额，早已在吴天祥的预料之中。

吴天祥看见苏啸广从门口走进来。他坐在办公桌后面一动不动、一言不发。

苏啸广迈着零碎的步子，从吴天祥眼皮底下滑过，径直走到窗边。他推开茶色的玻璃，往下边看了一阵，然后，他回过头来，抽出一根云烟，扔给吴天祥，自己也点燃一根。

吴天祥夹着那根云烟把玩。他没看苏啸广，也没说话。

苏啸广把火机拍在吴天祥面前。吴天祥又将火机拿在手里把玩。

"镇长。"苏啸广狠吸一口烟之后,打破沉闷,"青龙岗采石场被查封了;苏天光跑了;苏大海为这事非常恼火;欧所长四处派人抓苏天光。"

苏啸广一口气将一件事中的四种情况呈现在吴天祥面前,他相信任何一种情况,都可以紧紧地抓住吴天祥的神经。毕竟,青龙岗采石场每年缴款,占了镇财政收入的一半以上,作为理财的一镇之长,吴天祥没有理由对这事无动于衷。

吴天祥忽然说:"啸广,云烟现在多少钱一包?"

苏啸广一愣,随即笑笑,说:"其实我觉得,劳动局那边可以把天光的机器没收了,卖掉也能换几个钱吧?只要能把几个民工的工钱开了,又何必置人于死地呢?看样子,好像抓了苏天光要判刑。"

吴天祥把那根云烟叼在嘴皮上,点燃,用右手夹住,吸了一口。"好像是假烟。"他说。

苏啸广在吴天祥避实就虚的时候,已经将手上那根烟抽完。他将烟头撳灭在烟灰缸里,走过去一屁股坐在沙发上,双手往头上抹了一把。

"方书记提出这个问题,实际上吴镇你早就想到了。我记得你在前年,噢,去年吧?对,去年开春,你就说过修桥的事。问题是明摆着的,如果有办法,我们早搞好了,还用等他提出来么?我觉得方书记性子太急了点。"

吴天祥夹着云烟,若有所思,但不表态。

苏啸广停顿了一会儿,又点燃一支烟:"这么一搞,下边反应很大,好像我们从前都不思进取混日子似的,就他一人在公而忘私干革命。"

吴天祥眼前烟雾缭绕,这使他的神态有些高深莫测。苏啸广有点吃不准,他掩饰性地吸了口烟,说:"沙中管理区是我们镇经济效益最好，步子迈得最快的示范点、榜样区。这次青龙岗采石场一折腾，把苏大海搞得灰头土脸、无精打采的，意见很大。"

吴天祥喷出一口烟雾，终于开口说话："方书记说得对，我们必须想办法把黄沙大桥架起来。不过方书记毕竟不了解黄沙，人也年轻了点。在杨书记身边待这么些年，对基层工作不熟悉，这可以理解。啸广你也是年轻人，思想、观念和方书记容易接近，有时间的话，要多协助方书记工作。"

苏啸广说："那是，不过我看方书记胸有主见，怕不易合作。"

吴天祥说："听不听是他的事，做不做是你的事。"

苏啸广就不再谈这个问题，他在心里冷笑。他想：吴天祥，别以为人家是傻瓜，你心里想什么我会不知道？对方正的所作所为，你会举手赞成、毫无意见？对青龙岗采石场的查封你会不以为意？对抓苏天光的决定你会无动于衷？哼哼！

"其实方书记说的也是。"苏啸广转移话题，"但我不明白，既然他已经打了报告，而且他又和杨书记那么熟悉，或多或少总有些交情，那么他为什么不趁热打铁，利用自己与杨书记的关系，把报告批下来呢？"

吴天祥将烟头撳灭在烟灰缸里。

苏啸广终究还是沉不住气。他一边在心里责怪自己沉不住气，一边将矛头直指方正："依我看，方书记这个什么会是成了心的。很明显嘛。说不定他本身已有把握敲定这件事，或者说杨书记已经和他私下里表示过了，而为了显示他的能耐他的价值他的地位，所以就开这个会，让大家想办法，实际上他早知道谁也没办法。这么一弄吧，他就伟大了，谁也没法搞掂①的他搞掂了，对不对？所以说，他这个书记不是白吃干饭的。"

苏啸广越说越气愤，吴天祥就是不表态。直到他说完，吴天祥才打了一个手势，示意他到此为止："啸广，你这话在我这儿说可以，但别见谁都说。这样不利于工作。方书记年轻，难免气盛，你就少说几句吧。他让我们想办法，那我们就想想，这事到底该怎么个搞法，对不对？要搞好一个地方，靠一个人两个人始终是不行的。黄沙也是，没你没我可以，但不能说没大家也可以嘛。仅靠你、靠我，怎么能把黄沙搞好呢？对不对？"

苏啸广点头说："还是镇长你有水平，我这人就是直性子，心里边想啥就必须说出来，不然就憋得难受。幸好镇长你也了解我，要是换了别人，没准还认为我在煽风点火挑拨离间。"

吴天祥的脸色阴了下来，说："啸广，你和我怎么这样说话呢？这么多年了，我什么时候没把你当老友看待？"

苏啸广忽然叹了口气，说："镇长，老实说，我这心里真窝火。"

吴天祥说："其实也没啥，你什么时候听说过河虾能掀大浪子？"

苏啸广对吴天祥最后这句话感到满意，他想这才是吴天祥对方正的真实态度。不过他觉得，吴天祥很可能会大意失荆州。只是他已经没有兴趣提醒对方了。官场上的事说不清，一不留神就中了圈套着了道儿，他甚至为刚才的冲动和牢骚感到无比懊悔。

---

① 搞掂：粤语，搞定。

六

吴天祥跨进书记办公室那阵，这一天的上午已接近尾声。方正坐在办公桌后边的椅子上，正一根接一根地抽烟。见吴天祥进来，他推了推桌上的烟盒："怎么样，来一根？"

吴天祥摆了摆手，在他对面坐了下来。"小方，"他说，"修桥这事，急也急不来。不过我想，如果就此放弃，你那材料就算白搞了。但真要争取到市里边的支持，恐怕还得将杨书记请下来才行。"

方正眼里有亮光一闪而过："你是说……"

吴天祥接过话头："我想了很久，有句俗话说，不上高山不知平地。假如我们能将杨书记请下来，让他身临其境看看黄沙的情况，说不定这事还有指望。"

方正说："我们用个什么样的借口，才能将杨书记请下来呢？"

吴天祥说："我也只是这么一个思路，至于细枝末节，还没来得及想。"

方正说："想想，得好好想想。"

思索……冥思苦想……绞尽脑汁……

吴天祥突然发觉都快下午1点了，赶紧提醒方正："哎呀糟糕，饭堂都关门了！快快快，看看能否赶上末班车。"

方正抬手看表，站起来跟着往外走，一边走一边说："但愿黄沙能赶上时代的末班车，不然就太让人伤心了。"

经过底楼大堂，从后花园出去往饭堂，半道上碰到收工回家的饭堂师傅王小娣。吴天祥赶紧叫住她："哎哎，我跟方书记都没吃饭呢。"

王小娣一看，是镇长和书记，哪有二话说，赶紧堆上笑脸，打趣说："没见你们来，就以为你们又去黄沙山庄卡拉OK去了。"

吴天祥大笑，说："这话不能乱说，好像镇长、书记一天到晚正经事不干，就专门卡拉OK。"

王小娣附和着笑，推开了饭堂门。还好，饭没吃完，在电饭煲里热乎着，只是没菜了，王小娣忙着往冰箱里取菜蔬肉食，打算炒两个菜露一手。方正说："算了算了，不用麻烦了，有没有豆腐乳泡辣椒？随便应付一顿算了。"

王小娣说："那怎么行？方书记、吴镇长，你们为人民工作，身体搞垮了还怎么为人民呀？"一边说一边手脚麻利地洗肉切菜。

吴天祥哈哈笑，开玩笑说："为什么人民呀，我们还不是为求得两餐饭，拿了国家的工资就要干活，我们是为人民币工作呀。"

王小娣大约和吴天祥特别熟络，边忙乎边接口说："啧啧，方书记你都听见了。还说是一镇之长，就这点觉悟，也不怕我们这些平头百姓伤心。你说你们都这样了，叫我们老百姓还怎么听党的话，还怎么跟你们走？"

吴天祥说："你跟我们走怎么行？你跟我们走了，你老公不马上'反革命'？"

王小娣一撇嘴，说："吴镇长你又不是不清楚，我老公连鸡都杀不死的人，怎么会'反革命'？就算我跟你走吧，他恐怕也没说的。好歹他还是个党员呢，而你是父母官，你代表党啊！"

吴天祥简直就纵声大笑了，他指着方正说："搞错了搞错了，方书记才代表党，我只代表政府。要跟党走你认准方书记，出了事也找方书记。"

王小娣就斜过眼睛飞了方正一眼。方正这才发觉这个在饭堂里干活的女人还很年轻，和自己年纪相仿，而且，这是一个春情荡漾的女人，不知是饭堂油水的浸泡，还是富裕生活的滋养，把她养得皮肥肉嫩，眉眼含春。那斜过来的一瞥，就像一条热辣辣的鞭子，躲躲闪闪中狠狠地抽你一下。

"哟，方书记，这可是吴镇长叫我跟你的。不瞒你说，我都写了三次入党申请了，一直压在苏主任手上，方书记你可要多帮助多指引我进步。来来，先吃饭，方书记、吴镇长，饿坏了吧？"

吴天祥说："方书记饿不饿我不知道，反正我饿坏了。来来，方书记，尝尝小王的菜。呀，色香味美！来来来，自己动手，丰衣足食。"

方正还不太习惯这种暧昧的玩笑，但他真佩服王小娣的工作效率。仿佛才在说笑间，一眨眼两菜一汤就热气腾腾地端上桌子了。

"方书记、吴镇长，你们去房里好不好？这儿只有风扇，没空调。"王小娣一边盛饭一边偏头过来建议。

吴天祥招呼方正坐下，笑嘻嘻地说："去房间干什么，又没有小姐陪。"

王小娣啐了吴天祥一眼，又瞟了方正一眼，娇声说："方书记，你听听，你们这些领导干部，一开口就带颜色，还讲什么扫黄扫黑。好了，你们慢慢吃，完事就扔桌子上，我下午开工再收拾。"

王小娣飘然而去，方正忽然觉得好笑，忍不住笑起来。吴天祥不知他笑什么，也跟着笑，说："开开玩笑，便于活跃思想，打开思路。"

方正边往嘴里扒饭边点头，他想吴天祥的那个构想可以实施。要演活这幕剧，他打算请刘礼出面，找一个重量级的"演员"。

"下午我去市里办这事。"方正放下饭碗对吴天祥说。吴天祥不知他说什么事，愣了。方正补充说，"我想办法请杨书记到黄沙来。"

现在，黄沙镇党委书记方正钻进了他的专车——乳白色的本田轿车。司机还是小陈。方正没多想，他暂时把那个叫刚仔的司机忘了。这位年轻的方书记眼下关心的，是如何将市委书记杨树威请下来，然后……但愿一切顺利。

本田轿车直奔西江。这时候，刘礼已经在她的办公室里等候方正了，方正在电话里将这次登门拜访略略夸张和强调，这使刘礼猜不透他到底弄什么玄虚。

方正推门而入。

在方正的示意下，刘礼通知下属：未经许可任何人不得入内打扰。

然后刘礼看着方正，一抹调皮慢慢地浮上嘴角："你该不会说，你爱我吧？"

方正一愣，随即大大方方地笑："这还用我说吗？"

刘礼故意装出吃惊的样子："你已决定离婚？"

方正措手不及："没……没有决定！你……你想干啥？"

刘礼大笑："方书记鬼鬼祟祟的，想搞破坏？"

方正就将吴天祥的提议作了简要介绍。

刘礼感到有趣："我能为你做些什么？"

方正说："你想办法，为我请一个财大气粗的港商，台商也可以，外国人也可以……"

"你想干什么？"刘礼大惑不解。

第四章

一

太阳悬在天上。

一队小车奔驰在 1992 年夏天灿烂的阳光里。如果利用眼角的余光，有意无意地，对这个车队进行好奇意义上的"扫描"，那么就会发现，这个车队不同寻常。那些白色、黑色和红色的小轿车，无一例外地反射着鲜亮的光影。当人们因为耀眼的光泽而炫目的时候，还可能注意到，在车队的前面和后面，各有一辆装有警用标志的三菱越野车。于是人们便有理由作一些可有可无的猜想：或者车队中的某一辆轿车里，坐着中央领导、省委干部。印象中市级领导出门没这么隆重。如果将警笛拉响，这种接待规格就相当之高了。

可想而知，人们的好奇心，已经被这个神秘的车队悄然勾起。人们不由自主地放下手中的活计，驻足观望。于是就看见，紧随开路警车之后的，是一辆乳白色的本田轿车。细心的人们就会想起，他们年轻的黄沙镇党委书记方正，刚好也用的是这个牌子的专车。

没错，那是方正书记的专车。而且车队飞驰的方向，与黄沙完全吻合。那么，那一串儿的小轿车里，都坐了些什么人物呢？

原来，方正书记精心策划的"黄沙之旅"，终于在这天顺利实施了。杨树威、刘世平等一干市委、市政府领导，在百忙之中抽出他们宝贵的时间，到黄沙视察来了。方正把他们的到来，当成改变黄沙面貌的催化剂。这个煞费苦心的契机，之于方正，之于黄沙，之于黄沙人民，均不可等闲视之。

在这个颇具规模的车队里，人们一不留神就看见了刘礼的那辆桑塔纳。于是人们便反应过来，市主要领导的这次黄沙之行，刘礼功不可没。因为，与市委书记杨树威坐在一起的，是西江市荣誉市民，港商金召忠先生。金召忠是刘礼在商海和生活中的好朋友。他对刘礼的赏识和喜爱，已经超出了生意范畴，他甚至不止一次地鼓励儿子追求刘礼。他总是对刘礼开玩笑说："你必须成为我的亲人，儿媳或干女儿，任选其一。"

方正向刘礼发出求援信号那阵儿，刘礼想到的第一个人选就是金召忠。金召忠腰缠万贯，他所拥有的雄厚资本，完全有能力在互利互惠的基础上，为黄沙做点什么。实际上，刘礼早就往这方面想过了，而且不止一次地鼓动金召忠在西江扩大阵营，拓宽投资领域。但她暂时还找不到劝他到黄沙投资的理由。她在繁忙的事务中，无数次打算抽时间到黄沙看一看，摸一摸情况，却一直未能如愿。当她间接地听方正说黄沙山清水秀风光独好时，不由得心中一动。她想这不是一条思路么？如果能说服金召忠去黄沙搞旅游开发，既为金召忠贡献了商机，又实实在在地帮了方正，岂不是两全其美？

对刘礼的提议，金召忠答应得十分爽快，他是个不喜欢拖泥带水的人，商海搏击，叱咤风云，从来就是这般风风火火。实际上刘礼对黄沙的描绘，并没有打动他的心，但他浸淫商海数十年的经验，已经准确地把握了刘礼希望的核心。他不太了解黄沙，他只是以一种在商言商的心态来揣摩刘礼——如此费尽口舌，急于说服他，除了商机，还能有别的原因吗？这之前他们合作多次，一直十分愉快。他不仅相信刘礼，更希望能有更多与她合作的机会。

他想：黄沙应该是刘礼瞄准的一块肥肉，只是以她目前的条件，还不具备咬一嘴甚至一口吞下来的实力。因此，当刘礼再一次将合作的绳子抛向他，他想都没想就答应了。

"据我爸透露，黄沙是市里特别扶持的重点镇区之一。要是真在那儿干一场，在政策上肯定享受特惠。"刘礼这样为她的说服工作画上一个暂时的句号。她在等待金召忠表态的时候，看到了对方可以洞穿一切的眼睛。她心头一惊，迅速调动所有的力量迎接金召忠的审视。

"你打算投多少？"金召忠问。

刘礼猝不及防，她先前只顾说服金召忠，没想到对方会拉上她。她仓促应战，说："我这是免费咨询。"

"这么好的机会，白白放过了，岂不可惜？"金召忠的神态和语气，有点莫测高深。

刘礼摇了摇头："老实说，我这小虾米，吃不了大鲸鱼。"

金召忠说："我们可以合伙，你一我十，一比十。"

刘礼的脑子飞速旋转："如果我出两千万呢？"

金召忠伸出食指和中指："我出两个亿。"

两个亿的大项目对一穷二白的黄沙镇意味着什么？相当于它一年的工农业总产值？恍惚记起方正说过，黄沙全镇年财政收入才一百多万，这两个亿所创造的经济效益，又将是多少个一百多万？！

刘礼大喜过望，却又不动声色。

"我们还是找个时间先下去看看吧，不过您别忘了自己的诺言哦。"刘礼用一种恰当的表情和声音，结束了与金召忠的对话。她想：下一步的工作得交给方正了。她在喜悦而又心疼的感觉中，将金召忠的意思传递给方正。

"你应该上来做点工作。"她说。

方正飞车直奔西江。金召忠是西江市委、市政府的座上客，单在西江就拥有庞大的集团公司。如果他能相中黄沙当带头大哥，那么，黄沙这盘散沙，就有了聚拢的可能，就有了起飞的可能。

方正真不知如何感谢刘礼。他以无比真诚的态度，向刘礼表示发自内心的谢意。谁知刘礼不以为然。

刘礼说："光说谢谢有什么用？我想你应该以实际行动表示表示。"

方正看着刘礼似笑非笑的样子，本能地警惕起来："八字还没一撇，你就索要回报？"

"事成之后，你得请我看场电影。"刘礼说，脸上仍然似笑非笑。方正透过刘礼试图极力掩饰真实内心的表情，恍惚看到了她涌向眼眶的泪花。他感到心头一阵紧似一阵，像坠了一筐沉重的石头，正悬在空中轻轻地晃动。

刘礼突然"咯咯"地笑起来。瞅着方正愣愣的样子，她在疼爱和惆怅中故作轻松："你是不是觉得我这是在敲诈勒索，或者趁火打劫？"刘礼边说边笑，她觉得方正的反应很有意思。

"我只是在想。"方正斟字酌句地说，"你是不是应当好人做到底，送佛送到西？"

刘礼忍住笑，认真地看方正："方书记，人心不足蛇吞象。我可是生意人。你想想看，什么利益都没有，我怎么可能继续帮你？"

方正大笑。

告别刘礼，方正直接去找杨树威。他对这次邀请很有信心，这不单是金召忠要去黄沙考察一个两亿元的投资项目，还有刘礼通过父亲刘世平从中促成的保证，再加上自己这个追随他多年的老部下的真诚，他想杨树威没有理由不去黄沙。

事实上，一切都比想象的还要顺利。当杨树威听说金召忠打算去黄沙考察投资环境，他已经从椅子里站起身来："你要抓住这个财神。"他有些兴奋地对方正说，他觉得方正能请到金召忠很了不起。

"我想请您也下去走走看看，对我是一种鼓励；而对金老先生，则是代表市委、市政府一贯的重视和尊敬。"方正把他的意思表达得诚恳而高明，实实在在。他牵引着杨树威向他的目的地靠拢。

杨树威果然干脆，说："好，待会儿我打电话给金老板，看他什么时候去，到时我陪他去。我给黄沙当红娘。"

直到这时，年轻的方正书记才长长地松了口气。

于是，这之后的某一天，人们便看见，在夏日热烈的阳光里，一队小车朝黄沙蜿蜒而去。

二

当车队从西江市委大院里开出来，或者说当杨树威与金召忠互相谦让着，坐进那辆挂着五个"8"车牌的奥迪小轿车，似乎就为方正的梦想——黄沙的未来打下了暖和的底色。只要西江政治首脑和商界大佬联手，黄沙变金沙的日子指日可待。

看看吧，夏天金灿灿的阳光，在这个对黄沙具有划时代意义的日子里，是如此大方和热烈。它把所有美好的祝愿，都写在了黄沙的土地上。面对这样的阳光和这队携带光明的使者，人们怎么忍得住不情不自禁地鼓掌和欢呼呢？

然而且慢，当人们在为方正书记以及黄沙的未来欣慰和祝福的时候，忘记了另外一些人。譬如吴天祥、苏啸广、欧火生、苏天光……在方正为此次"黄沙之旅"煞费苦心的日子里，他们都在忙些什么？

于是人们不能不回过头来，关注他们的工作和生活。于是人们的视点，就不约而同地向青龙岗采石场集中。

关于青龙岗采石场，人们或多或少地有过一些了解。在黄沙这片沉寂而又贫瘠的土地上，采石场"哐哐当当"的开山碎石声，几乎就代表了整个镇的工业文明。人们从裸露和残缺的山体里，看到的不是破坏、罪孽和痛心，相反，很多时候，在不少人（包括吴天祥、苏啸广、苏大海等）眼里，看着飞速转动的碎石机和来往忙碌的运石车，原本就是一件极其惬意的事情。要知道，黄沙镇每年那可怜的不足两百万元的财政收入，这个采石场就上缴一半多。镇长吴天祥，他手中抓着的一项工作，就是人民政府（或者说人民）赋予他的财权，镇上大大小小的开支和收入，一年四季都得靠他在调控中精打细算。许多时候，吴天祥甚至在心里抱屈，名义上他把着镇上的财权，而实际上，每年从他手中经过的"财源"太少了，简直可以说寒碜。他就像一个团长，却挂着司令头衔。对镇财政那点可怜的收入，他不可能一天到晚春光满面。

而现在，方正要把青龙岗采石场关了，而且还叫欧火生四处捉拿苏天光。这些都不打紧，关键在于，抓了苏天光关了采石场，那今后的财政怎么搞？自己这个"财神"将以怎样的心境来面对干瘪的荷包？要用钱的地方不计其数，不算镇机关必不可少的相关开支，就说这每年的天灾人祸，就说这老是解决不了的拖欠教师工资问题，要不要钱？抗灾自救好听不？好听，挺豪情满怀的，可是怎样抗灾自救呢？香蕉林遭毁了种蔬菜，半大的鱼冻死了换鱼苗，光喊口号行吗？还要实实在在的经济援助啊！尊师重教对不对？再苦不能苦了孩子，再穷不能穷了教育对不对？可光说，光喊，光有认识行不行？如果你没钱，没能力，怎么尊师重教，又怎么不苦孩子不穷教育？吴天祥想：方正啊方正，你太刚愎自用、一言堂了！

只是，吴天祥站在他一镇之长的立场上，暂时还不想把心中的想法表现出来。他在不满方正的同时，利用眼角的余光留意苏啸广，他发现苏啸广对这事的态度，日渐旗帜鲜明。

如果越过吴天祥，将苏啸广以及苏天光的一举一动摄入镜头，人们有些惊讶地发现，采石场老板苏天光，实际上只是一个五大三粗、满眼凶光的愣头青，人们在佩服他在时代大潮中敢闯敢干的同时，也禁不住怀疑他搏击商海的能力。无须麻衣神相，人们差不多已经可以肯定这是个四肢发达、头脑简单的粗人了。相信，将民工关在采石场里干活这种事，他干得出来。但人们很担心，这样一个人，他真能使采石场成为黄沙镇财政收入的顶梁柱吗？可以想象，当这个疑问在人们心里萦绕的时候，他们不可避免地把目光投向他身边黑着脸的苏啸广。人们对这二人了解不够深入，仅仅知道，他们是远房兄弟。

"广哥，你给那些山佬工钱了？我看你是发癫！给他们钱还不如给我去摸一把。"苏天光一边说一边随地吐痰。苏啸广第一次对他这个恶习产生了反感。

"你嚷什么，你懂个屁！"苏啸广的脸色很不好看。采石场的机器已经哑火了，白花花的石子，就像摔一把"啪啪"响的票子，在方正的横加干涉下，静静地躺在那里。心疼得他脸都歪了，心情拧得像一根麻花。

对于苏啸广的郁闷，苏天光很不以为然："你光气有什么用，反正现在钱也赔了，记者也打发走了。依我看，开车去西江再拉一车人回来开工，误一天工就等于丢了一把钱。"

苏天光发自内心的大实话，像一把尖刀刺中了苏啸广的要害。是啊，当初他东挪西借，顶着风冒着险，让苏天光挂名经营这个采石场，为的是什么？不就是为了把山头一铲铲挖掉，把石头变成人民币揣进腰包？他曾想，干脆不打政府工了，下海搏一把，可是，如果背后没人，这采石场能搞下去吗？别说把民工关在山上做苦力，就是工商、税务、治安、消防等，随时都能把你折腾死。而只要他在黄沙政府里干事，那些意料之中的麻烦，则可以忽略不计。特别是前任书记，随时都充分肯定和大力支持采石场的工作。因为这个，苏啸广曾经以苏天光的名义，一次又一次替他支付麻将桌上输掉的赌资。

在苏天光发牢骚的时候，苏啸广阴沉着脸大口吸烟。最后，他掐灭烟头，像是下了决心："天光你去，先让机器转起来再说。"

苏天光说行，又说："你叫欧火生不要动不动就用手铐子，要不是看在你面上，我打得他满地找牙。这个老东西！"

苏啸广说："你别胡来，抓紧时间干。不管怎么样，我让你停你才停。欧火生抓你进去也别慌，有我在，天垮不下来。"

苏天光说："苏大海也叫我干。我怕给你添乱，才来问你，不然早开工了。"

苏天光转身而去的身影，在苏啸广的视线里变成了一个黑点。苏啸广用脚狠狠地踩躏一地的烟头，一丝冷笑浮上他年轻但干瘦的脸庞。

"我得找找吴天祥和苏大海。"他想，"我要让他们站出来反对姓方的。"苏啸广对此很有信心。

三

大江横亘。

来自西江的车队,在这个夏天的上午,抵达黄沙渡口。巧或不巧,肩负迎来送往重任的渡船,在车队抵达这一刻刚刚鸣笛离岸。马达轰鸣,劈波斩浪,驶向彼岸的舟子,并不知道,这个车队,将决定黄沙今后的命运。

阳光普照,江水浑黄,沙砾遍地。凭江临风,笑谈今古,想一想,这将是一件多么令人惬意的事情!于是,杨树威等一行愿意关注黄沙、愿意为黄沙做点事情的人,还有什么理由待在汽车狭小的空间里消受人工空调,而不下车去感受真真切切的自然风光?

是的,方正书记推门下车了。他的身后,是负责跑黄沙线的《西江日报》的记者杨菲菲。市委书记亲自牵线搭桥,为穷镇黄沙引进大项目,这不能不说是重头新闻。但是,从坐进汽车那一刻起,她就隐约地担忧着,以黄沙的现状,能引来外商大规模的投资吗?不错,投资方是为西江经济发展做出过重要贡献的在港乡亲、西江市荣誉市民金召忠先生。为造福乡梓,金先生或许会在一定程度上降低自己的利益标准,可是,金先生毕竟是遍尝人间滋味的生意人,他明白自己今天的荣誉辉煌以及受到的尊敬,绝对不是天上掉下来的馅饼。如果不紧紧抓住利益这根神经,这么多年来的拼搏能给他带来什么?

虽说自古名利是浮云,而一旦不能拥有这浮云般的名利,又有谁会如现在这般给你鲜花、笑脸和颂扬?杨菲菲想金召忠不可能是慈善家。如果黄沙无利可图,任你杨树威陪他跑多少趟,也没法将他的钱从口袋里掏出来扔在黄沙。生意需要感情来辅助，但不能由感情来主宰。杨菲菲推断，金召忠对此自有他的原则，甚至可以说他心明如镜。

因此，看到丈夫方正开朗的笑脸，杨菲菲不禁有些心酸。为了黄沙，丈夫奔走呼号，一切似乎有了生机有了希望。可他为什么不设身处地为金召忠想一想：如果他是金召忠，仅仅因为市里的头头脑脑作陪，就会将大把大把的钱往黄沙扔吗？

杨菲菲本能地紧随方正左右。她真担心憧憬着未来的丈夫，有一天会在不曾提防的状态下，被任何一宗意料之外的打击打倒。

"你看，多美的黄沙！"凭江远眺，方正情不自禁指着山那边对妻子说。对岸的黄沙或青黛或墨绿，间或可见金黄的滩涂散落其间，就仿佛是天公故意遗下的金子，或者是悬于黄沙公主腰上的金饰。

杨菲菲一直默不作声地跟在方正身边，她的心疼和忧虑，轻轻悄悄地在心房里流溢和弥漫。只是这个时候，她不能不扬起迎合的笑脸，跟着方正的兴致，对黄沙进行真心实意的赞美。是啊，眼里朦胧的黄沙，就如同清纯靓丽的少女，在江那边，在宁静的江那边，轻轻地歌唱。有月光和水，有太阳和雨露，禾苗在拔节，果子在成熟……还有什么能比这更让人心旷神怡的呢？美丽的黄沙、宁静的黄沙、羞答答的黄沙，她就像一位怀春的少女，一朵含苞待放的花蕾。她在江的那边，向江这边渡口的车队，好奇而又羞怯地眺望着。

这时候，人们看见江岸之上，已经参差站立着一批人，他们向对岸的黄沙指点着，比画着，谈论着。他们便是这次"黄沙之旅"的成员了。有湿润的江风掀动着他们的衣裳、撩动着他们的头发，他们怀着不错的心情，兴致勃勃地谈论着一些成熟或尚未成熟的构想。

"黄沙不仅仅可以上旅游，还可以搞农场，无公害种植，那是绝好的地方。"市委书记杨树威对金召忠说。杨树威这天的心情特别好，金召忠的投资意向，对他来说，不用说是一场及时雨。方正是他派下去的，如果下去两三年仍毫无成绩，他将在市里为他准备一个怎样的位置呢？他知道自己不可能在市委书记的位置上赖着不走，退入政协、人大或荣升赴省，是他或早或迟的结局。而在他卸任之前，他能不为方正想想吗？倘若方正能在黄沙做出一些成绩，那么，升入重要部门妥善安置便顺理成章。因此，金召忠此次赴黄沙实地考察投资环境，在他心目中的意义不同寻常、无限深远。

对老朋友杨树威的热情，金召忠已经习以为常，自从他踏进西江地界，还没升一把手的杨树威就与他打上交道了，多年来的愉快合作，使他们诞生在公务之中的情谊日渐深厚。于是他又想起刘礼曾经的极力鼓动和怂恿，他将这两件事有机地联系起来，很快就明白了，自己即将考察的黄沙，已经引起了有关人士相当的重视。于是就感到好奇，他想：黄沙是聚宝盆吗？如果不是，何以让西江首脑如此关注？回头一想，又觉得杨树威与刘礼好像是串通过的，不然怎么会这么巧？说不定刘礼鼓动他到黄沙投资，也是在杨树威的授意下进行的。如果这种假设成立，那么杨树威想干什么？他为什么不直截了当和自己谈，却要通过刘礼来撮合？他到底想干什么？噢，明白了！江那边的黄沙，没准就是西江改革开放宏伟蓝图上的一团污迹。到处都在热火朝天开放搞活儿，而黄沙，他将要涉足的黄沙，很可能因为种种原因，至今还是一片空白。不用说，这是杨树威的一块心病。他极有可能将这次黄沙之旅当成求医问药，而他金召忠，便是杨树威心中的名医了。他一定祈望他药到病除、妙手回春。

可是，金召忠又想：如果这是一个包袱，如果杨树威想把包袱甩给我，那可就不够意思了。挽了活套想让我往里边钻，嘿，老弟，对不起，此路不通！

忽然就觉得太阳有些毒辣，直直地烤着头上那方不毛之地，杨树威和方正所赞美的黄沙，在金召忠的眼里言过其实。他甚至感到一丝头晕，看江中心那条船，不知在往哪边挪动，心下一恍惚，就觉得在江边等了很久了，而看情形还得继续等。他下意识地伸手往衣袋里摸索，这时，刘礼已挽住了他的胳膊："金伯，回车上歇会儿，外边太阳毒呢。"

金召忠冲杨树威挥了挥手："杨书记，我可顶不住了，我要撤退了。"

杨树威突然感到情绪开始变坏，他甚至恶狠狠地想：都过半小时了，这死鬼船怎么还不过来？一边想一边扫视众人，见刘世平正与方正比比画画谈论着什么，而一边的杨菲菲静悄悄的，仿佛满腹心事无处诉说。

杨树威感到心烦，他说："太热了太热了，上车上车。"

船还没来。金召忠不停地抬手看表。金召忠的烦躁情绪已经波及刘礼。刘礼有些不安，她真担心这个性子急躁的老先生一怒之下打道回府。如果这样，方正的愿望只能是长久的梦想。刘礼不能对此坐视不管。她乖巧地跟着金召忠，钻进杨树威的奥迪。这辆打国产牌，实则是进口的超标车给人的感觉很好。她借助舒适的空间，左一个金伯右一个金伯地叫，一边叫一边关心地给他递纸巾送矿泉水，就像是他女儿。

金召忠努力稳定自己的情绪，他擦着满脑门上的汗水，又灌下一口矿泉水，忽然说："怎么不在这儿修桥？"

刘礼娇态可掬，展颜一笑，拖腔拖调地说："金伯您放心，面包会有的，大米也会有的。"

金召忠忍不住笑了，他说："闺女，你可别算计我！"

四

苏啸广与吴天祥这天都没外出。他们在镇政府里抽烟、喝茶、看报纸以及聊天，他们在耐心地等待方正亲自恭引的财神。隐约得知这次来的是大老板金召忠，并且有市委杨书记亲自作陪，当真是非同小可。而最牵动人心的是，如果一切顺利，这将是可以令任何镇区眼热的大工程，上亿的投资，将会为当地经济发展做出多大贡献？结果可想而知！

但没多少人对此抱有信心。隔岸观火的人们，都以一种走着瞧的心态，静观其变。翻开黄沙历史，无论是南越王室后裔还是苏妃的子民，从来都是世代躬耕于这方土地，早出晚归，默默无闻。而新任书记方正，试图以他的年轻气盛打破上述生存格局，他要将港商引进来了，他要在黄沙古老沉寂的土地上搞建设兴旅游，他要把遍地的沙砾变成金子。他的所作所为让人看在眼里想在心里，便有了悄悄的冷笑、讥讽和叹息。

吴天祥属于"叹息类"。他一直觉得方正缺乏镇党委书记沉着、冷静、谨慎这些必备的素质。他基本上认为方正不撞南墙不回头，不到黄河不死心。"那么你就去闯吧，年轻人冲动冲动情有可原。"他想，方正撞得头破血流的日子已为期不远了。

苏啸广则属"冷笑类"。他暂时还没细想方正此番努力，会不会竹篮打水一场空。对他来说，时刻缠绕于心的，除了采石场还是采石场。采石场是他的心血是他的金库，每一锹挖下去，都意味着耕耘和收获。滚滚财源，难道仅仅因为方正突发奇想搞什么旅游开发，就从此断流？苏啸广心中冷笑。

是的，按有关规定，国家干部不准跨业越轨经营企业，但那只不过是一种"纸示"精神。贯彻与否，又如何贯彻；执行与否，又如何执行，都可以适当伸缩或者大做文章。苏啸广在官场上混了这么多年，钻政策的空子，对他来说小菜一碟。让堂弟出面搞采石场，就是他的得意之作。

在苏啸广看来，基层的很多事，根本不可能按上头要求来。比如方正的专车，三十多万元一辆的本田，明显超标了嘛，但何以不见他换一辆国产货呢？再看市委杨书记的奥迪，讲起来是国产货，实际上是进口货，谁来较真儿一查，仍免不了超标。所以说，很多事情就是这样，上有政策下有对策。苏啸广的思想觉悟，大致就停留在这个阶段。他不会觉得自己一边当官一边开厂有什么不好，相反，他发觉手中有权，更利于企业发展。如果不是这个该死的方正，他苏啸广的采石场在黄沙地盘上，什么事也不会有。

有阵子，媒体还大肆宣传顺德政企分家，说是什么先进经验。苏啸广觉得顺德那帮官员脑子进了水。他想：现在不是流行党政一把抓，市长书记一人当吗？好处就是便于决策，避免人浮于事，军师多了打烂船嘛。那又为什么要搞政企分家呢？企业没有政府的支持能行？就譬如眼下，他想，如果采石场是企业，而假设自己代表政府，自己倘若不站出来支持采石场，不想办法争取吴天祥以及其他可以代表政府力量的人支持采石场，那这采石场肯定倒闭了。苏啸广努力让自己这个思路理直气壮。

那天，交代完苏天光，苏啸广寻了个合适的机会，和沙中管理区书记苏大海聊起采石场。苏大海一听这事就光火，把手机拍在办公桌上直嚷："胡闹胡闹！黄沙是什么情况？黄沙靠的就是青龙岗采石场！苏天光拘禁民工违法可以把他抓起来，哪有连采石场也给关了的？啸广你在上头，怎么也不给方书记讲讲利害得失？我这些天为这个事窝火得想找人打架，简直是乱来，乱来！"

苏啸广真诚地陪着叹了口气："唉，大海你冤枉我了。书记发话，吴镇长也没办法啊，何况我！"

苏大海倒在椅背上，翻着双眼看天花板。看了一阵，突然间又跳了起来："反正我不管！关吧关吧！关了大家抱着肚皮挨饿，没米下锅了我就去找方书记，问他这拖欠教师的工资该不该发，这孤寡老人的生活费该不该保证，管理区这伙人是不是该散伙了。"苏大海越说越气，又一屁股坐在椅子上，大口喘气。

苏啸广缓了缓语气，说："不知吴镇长怎么看待这事，又不知大伙儿怎样看这事。其实大家真要反对关闭采石场，或者方书记还是会重新考虑的。我也觉得，让苏天光反省反省，作作检讨，再出点钱，把事情摆平就行了，干吗要大动干戈，弄得这么紧张?！"

苏大海抓起办公桌上的手机，又"啪"地一声拍回去，粗着脖子红着眼大声嚷："吴镇长会怎么看，我就不信他手上钱多得数不清！当家才知柴米贵。我看他最好把财权也交给方书记。方书记有本事，就让方书记去开销那每年的百多万。啸广你不知道，我们这边早起哄了，班子内部意见大得很。要不是我稳着，怕早吵到镇上去了。不怕你笑，关了采石场，上边来个记者领导什么的，我连招待顿饭都得降低伙食标准。黄沙又不是暴发户兜里揣着大把钱，黄沙已经够苦够穷的了，连小打小闹弄点钱也不准，这分明就是不让人活嘛！"

苏啸广说："话不能这样说。不过方书记是武断了点，好歹还有个党委会，怎么就不征求一下大家的意见，一个人说关就关呢？"

苏啸广沉吟了一会儿，接着说："看来这事真得合计合计。大海你先冷静，先稳住手下的情绪。凡事要摆事实讲道理对不对？到时候我们找吴镇长商量一下，开个党委会。如果大家意见一致，都认为不该关，我想方书记也不至于不讲道理。"

苏大海喉咙里"咕噜"了一声，余怒未消地说："总之，采石场关不得，要关就让他给钱。"

可以想见，苏大海对待采石场的态度非常积极。尽管他的立场早已在意料之中，苏啸广仍然暗暗欢喜。老实说吧，就眼下的情况，苏啸广还没有时间去恨方正，也没能力搞倒他。他急于要解决的，是不显山不露水争取大多数人对采石场的支持。他曾经在吴天祥面前流露对方正的不满情绪，虽说吴天祥不动声色，但他坚信，吴天祥不可能对采石场的关闭无动于衷。他手上的财政，如果没了采石场的支持，怎么玩得转？方正会给他钱吗？方正上哪儿给他弄钱？而开销仍在每一个日子里排队。他想：吴天祥你就不动声色吧，但你能沉默一生一世吗？

得知这天将有外商过来考察，苏啸广嘱咐苏天光做了必要的防备。采石场里一片沉寂。为什么不开工？他想如果杨树威发现并问及这个问题，吴天祥不会再保持缄默。吴天祥必定会跟杨书记说钱的事，虽说只是短期利益，但可解火烧眉毛之需。

苏啸广推开办公室的茶色玻璃往外望，他想：方正他们应该到黄沙了。

五

推窗望天，发觉时候已不见早。吴天祥有些坐不住了，他起身去党政办找苏啸广，准备到黄沙渡口去看个究竟。如果恰巧碰上了，那就算他专程前去迎接杨书记和外商吧。

吴天祥和苏啸广开了一辆半新不旧的面包车，直奔黄沙渡口。跳下车时，发现渡船还在江中心喘气。吴天祥看不清江那边是什么景象，就问苏啸广。苏啸广眯缝双眼瞄了几眼，说："应该是方书记他们。"

日头很毒。吴天祥往江那边努力望了一阵，就感到脑袋有些发昏："我们在这边等等吧。"他冲苏啸广招呼了一声，缩进车里吹空调。

苏啸广感到口渴，他往后看了几眼，朝一棵枝繁叶茂的老树走过去。树荫一侧有个小店，卖些烟酒糖果。他一边走一边往裤兜里摸钱。刚摸到钱包拿在手里，一晃眼就愣住了。他看见刚仔骑着一辆珠江125C摩托车，正似笑非笑地看他。

"苏主任，搭不搭车？"刚仔笑了，刚仔的笑在苏啸广看来，绝对不怀好意。

苏啸广下意识地把钱包揣入裤兜，从鼻孔里冷哼了一声。他不想理刚仔，原因之一，是他不知该怎样面对刚仔。这个前任书记的司机，因为自作聪明带着方正在黄沙东奔西走，最后被他找了个理由"炒鱿鱼"了。是的，为了对方书记负责，他有理由换掉刚仔。只是，让他恼火的是，本来他给刚仔留了后路的，他已和黄沙镇建筑工程公司打过招呼，让刚仔去那儿开小货车。没想到刚仔压根儿就不领他的情。他宁肯顶着炎炎烈日，在黄沙渡口靠载客为生，也不服苏啸广炒他鱿鱼。他甚至怀疑苏啸广假公济私，人家方书记手被咬伤了都没责怪过他，何以苏啸广就如此大动肝火呢？

刚仔仔细琢磨过，他觉得苏啸广和采石场像一个巨大的阴谋。苏书记还在位那阵，不时去采石场走走，许多时候也不知他进去干什么。往往在外边一等半天，还不时被苏书记传话打发走，直到第二天才过来接他。刚仔只管开车，也懒得想太多，只是偶尔见采石场里停着款式不一五颜六色的小车，才会引发一些好奇。但也从未深入探究，间或可见一些陌生的男女，钻进汽车晃晃悠悠地走掉。过后才猜测，可能是苏书记躲在里边搓"麻雀"了。

他便不由自主地想起，大凡苏书记去采石场，多半都可以看见苏啸广亲自陪同，那么，这其中会不会有一些说不清道不明的联系呢？刚仔东想西想，有时就忍不住想把这一切弄清楚搞明白。他不敢想象能搞垮苏啸广，但如果这里边真有什么古怪，告诉方书记一声也是好的。跟着方书记跑了一大圈，刚仔基本上认为方书记是一个好人。至少，他在真心实意地为黄沙，或者说为黄沙人民着想。他不希望方书记在懵然无知中，钻进了苏啸广的圈套。

渡船终于靠岸，一溜小车停在船上，等那些挑筐背篓、推单车骑摩托的人上岸，之后才缓缓爬上渡口斜坡。吴天祥已经站在太阳底下守候了。他没发现方正的本田，正在发愣，杨树威已从车窗里探出头来招呼他了："老吴，上车吧，先去镇政府。"

吴天祥冲杨树威满脸堆笑，顺势回头往江那边看了一眼。渡船太小，车太多，得分两批轮渡，方正还在江对岸候着呢。

苏啸广一溜小跑上了车，他本来想过去教训刚仔几句，看到车队只过来了一半，心中就有些幸灾乐祸。一闪念，便把刚仔给忘了。

大江横亘，靠渡船过日子的交通状况，一直是困扰黄沙的老大难问题。黄沙就像一只鸡，这个渡口便是鸡脖子。脖子被卡住了，什么都吃不进，哪来的营养，还怎么长肉长肥？改革开放都十多年了，扛着钱袋子跑来找地方投资的外商，无一不是在对岸望江止步。偶尔也会有一两个心存侥幸的跑过来察看，但最终还是下不了投资的决心。

这次，方正把外商连同杨书记一并请来了。苏啸广估摸，历史的悲剧仍会不可避免地重演。不过他还是为眼前的阵势暗暗吃惊，这个规模不小的车队，似乎已经预示了此次不同往常，仿佛志在必得，仿佛真要把黄沙翻个盖儿。

苏啸广在车门口等候吴天祥上车。车启动那会儿，他终于忍不住心中诉说的欲望，意味深长地感叹道："看这阵势，像要灭了黄沙！"

吴天祥没搭腔，只是从兜里摸出一根烟，轻轻地点燃。

六

方正心急火燎过了江。那时候，杨树威、刘世平他们的车早已无影无踪，他催促司机小陈追上去这会儿，杨菲菲突然说她要喝水。

"什么？"方正简直就想破口大骂，"都什么时候了，你还有心情喝水?!"

杨菲菲一愣，她的神态在方正的极端不耐烦中像斗鸡一样不友好起来："什么？未必连水都不让喝呀？"

方正缓了缓口气说："你坚持一会儿行不行，杨书记他们已经到镇政府了。"

杨菲菲很上火，说："你看你这样子，你以为黄沙少了你就不吃饭了？停车，我要去买冻果汁。"

小陈刹车，方正正想发火，杨菲菲已抬腿下车。"砰"的一声摔上车门。

方正大为恼火，大声叫小陈开车。小陈有些犹豫，方正简直就怒不可遏。而这时，他不经意间透过车窗玻璃，看见小店一侧的树荫下，刚仔正出神地望着他的车。他愣了一下，看刚仔的样子，像个搭客为生的摩的佬，而太阳如此毒辣……他有些不明白刚仔为何抛下稳定的工作不干，却来揽这种辛苦的差事。

"刚仔，"司机小陈突然冲窗外叫了一声，"你怎么干这个？"

方正顺口问："搭客好找钱吧？"

小陈说："哪儿呀，在黄沙搭客没什么钱。家家户户都有单车，很少有人搭摩托车的。"

方正就更加感到奇怪："那他为什么好好的政府司机不干，却来搞这个事？"

小陈吃惊地说："哪是他不干呀，是苏主任炒了他。叫他去建筑队开车，他不愿去。"

方正隐约预感到刚仔的被炒，可能与自己被狗咬了手有关。他说："苏主任为什么炒他？"

小陈摇摇头说："这我就不知道了。"

方正推门下车，朝刚仔挥着手，大步走过去："嘿，刚仔你这是干啥？"

刚仔没料到方正会下车朝他走过来。他措手不及，掩饰性地挤出一张比哭还难看的笑脸："方……方书记，你……你搭摩托车？"

方正开门见山地说："苏主任不让你在政府干了？"

刚仔一愣，没缓过劲来回答。

方正说："是因为我？"

刚仔这才回过神来。他说："也不全是。不过起因是我失职，方书记你的手没事了吧？"

方正说："都什么时候了，有事还行？哎，当时你怎么不去找我？我后来四处找你也找不到，还以为你人往高处走了。"

刚仔苦笑，正待说些什么。方正突然记起今天的头等大事，他急匆匆地往小店那边看了一眼，杨菲菲正不慌不忙地和店主拉话儿。他叫了一声，杨菲菲没理他，气得他转身就走。

"刚仔，待会儿你把杨记者搭去镇政府。"他边说边小跑回去，刚上车，本田"呼"的一下就冲了出去。

这倒真出乎杨菲菲的意料，当她发现方正脚跟脚下了车，还以为他会过来适当地赔礼道歉，谁知对方不是为她而来，却和树下那个摩的佬聊起天来了。她想：莫非让我搭摩托车？就很不服气地故意在那儿拖延时间。方正叫她那会儿，她也一副爱理不理的样子，装作没听见。不料方正的耐心很有限，一抬腿上车走了，气得她将正在吸吮的半罐健力宝狠狠地砸在地上。

阳光很毒。杨菲菲看见树下那个摩的佬抬腿下车，提着一个脏兮兮的头盔，向她靠拢。尽管摩的佬的神态是如此友好，但此时此刻，这友好落在杨菲菲眼里，怎么看怎么不顺眼。

"你想干什么？"她突然冲走过来的刚仔大吼。

刚仔吓了一跳，脸上火烧着了一般尴尬异常："方……方书记，让我送你去镇政府。"

"我不要谁送，我自己有脚，我走路去！"杨菲菲冲进阳光地带，她差点就要哭出声来了。

刚仔犯急，也没细想就本能地拔腿追上去："方……方太，你看这么大的太阳，你……"

"关你什么事！"杨菲菲心头火苗子"噌噌"乱窜，忽又觉得这样对陌生人有失风度，便僵硬地回过头来，歉意地笑笑，"对不起，真……真对不起。咦，我在哪儿见过你，你不是……"

刚仔说："我是刚仔，曾给苏书记开车。我认得你，你是杨记者。"

杨菲菲说："我好像记得你给方正开过车，怎么不开了？"

刚仔说："唉，我技术不好，苏主任怕方书记有闪失。"

杨菲菲发觉刚仔没说真话，她用手遮在额头上，说："方正比苏书记高贵？苏书记不也是你开的车?!"

刚仔就不知说什么好，愣了会儿才说："我送你去镇政府。放心，我开摩托车比开汽车还稳。"

杨菲菲正要答话，晃眼间，一辆黑色的桑塔纳刹在跟前，刘礼从车窗口探出头来冲她招手："嗨，菲菲，洗日光浴练健美呀？还不快上车？"

杨菲菲在太阳下暴晒了半天，早已香汗淋漓，头昏眼花，她冲刚仔"多谢"了一声，一闪身就钻进了刘礼的汽车。喘上几口气回过神，才觉得味儿不对。传言中刘礼对方正很好，那种好，已经远远超过了普通意义上的友谊范畴。自己今天的表现，被她看在眼里，岂不是为她送上了一个大好时机？有几个第三者插足不是这模式：当一方失意惆怅的时候，第三者即抓住战机乘虚而入？

"菲菲你还是这么青春，而且越长越漂亮可人了。"刘礼亲热地拉起杨菲菲的手，赞歌唱得非常真诚。

杨菲菲像被蜜蜂蜇了一口，她本能地缩回手，随即又觉得这样未免小气，便掩饰性地叹口气，自嘲说："你就别拿我开涮了，人老珠黄让人嫌，君不见方大书记流星赶月弃我而去？"

刘礼笑，说："方书记太不像话了，建议今后严加管教。"

杨菲菲以守为攻，又叹了口气，说："算了吧，物极必反，既然已为人妇，即应从夫，还是睁只眼闭只眼听之任之吧。免得让他找个感情不和的借口半道儿甩了我。你不知道，方大书记的身边可是美女如云，较不得真的。"

刘礼又笑，不知有没有从杨菲菲的话里咂出些别的味儿来。她依然那么大方得体，谈笑自如："方书记该不会也是花心萝卜吧？他可是一方水土的父母官呀。上梁不正下梁歪，弄不好会出大错。"

杨菲菲终于忍不住哑然失笑。本来她想向刘礼传递一些什么又刺探一些什么，谁知刘礼沉着应战，棋高一着，一连串的四两拨千斤，使她打出去的拳头屡屡落空。她想：我这是怎么啦？这样小家子气，岂不是更让对手小瞧么？于是心情就毫无来由地开朗起来，笑问刘礼："我们是在捉迷藏吗？"

刘礼说："有这种倾向。"

第五章

一

开着车走走停停，金召忠的面部表情一直不显山不露水，这使得对他不甚了解的方正差点儿急火攻心。从黄沙湾开始，到黄沙山、黄沙岛，面对如此多娇的山光水影，金召忠竟然不动声色。不管杨树威怎么努力和他打哈哈，大谈黄沙可供挖掘的潜力，金召忠仍不想回应一分热情。他以一个生意人老道犀利的目光，将黄沙的山山水水尽收眼底。

在考察的途中，刘礼试探过金召忠对黄沙的态度。在她的印象中，金召忠一直是干脆果断、从不拖泥带水的主儿。而这一天，似乎从黄沙渡口等渡船那一刻起，他的心情就不见得好。好不容易挨过来，抵达黄沙镇政府，本来要立马深入乡村实地考察的，谁知又让吴天祥例行公事接待了一回。握手寒暄客套之后，又是千篇一律的情况介绍，工农业总产值呀，这些年取得些什么成绩呀，诸如此类。当然了，这些之于吴天祥，甚至在杨树威看来，都是自然而又必要的，中国式考察都这样。为客人介绍当地情况，在主人看来是天经地义的礼节，甚至可以表达主人的热情，却不怎么考虑客人的情绪。如果不考虑礼节，以金召忠的性情，简直就不能容忍吴天祥如数家珍式的啰唆。他相信"眼见"，不相信"耳听"，包括刘礼对黄沙的推崇，他都保持足够的谨慎和怀疑。眼见为实耳听为虚，这是他从商以来总结并坚守的经验和行为准则。吴天祥作为黄沙政府首脑，不可避免地将黄沙美化和拔高，金召忠理解这种行为，但不轻信其说。

然而，因为礼仪上的一些顾忌，作为首次踏上黄沙大地并意欲一展拳脚的他，不能不耐着性子，坐在那儿听对方喋喋不休。他甚至还要装出一副认真倾听并若有所思的样子，不时点点头，"噢"上一两声作为回应。

金召忠心里的不耐烦，自然未能逃过刘礼的眼睛。刘礼暗暗着急，她非常担心金召忠对黄沙失去兴趣。

幸好，方正心急火燎地赶回来了。方正的突兀介入，将吴天祥的长篇介绍拦腰斩断。

"对不起对不起，刚才有点事，现在已办完。"大汗淋漓的方正，侧身对着空调机猛吹。金召忠倦怠的眼睛里闪过一丝亮光，他喜欢风风火火。人在商海，干脆利落一直是他的办事风格。他对这位年轻的镇党委书记产生了几分好感。

方正对着空调猛吹的举动被许多人看在眼里，但真正牵动心肠的只有两人——杨菲菲和刘礼。刘礼当时心头一紧，差点出声招呼方正，提醒他当心感冒。但她终于没出声，而是飞快地瞟了杨菲菲一眼。她看见杨菲菲急步上前，将他从风口上拉开："空调不能这样吹，这样会感冒的！"

杨菲菲轻柔而得体的嗔怪饱含深情，就有人笑，说方书记真幸福呵，连吹空调都有人管着。而刘礼却落得一腔惆怅和失落，悄悄地把脸别过一边。

可以想见，这个小小的插曲，充满了人间烟火的气息。弥漫其间的情意，足以感动在场的每个人。然而这与吴天祥的情况汇报又是多么的不和谐。被迫中断汇报的吴天祥，脸上青一团白一块，气得手都在发抖。他极力忍住心中的不快，拐脚出门朝洗手间走。而实际上，他没有上厕所解决问题的欲望，他的行为，只能解释为缓解怒火和尴尬。

吴天祥在洗手间碰到苏啸广，苏啸广正倚在窗口望着外边抽烟。吴天祥发觉情况不对，说："啸广，你干啥？"

苏啸广回过头来，说："我窝火。"

吴天祥伸手向他要了一根烟，点燃，吸一口："又出什么事了？"

苏啸广一脸气愤，说："苏天光又招了一批民工打石头，说是苏大海同意的。我早先分明打过招呼了嘛，方书记不让挖就先别挖，等镇党委拿个主意出来再说。可是这个苏天光，真不像话！还有，还有苏大海，当了这么多年的干部，原则性都上哪儿去了？这下好了，方书记从渡口回来，听到'哐哐哐'的声音，跑过去一看，里边正干得起劲，你说他火不火呀？在黄沙地面上不听方书记的话听谁的？也难怪他发脾气。若问罪苏天光还好，问题是，没准儿他就认为是我们不赞成关采石场，在后边支持苏天光。你说这样一搞，今后怎么一块儿共事，怎么协同作战？"

吴天祥想，原来方正去采石场了，就觉得心情更坏："别理那么多。"他说，"该干什么还干什么去。"他一边说，一边象征性地对着小便池，重复了一遍这个必须经常重复的动作。

两人一前一后走出洗手间时，接待室里的人已经闲扯着往外边走了。这是刘礼及时提醒父亲刘世平，刘世平又提醒杨树威，再由杨树威提出来的建议。杨树威说："时候不早了，我们先去周围走走看看。饭后休息一会儿，再到各个地方了解了解吧。"

其时是上午 11 点，金召忠如获大赦。

步行在黄沙镇政府四周，金召忠的情绪逐渐好转，街道的古老和陈旧，似乎更能说明她未经破坏和开发的潜在价值。青山绿水、桑基鱼塘，一切都是原生态，那么和谐、宁静、从容。金召忠对刘礼曾经的建议有了信心，乐观一点儿，在这个地方开发旅游项目，应该是有前途的。

午餐安排在黄沙镇最体面的黄沙山庄。觥筹交错，自是一番欢乐祥和。按杨树威的意思，先午休一会儿，再到各地跑跑，但金召忠急于赶回西江处理重要事务，于是建议稍事休息即实地考察。这样，在这个下午接近尾声的时候，一行人跑遍了黄沙。一路上金召忠十分认真，但不轻易表态。他不时提出这样那样的问题，得到回答之后仍不发表任何意见。结束考察时，刘礼忍不住问他对黄沙印象如何。他想了一下，说："现在下结论，为时尚早。"

二

有一件事情令方正非常光火，那就是青龙岗采石场。苏天光刚被欧火生放出来，马上又招了一批民工，开动机器在青龙岗乱采滥伐，"哐哐哐"的开山碎石声，仿佛重锤，每一下都砸在方正心上。方正怒气冲天。

自从上次方正出面制止采石场开采，并因此受伤之后，一连串的问题被牵扯出来。省劳动厅还专门下派了调查组。方正在杨菲菲的提醒下，及时责成有关人士快速处理。而在苏啸广的作用下，苏天光也放下横蛮，认错，道歉，赔钱。调查组当然不想把事情搞大，既然苏天光补发了工人工资，跟下来的记者便觉得没必要浪费笔墨和版面，于是，事件便轻描淡写地平息下来了。拿了工资的民工，不敢奢望法律之剑戳苏天光一个血窟窿，他们揣着血泪钱，逃命般远离黄沙。

也许是因为在黄沙渡口偶遇刚仔，从而勾起方正对采石场并不遥远的回忆：瘦小的刚仔，在他遭到殴打的危急关头冲上来的那份勇敢，一直令他很感动。也许是对采石场本能的不放心，特别是在这个特殊的、事关重大的日子里，他担心采石场节外生枝。总之，他想起了采石场，赶过去察看。他看到刚关闭没几天的采石场，又"哐哐哐"地干上了。

黄沙山群，是那种土壤薄土质差的沙砾地，多年衍生的植被破坏容易恢复难，而采石场刚好在青龙岗"龙头"之下。如果按风水学推敲，再这样下去，势必伤及青龙岗"龙颈"，断了龙脉。方正不信风水，但他不能不尊重港澳民俗——来自港澳的商家，几乎就没有不信风水的，也没有不信关二爷的。关公的塑像在南方大地上，可以说随处可见。人们无比虔诚，以香烛、净水供奉关老爷，其实跟迷信没啥关系，无非源于美好的祈望。"晨昏三叩首，早晚一炉香"，是许多生意人每天的必修课。不能说这虚无缥缈的神就真能为谁做些什么，只是沉浮于人生长河，踏歌逐浪，起起落落在所难免，于是便祈求一份精神的寄托，时时记着神力的护佑，时时感知关公赋予自己战胜困苦、渡过难关的勇气和力量。于是，咬紧牙关的日子也就挺过来了。蓦然回首细思量，便不由得赞叹神力的无边无际、无穷无尽。

方正当然是无神论者，但他理解民间对神的敬奉。人生苦短，在这匆匆的几十年中，无论是谁，都需要心灵的寄托，都需要精神的支撑。求个佛拜个神，就跟生日时闭上眼睛许个愿没啥区别。最核心的部分，无非是憧憬美好，渴望美好，给自己以不断奋斗的动力。

方正担心采石场被金召忠发现，别说风水不风水，从自然环境看，这也是黄沙一大败笔。所以，经过青龙岗的时候，方正摇下车窗玻璃，朝采石场方向看了几眼，他敏感地听到一阵隐约的开山碎石的声音。他心头一阵紧缩，顾不上赶回镇政府陪杨书记和金召忠，他甚至忘了妻子杨菲菲还在黄沙渡口，立即叫小陈开车直奔采石场。

采石场门口不再有持枪大汉把守。小陈抢在方正之前，快步跑过去自报家门。那个老眼昏花的看门老头儿，表情木然，一边抱着水烟筒"咕噜咕噜"地吸着，一边挥手让他们进去。

方正说："我找苏天光，你们老板，他在哪儿？"看门老头儿摇了摇头，不说话，继续吸他的水烟。

方正懒得和守门老头儿费口舌，他大步而入。一边走一边拨打苏大海的电话。采石场在沙中管理区地盘上，他想：如果不是苏大海点头，苏天光应该不敢把镇劳动管理所贴上去的封条撕下来。

方正在打电话的时候，看到视野之中有一个神态倨傲、目露凶光的大汉。他以为是打手，本能地提高了警惕。小陈追上来提醒方正："他就是苏天光苏老板。"随即他清了清嗓子，对踱过来的苏天光说："这是镇委方书记，方正。"

苏天光一愣，随即脸色阴转多云："你就是方书记？不好意思，上次我不在，大水冲了龙王庙。方书记大人有大量，多包涵。"

方正记挂着杨树威、金召忠等人，他的态度就明显地急躁和不友好："谁让你们开工的？不是说这儿不准乱采滥伐吗？还不叫他们停下。"

苏天光没想到方正这么强硬，他气得头昏眼花，两只拳头下意识地攥紧，捏得"咔咔"响，他真恨不能一拳过去打烂方正的眼镜。但同时他又十分清楚，面前这个"四眼"绝对不是他招来的民工，别说打骂，就算招惹他，也差不多等于找死。上回放狗咬他，结果搞得派出所警察全体出动，追得他鸡飞狗走，东躲西藏，最后还是没逃脱恢恢法网，就算是广哥给力，也差点捞不出来。总之，书记远远大过苏啸广，无论怎样，他都不能给广哥惹事了。虽说拳头痒了又痒，但也不能不看对象就打出去。

"方书记，我是生意人，我只管自己的生意。你说的那些我不懂，我只知道每天都要缴几千块承包款。如果不开工，我们一家老小就只能喝西北风。"

方正顾不上苏天光，他拨通了苏大海的手机："喂，苏书记吗？我是方正，我在青龙岗采石场。怎么搞的嘛，叫了停下来怎么就不听！什么？群众意见大？这关群众什么事？没日没夜在这儿'哐哐'吵群众意见才大呢。老苏，你不要感情用事，你不要被这眼前利益遮住了眼睛。你想不通？不单你想不通？什么？喂，我给你说，今天杨书记专程带外商过来考察，要上旅游项目，大投资。这事你得赶快给我办了。要是因为这个疤节坏了一棵大树，你负得起责吗？好了好了，你给苏老板说吧！"

方正气冲冲地把手机递给苏天光，苏天光极不情愿地接过来，他听见苏大海在那边破口大骂。

"苏书记，我是天光。你说这不给开工，到时候还交不交钱呐？是不是今年减免？"

"减个屁，你先停下，等杨书记走了再说。活见鬼！实实在在的钱看不见，去搞那些猴年马月也不知见不见效的东西！"

不难想象，从感情上，苏大海是反对方正的决定的，但他毕竟是经验丰富的老基层，明白官大一级压死人的道理。何况，镇党委书记，比他这个管理区书记，都不知大了多少级。他不能一只牛角顶到底。

苏天光想发几句牢骚，话还没出口就让苏大海呛回来了："天光，县官不如现管。都到这份上了你还想怎么样？你以为方书记是民工，啥都听你的？快停了吧，硬来不得的！"

苏天光觉得很没劲，他气呼呼地将手机还给方正，扯着嗓门朝正在忙碌的民工大吼："收工收工，关门关门了！各人收拾铺盖卷走人！他妈的！"

民工们不知所措，愣了好一阵才回过神来，以为饭碗被那个白净脸皮的"四眼"给砸了，便忍不住将仇恨的目光投向方正。方正急着赶路，也没工夫跟民工寒暄。他再次向苏天光强调自己的意思，转身与小陈小跑上车，往黄沙镇政府驻地风驰电掣而去。

下午陪杨树威一干人兜兜转转，却一直得不到金召忠传递出来的任何"利好"，心下就不免忐忑。晃眼几个小时滑过去了，金召忠急着要回西江市，弄得方正紧紧张张的，也不知黄沙前途未卜的命运，到底会怎么样。

三

返回的车队抵达黄沙渡口，一个突兀的情况让杨树威措手不及：渡船在下午 2 点多熄火了，几个师傅在船上忙得大汗淌，仍然无法起死回生。

金召忠终于忍不住大摇其头。这是他目睹青龙岗采石场乱糟糟的开采情况时都没流露的态度。他这样的反应，基本上判了黄沙的死刑。

方正紧张地留意杨树威脸上的表情。

"金老板不能在黄沙屈就一晚？"杨树威问。

金召忠将头飞快地摇来摆去，反问："杨书记，如果我投资开发旅游度假区，你作为游客，愿意在这儿耗几个小时吗？"

杨树威脸上的肌肉扯动了一下，他说："我可以在这儿修一座桥。"

金召忠说："我只相信事实。"

杨树威说："问题是，我为什么要修这座桥呢？"

金召忠说："我也这样想，我为什么要在黄沙投资呢？"

杨树威说："在黄沙投资你可以享受其他地方没有的优惠政策，比如免税，年限可以商量。"

金召忠大笑，说："可是，如果游客望江却步，我只有吃不了兜着走。"

杨树威说："如果我负责这座桥，你怎么表示？"

金召忠一拍胸脯："我以大桥的造价来开发黄沙的旅游业。"

杨树威说："你想清楚了？这桥得这个数。"杨树威伸出两根指头，"起码两个亿。"

金召忠又笑："我以为是二十个亿！"

杨树威伸手与金召忠热情相握："君子一言，驷马难追。我们一言为定！"

金召忠偏头看刘礼，说："放心，刘总也为黄沙准备了两千万。"

……

这是一个充满戏剧性的实景。杨树威与金召忠之间机智有趣的对话，使黄沙人曾一度乌云密布的心情豁然开朗。仿佛有雨后初晴的阳光照进来，那些关心黄沙的普通人和方正、刘礼一样，简直就要心花怒放了。

实际上，大家（包括方正和刘礼）都没料到事情会因渡船的熄火而出现转机，更不敢想平常连做梦都难见到的曙光，会这般容易就照进现实。以黄沙镇目前的财力，要扒拉拼凑两个亿，恐怕卖儿卖女都不成。而现在，这个不知困扰黄沙多少年的老大难问题，似乎就这样说说笑笑地解决了，当真让人怀疑它的可靠性。

然而，我们没有理由对杨树威心存疑窦，毕竟他是堂堂西江市委书记。嘴巴虽说长在他脸上，但绝不可以随便承诺，更不可能对金召忠这样劳苦功高、对西江经济发展做出过卓越贡献的外商信口开河。当然，金召忠也不会无缘无故拿他的信誉、声望和口碑来和杨树威开玩笑。他们的对话，大家可都一字一句地听进耳朵里了。随团采访的杨菲菲还趁热打铁，向杨树威和金召忠提了几个问题，一边问还一边往采访本上记。谁知她会不会把它写成报道刊发出来呢？

这真是关键时刻的支持，所谓万事讲究把握时机便是这个道理。当金召忠与杨树威以这种出人意料的方式谈起决定黄沙命运的大事，并达成口头协议的时候，刘礼不失时机地热烈鼓掌。她的掌声极富感染力，充满鼓动性，立即就得到了在场诸人的附和。大家似乎已经忘了渡船熄火引起的不快。充满热情的掌声，吸引了渡口众多村民好奇的注目。

可想而知，这个时刻，我们年轻的方正书记是多么激动和兴奋啊！他向刘礼投过去的目光，似有泪光隐隐闪烁。刘礼以同样的目光热烈地回应他的感动。这飞快的一瞥电光石火，甚至没有引起杨菲菲监控神经的反应。其时，杨菲菲已经进入记者角色，忙着向杨树威提问。或者她已留意到了丈夫与刘礼交换的眼神，但这个特殊、关键的时刻，她顾不上争风吃醋，站在黄沙的立场上，她得帮丈夫摇旗呐喊。

"杨书记，有人说黄沙是西江市的'西伯利亚'，是市委、市政府的包袱，爹不心疼妈不爱，请问您怎么看？"

杨树威稍稍愣了一下，随即哈哈大笑："记者同志，你听说过手心手背都是肉吗？黄沙是西江不可分割的一部分。改革开放以来，因为种种客观原因的制约，这里的确步履维艰；而市委、市政府一段时间'保优放劣'，重点扶植优势明显、条件好、上马易、跑得快的镇区，但这并不能说明没想着它。比如这桥吧，市委班子都谈论过几次了，但这么大的投入，需要一个与之相配的契机。你瞧，今天这个机会不是等来了吗？金老先生情系乡梓，我们当然应该大力支持……"杨树威说着说着，就用一段豪气的笑声来为他的回答打上省略号。

杨菲菲随即又把问题抛给了金召忠："金老先生您好，请问您这样决定对黄沙投资开发，而且投资数目巨大，您对黄沙的前景就这么充满信心？改革开放这么多年，也有不少外商前来考察过，为什么只有您看中了这个地方呢？"

金召忠开怀畅笑："这就是杨书记所说的契机。如果说我早几年来这儿，说不定和别人一样掉头就走。所以说，这不单单是有没有桥的问题，而是时代步伐、是潮流、是趋势在起决定性作用。"

"那么您现在对投资黄沙有了大致的定位和构想，是吗？您什么时候实施您的宏伟计划？"

"我想，只要杨书记答应的黄沙大桥奠基，我这边就可以破土动工了。到明年的这时候你再来黄沙采访，就会发出由衷的惊叹，你的报道里边，就会出现一个古老的成语——翻天覆地。"

听金召忠和杨菲菲聊得热闹，杨树威以玩笑的口吻插话说："看来你对我还不够信任。哦，你一定知道我这书记不抓财政大权。不过好在我们还有一个常务副市长在这儿，你问他，钱在他手上，他说话该可信了吧？"

刘世平正与方正有一句没一句小声聊天，听杨树威这一说，他抓着"大哥大"，扮成一副大款样接口道："金老板你放心，不就是两个亿吗？分分钟搞掂。"

大家一愣，随即都忍不住笑起来。刘礼走过去挽住刘世平的胳膊，娇声说："哎哟，爸，我都长这么大了，今儿才知道原来您是暴发户啊！"

大家又一阵笑。

这事就这么定下来了。大家的心，在喜悦和兴奋中进入憧憬和盼望，等待黄沙大桥奠基典礼那"噼噼啪啪"的鞭炮声，等待向他们大步而来的富裕的日子。

四

渡船不知啥时候能修好，车队决定绕道数十里赶回西江。

杨菲菲没有答应方正的挽留，上了刘礼的桑塔纳。本来方正让她明天回去，她说她晚上要赶稿子。方正说镇政府有传真机，在这儿写了可以发传真回去。但杨菲菲不同意。

"在你身边我还指望能写稿子？"她说，用一种只有方正才能听懂的暗语。

方正的脸一下就红了。他不可避免地想起，在过去的日子里，许多时候，当杨菲菲熬夜赶稿，他躺在床上怎么也睡不着，就算闭着双眼从一数到一百又从一数到一百，最终还是没用。于是他不能无视妻子的存在，看着妻子伏案疾书或咬笔沉思，他躺在床上唉声叹气，使用那些孤独、寂寞、可怜的字眼儿，逗得杨菲菲又好气又好笑，回过头来喝问几声嗔怪几声。而这期间，就有情感之水漫上心房，仿佛全世界都是软软的、湿漉漉的，由不得杨菲菲不扔下笔扔下稿纸扔下那些关于工作的思想，然后柔若无骨，然后化成一汪水，一团雾，将丈夫完全淹没……

看到丈夫脸红，杨菲菲心里有些异样的感觉，她敏锐地捕捉到了丈夫脸红的秘密——因为刘礼在旁边。

杨树威他们已经走了，刘礼在这儿等杨菲菲与方正依依惜别。而实际上，她与方正也有点依依惜别的意思。杨菲菲不笨，她对此心明如镜。她之所以别的车不坐，偏叫刘礼等她，这其中缘由，便是因为说不清理不顺的复杂心理。许多时候她都不敢对丈夫掉以轻心。面对风姿绰约的刘礼，她不能不承认自己之所以获得方正，有着许多侥幸的因素，由此她更加小心谨慎。

坐进桑塔纳那一刻，她大声提醒方正："开空调睡觉，别忘了盖毯子。"

刘礼听懂了，她在心里叹了口气，发动了汽车。

在上午的时候，当方正将她撇下匆匆离去，当她生气地呵斥搭客为生的刚仔，当她同时承受着太阳的炙烤和内心的恼怒，当刘礼向她发出大方的邀请，她不想上车面对刘礼，但她缺乏足够的理由拒绝刘礼，车队除刘礼这辆桑塔纳，都走光了，她拒绝刘礼只能说明她心胸狭窄，缺乏自信。她觉得自己被刘礼将了一军。

她被迫上车，心里充满了失败的懊恼。

而现在，她向刘礼宣战了，她把上午遭遇的措手不及以及尴尬，像礼品一样回赠给刘礼。她甚至有了一种冲动，她想热烈地和刘礼一起说说方正这个人以及关于他的话题。

车窗早已关上，坐在冷气弥漫的空间里，只能听到汽车飞驰的轻柔的"沙沙"声。杨菲菲有很多话想说，却不知从何说起。

刘礼手握方向盘。汽车滑动的"沙沙"声，使车内的沉默趋于沉闷。

"在打腹稿吗？杨记者。"刘礼终于率先打破沉闷。

杨菲菲如释重负，她说："不，我在看你开车。"

"要不要听点什么？歌还是音乐？"刘礼一边说，一边往音响里塞了一盘磁带。舒缓的音乐轻柔地响起来。

是舒伯特的作品还是莫扎特的作品？杨菲菲一时拿捏不准。她对音乐研究有限，她没有音乐的爱好，但能听懂，能找到感觉，也容易沉浸其中，可她记不住作品名称和作者名字。这就像她看小说，把故事读完了，说不定还为主人公的命运泪湿香腮、唏嘘不已，但她就是记不住篇名和作者。如果不是在这个特别的环境之中，杨菲菲也许还真要闭上双眼，缩在座上欣赏和品味。可是现在不行，她的心躁动得厉害。她根本就没法静下心来，进入音乐的意境。

杨菲菲这样想：这小丫头莫不是在我面前摆谱吧？难道她这车里只允许这种被称之为高雅的东西？什么贝多芬、莫扎特、柴可夫斯基，好像她天生就高人一等、超凡脱俗似的。不就仗你有个当官的爹吗？猪八戒穿道袍，装什么正神？！

杨菲菲有些不服气，她咬咬牙，故意叫了一声："哎呀，这么高雅的东西可不是我消受的。哎，有四大天王的吗？或者周华健的《花心》？"

"四大天王？"刘礼愣怔了一下。她的反应在杨菲菲以退为进的攻势面前，宛如铜墙铁壁，坚不可摧。杨菲菲很沮丧，她绝对不相信刘礼对流行歌坛一无所知，她把刘礼的反应当成一枚反击的炮弹，她有一种偷鸡不成蚀把米的感觉。她决定坚持到底。

"四大天王就是刘德华、黎明、张学友、郭富城啊。张学友你也不知么？呀，他唱的情歌真让人柔肠寸断、泪湿香枕。"

刘礼从容地笑："杨记者真浪漫。"她说，"是不是你们摇笔杆的人特别多情？"

杨菲菲觉得可以把话题往方正身上引了，她接住刘礼的话说："在家没事无聊了，我就一天到晚放流行歌，气得方正扬言要把音响给我砸了。"

刘礼问："方书记不中意四大天王？"

刘礼问话的语气，不一定非要对方回答，但话题刚刚引上路，杨菲菲不想放弃，说："什么中意不中意？他呀，妒忌心特强，好像我嫁给他就是他的私有财产，连喜好都得属于他。你猜他干啥？拿着麦克风长一声短一声使劲儿地吼。还要你承认他不比四大天王唱得差，甚至还更好。"

刘礼已经明白杨菲菲的言外之意了。不用说这是一个聪明的女人，面对另一个暗恋她丈夫的女子，她不吵不闹不骂街，不动声色地提醒她——靓女，方正是我的。你哪，以后就别打他主意了。

但杨菲菲没想过，或许刘礼并不介意她晒恩爱，说不定还从她的轻嗔薄怨中，加深了对方正的了解——我们年轻的方正书记，不单有为工作辛劳奔忙的一面，还有他生活中充满情趣的另一面。所谓侠骨柔情，人中极品。

事实上刘礼就是这样的心态。听杨菲菲讲方正，在她看来，是一件很有意思的事情。她从没想过，方正会横加干涉妻子听流行歌，而且还自我感觉良好地为妻子唱歌并要求得到欢迎和掌声。哈哈，这也太孩子气了吧？她觉得方正真的很有意思。

"听你一说，我倒觉得方书记是极品，很多男人只知道工作，不懂生活。方书记是两用人才。"刘礼突然插话，她的语气自然而平静，却将杨菲菲弄得一愣一愣的。她之所以不惜口舌讲那些夫妻间的趣事，原意并不是要告诉对方她有一个极品男人，更不需要对方的称赞羡慕乃至向往，她只想以这种方式告诉对方——我与方正，夫妻恩爱鱼水情欢，劝你别在中间插一腿！没料及刘礼成心不想让她心情舒坦。淡淡的一句话，气得她发昏！

杨菲菲明白遇上高手了，她即时调整战略战术，转移话题："先前金老板说刘总有心在黄沙投资，是真的？"

刘礼说："有这个打算，就不知方书记给不给面子。风姿这两年经营状况还可以，但能力很有限。到时还请方太在方书记面前美言几句，地皮便宜点，管理费少收点，再免点税收，我公司免费为你们提供一年四季的衣服。"

杨菲菲笑，说："方正那套风姿西服莫非就是受贿得来的？刘总你别害了我家老方哦！"

刘礼突然猛打方向盘转了一个急弯，缓过劲来半开玩笑半认真地说："瞧你想哪儿去了？像方书记那么优秀的男人，爱还来不及呢，怎么舍得害他?"

杨菲菲脸都差点气歪了，她真想跳起来破口大骂。似乎从一开始她就处于劣势，刘礼不愠不火不张不狂，那份从容大度，简直就令她无地自容妒火攻心。然而她终究不能无缘无故地发作。她所接受的教养已经注定了她不可能在刘礼面前泼妇骂街。她窝了一肚子火，被刘礼送到家门口，下车微笑和挥手，再见之后上楼进屋，才发了狠地把门摔得山响。

终于气不过，猛打方正的手机，听到对方的声音她火山爆发似的大吼："方书记，刘礼说她爱你都来不及。请问你对此作何感想?!"

五

命运在方正的努力下，终于向黄沙露出了微笑。尽管收获仅仅是一两个人口头的承诺，但胆敢做出如此承诺的人，是完全有能力将承诺付诸实施的呀!

可以想见，此刻，年轻的方正书记心里充溢着激动和憧憬，关于黄沙未来的美好图景，已在他心里画卷般从容地舒展开来。他按捺不住心头的兴奋，走进镇长办公室，和吴天祥一起，为黄沙的未来做着种种设想。

相对说来，吴天祥的态度趋于理智和保守，杨树威和金召忠谈笑风生间对黄沙许下的诺言，在他看来还仅仅是愿景，要将愿景付诸实施，变成实实在在的生活图景，还有一个漫长的过程。如果这项工作抓得不是很紧，那么，拖它三五年是完全有可能的，而在这无限漫长的日子里，你能抱着空中楼阁过活吗?

　　显然，方正仍然在兴奋中，他没有留意到吴天祥冷淡的态度。他怀着无限喜悦的心情，突然想到这次意外的成功，吴天祥功不可没。

　　"老吴，还是你有办法。"他由衷地说，"当时我就没想到请杨书记下来。现在回头一看，就好像一切都是你事先设计好的。你瞧，我们不仅请来了杨书记，还请来了金老板，这些都是时间如生命的大忙人哪。还没进黄沙，却在对河等了老半天，气得金老板差点打了退堂鼓。好不容易过了江，马不停蹄跑了一下午，谁知想回去时又遇上渡船熄火。结果桥就成了焦点。哎，老吴，这些是不是你故意安排的？那天你是不是在船上？见我们来了就开船，又故意让渡船熄火是不是？哎呀，这真有点像天意。"

　　吴天祥没点头也没摇头，他只是坐在他的位置上一动不动，大口吸烟。

　　方正忽然觉察到吴天祥不够热烈的情绪。他有些意外，打住话头，看吴天祥："怎么啦？老吴。"

　　吴天祥又抽出一根烟，与手中还没熄灭的烟头驳火，狠吸一口。

　　"方书记，有个事，一直想和你谈谈，见你忙来忙去，一直没找到合适的机会。"吴天祥说。他脸上没有多少表情，他借助手中那支香烟来调整心绪和语态，"你刚来黄沙不久，对黄沙的情况，有些地方还摸不透，当然也怪我没及时和你交换意见。现在下边对你的一些做法，意见比较大。特别是我们的领导班子、村干部，还不能理解你的良苦用心。我也听了不少牢骚话。我是这样想的，你是镇党委书记，是黄沙带兵打仗的总指挥，不管怎么样，你都希望手下服从指挥，但这个服从，我理解为心服口服。可现在情况不是这样的，现在大家也会听从指挥，但这是无条件的服从，心思未必能拧成一股绳。"

方正愣愣地望着吴天祥。

吴天祥夹着烟，接着说："比如青龙岗采石场吧，不能说你的构想没有道理，但实际情况怎样呢？实际情况是，青龙岗采石场每年上缴沙中管理区和镇政府的开采承包费，可以解决我们很多问题。就说镇上吧，每年财政收入多少？两百万都不到，其中一半得靠采石场撑着。你这样一下子就把它关了，别说其他人不理解，连我都有思想顾虑。你说搞开发上旅游，可这看不见摸不着的东西需要时间，得有个过程，是不是？我综合了一下各方面的意见，有了一个想法，方书记你看行不行？"

方正抬抬下巴："你说。"

"我想我们能不能先缓一缓，采石场不急着关，项目照样上。搞建设也需要石头，对不？就地取材嘛！如果真到了可以关的时候，我们就毫不犹豫地关掉它，行不？摸着石头过河是有些落伍了，但毕竟稳当，是不是？"

方正陷入长久的沉思。吴天祥以他一镇之长的身份，如此郑重其事地亮出自己的看法，不能不引起方正的高度重视。不能说吴天祥的话之于他就是一盆冷水，但其性质也相去不远，在他的兴头上提出这种观点，已经说明对方忍耐很多时日了。

方正沉默了。实话实说，作为黄沙第一把手，他可以不理会下边的意见，但与此同时，又因了他一把手的身份，却不能不慎重对待吴天祥反馈的信息以及他提出来的观点和问题。毕竟他只是一个人，而天下绝不可能靠一个人的力量便可以打出来的。特别是，面对黄沙这样一个家族垄断性质的权力格局，他必须搞清楚这片土地和脚下的基石。

　　方正想了一阵，决定退一步，说："这事让我再考虑考虑，必要时可以广泛征求各方面意见，再提交党委会讨论讨论。"然后，他起身走出镇长办公室。

　　方正的脚步已经没有了先前的欢快，吴天祥轻而易举地打掉了他短暂的兴奋，他再一次感到身心疲惫。在黄沙之外，他获得了亲朋旧友的支持，而在黄沙内部，他却四面楚歌。因为青龙岗采石场，很多埋得很深的东西，正在一天天地显山露水。

　　但是，尽管如此，方正还是不想改变自己的观点。青龙岗采石场的乱采滥伐，对黄沙的旅游开发绝对不利。尽管金召忠那天并未因此提出异议，但方正想：这是或早或迟的事，一旦开发计划摆上桌面，他还会对采石场"哐哐哐"的声音无动于衷吗？

　　从刘礼那儿，方正已对金召忠有所了解，其中有个细节他特别重视——刘礼说金召忠除了供奉关公，还养金鱼，也就是人们习惯上说的"风水鱼"。也就是说，金召忠信风水，一旦他决定在黄沙搞旅游，肯定不会容忍采石场将"龙脉"挖断。退一步讲，就算不理会他这些，单从环境保护出发，采石场的存在是利大还是弊大，也是显而易见的。

　　那么，采石场关还是不关。

　　方正还是想开个党委会，听听大家的意见。

六

　　人们不会忘记，1992 年邓小平的南方谈话。从某种程度上来讲，邓小平的南方谈话内容成了年轻的方正书记的航标。

目标明确了，还需要统一思想，因此这个党委会很快就召开了。在黄沙镇政府三楼小会议室里，党委成员中有老面孔苏啸广、苏大海、欧火生、吴天祥以及方正等。还有两位前文未曾提及过的，一位是镇纪委书记，另一位是副镇长、镇农业发展总公司经理苏顺成。

党委会由苏啸广主持，简要介绍和说明这个会议的主旨——青龙岗采石场，关还是不关。

自然，作为镇党委书记的方正要首先发言，他开始检讨自己这段时间工作上的不够民主。在检讨的过程中，他特地引用了邓小平的一段话，这使党委其他成员都觉得他的检讨缺乏诚意。

方正当时是这样说的："我记得邓小平同志年初在南方谈话中说过：在改革中可能会出差错，但这影响不了大局，我们是走一步看一步，有不妥当的地方，改过来就是了。"

这时大家才发觉，方正其实是以退为进，以守为攻，原来方书记不是吃素的，轻易恐怕搞不掂他。

然而奇怪的是，尽管吴天祥说下边意见大，可真开会讨论，却连他也没意见了。大家都莫测高深地喝茶和吸烟。只有苏啸广不阴不阳地不时提醒大家："抓紧时间，想什么就说什么。谁先开个头？说嘛，说错了改过来就是，又不犯法。"

方正耐着性子等了会儿，终于忍不住："吴镇长你就带个头吧。"

吴天祥推辞说："大家说大家说。大海你最清楚采石场的情况，你先说。"

苏大海左右看看，就自己一个是管理区的干部，能跻身党委会列为成员之一，很大程度上是因为沙中管理区这些年抓经济有成效，成了黄沙头号管理区，辖下个体户多，虽小打小闹不成气候，但仍然是镇财政收入的主力部队。吴天祥点名叫他先说，实际上等同于明确地表态，他心一横，直愣愣地说："我反对关掉采石场，不单我反对，我们管理区干部大多数都反对。黄沙这么穷，要找个来钱的门道不容易，我想大家心里都清楚。我就不多说了。"

"接着谈接着谈，大家不用有什么顾虑。"苏啸广说，见大家仍然闷着，便干咳两声，接着说，"那我就表个态吧，我觉得苏书记的意见比较实在。当然，关掉采石场是着眼将来，但我们也要看黄沙的实际情况……"

有人附和苏啸广。方正看形势不对，七个党委会成员已有四个持反对意见了，还没表态的只有吴天祥、欧火生和自己，而且吴天祥肯定是不赞成关掉采石场的。他突然感到了空前的压力。但他真的不死心，他把目光转向欧火生。

"老欧，你的意思呢？"

欧火生本来不想说什么，反正采石场关不关与他关系不大，关了不少他两个钱，不关也不多他两个钱。他打算保持中立，静观其变。谁知方正点名点到了他的头上，看样子不表态不行，于是想了想，说："我赞成关掉。我甚至赞成把黄沙山庄、飞龙酒家、蟠桃酒楼，还有那些大大小小的发廊也关掉，免得老给我惹麻烦。我手下那几条枪，顾得了东顾不了西，出了问题又是我治安不力。"

苏啸广对欧火生这种态度很不满："欧所长，这是讨论正事，不能感情用事。"

欧火生白了他一眼，说："我赞成关掉采石场。那苏天光还威胁我，说要背一捆炸药到派出所来造反！"

吴天祥掐灭烟头，说："我看这样吧，我们举手表决。大家都有事忙，会不要开得太久。"

方正无奈。尽管他还没把心中想说的话说出来，但处于劣势的状况已很难改变。他突然发觉这个党委会开得匆忙了些，许多应该做的准备工作没做好，比如部分干部的思想工作，根本就没顾得上。

举手表决的结果是，方正与欧火生两票赞成被五票反对否决。方正深刻地体会到了什么叫孤立无援。

为什么这么件小事做起来这么难？为什么黄沙的现状和未来偏偏就有人看不清？为什么领导班子意见如此一边倒？方正这天的脑子被若干"为什么"塞得满满的，晚上躺床上怎么也睡不着，被满脑子"为什么"折磨到天亮。

而各种工作千头万绪。忙来忙去，这一年的夏天已接近尾声。其间，金召忠数次驱车到黄沙反复考察论证，有时和方正打个招呼，有时干脆就悄悄地来悄悄地去。方正在等待中不安，在不安中等待。虽然他深信——如果金召忠对黄沙不感兴趣，他绝不可能三番五次跑下来考察。但他心里急呀，只要书面协议一天没签下来，他就一天不放心。

当夏末初秋的金黄与清凉轻轻飘荡的时候，方正在焦虑和惊喜中，得到了金召忠确切的答复。

签约的日子可以定下来了。但金召忠有一个条件，立即停止对青龙岗的乱采滥伐。金召忠特别强调，这是他唯一的条件，也是毫无商量余地的条件。

方正心想：果不其然！

第二次党委会紧急召开。吴天祥出差未归作因事缺席处理。方正在会议室里抽着香烟，大步地来回走动。他在紧张地思考应当怎样应付类似于上次的局面。这是黄沙生死攸关的时刻，只能成功，不能失败。

苏啸广一进门就发觉情况不妙，六个在家的党委成员已经全部到齐，方正没让他主持会议。方正踱到墙边站了一阵，忽然一甩手猛然转身面对大家。他的神情凝重，一下子把大家的心提起来了。

"今天我们再一次讨论青龙岗采石场的问题。现在的情况是，港商金召忠老先生将以过亿的投资，在我镇开发旅游资源，如果我们不关掉采石场，这个大项目就可能鸡飞蛋打。我们黄沙这顶穷帽子，就将世世代代传下去。而我们的群众已经穷够了，穷怕了。作为领导干部，我们不能眼睁睁看着黄沙继续穷。关掉采石场，当然会对眼前利益形成冲击，但是，我们不能老是将目光盯着脚尖对不对？我们为什么不抓住天时地利人和大干一番呢？邓小平同志说过，我们要把改革的胆子放大一点，敢于试验，不要像小脚女人一样。看准了的，就大胆地试，大胆地闯。没有一点闯的精神，没有一点冒的精神，没有一股气，一股劲，就走不出一条好路，走不出一条新路，就干不出新的事业。现在我们面临的，就是这样一个情况，我们老是犹豫迟疑，怕这怕那，只看眼前，不看长远……同志们哪，为什么别的镇区变化那么快，步子那么大？就是人家敢闯敢试敢干嘛！为什么人家敢，我们就不敢？是的，青龙岗采石场可以为我们创造一定的经济效益，可那是祖先留下来的遗产啊，我们整天抱着吃，终有一天会吃空的。我们这平坝子上有多少山？很少嘛！黄沙能有这么些山头，按理应当像祖坟一样保护起来才对，而我们却拼命挖，我们为什么要靠挖祖坟过活？"

方正发觉自己言重了些，便把话转过来："我们为什么不利用这山这水这岛的优势成立旅游发展总公司，搞旅游度假区？人家外边现在已提出'筑巢引凤'的新思路，而我们连'借鸡下蛋'也不敢，我们坐在这个位置上到底想干什么？不能让群众富起来，不能让人民过上好日子，我们这官还当他作甚？"

方正停了停，情绪由激动转为心酸："大家都知道黄沙湾的情况，刚下来我就去过那儿，那儿有个姓苏的老人家，人家都说他是疯子。他为什么疯？因为失去了一双儿女。可他为什么失去一双儿女？还不是因为穷！'好女不嫁黄沙湾，好男不住黄沙湾。'这是我听到的民谣，听得我这心尖子痛啊！同志们，我们不能再这样穷下去了，我们从市里边争取一座桥回来，这座桥就是致富桥，是市委、市政府对黄沙的期望。如果我们放掉这个大好机会，如果我们不能走上致富之路，我们怎么对得起上级领导，又怎么对得起黄沙几万父老乡亲？"

方正说着说着发觉自己眼眶都湿了，便挥挥手："不说了、不说了，其实这些大家都明白，大家继续讨论吧。"

没有人说话。方正的开场白已经将大家逼到墙角，还有什么好说的呢？于是大家都不说话。

苏大海在椅子上挪了挪身子，掩饰性地咳了几声，说："我看还是像上次那样举手表决吧。"

苏啸广向苏大海投以鼓动性的目光。

方正心中叹了口气，他趁人不注意，抹了一把潮潮的眼睛，同意举手表决。与此同时，他扫了欧火生一眼，他真担心这个唯一的支持者中途变卦。如果他的意见还是像上次那样被否决，无论他多么不甘心，也不能违反党性原则。在党委会上，他只是一名普通的党委成员，他的书记身份帮不了他。

苏啸广担心夜长梦多，他抢先说："持反对意见的举手。"

举起来的只有三只手。苏啸广吃惊得差点一跤摔倒，揉眼睛仔细看，没错，连他自己那只手在内，只有三只手。也就是说，只有两个人与他站在一起。他做梦都料不到苏大海会突然变卦。

"持反对意见的举手。"苏啸广以为苏大海没听清，"大海，你怎么啦？举手啊。"

苏大海脑海里闪动着方正那一抹湿湿的泪光，他沉沉地呼出一口气："我赞成关掉采石场。"

"你——"苏啸广气得双眼鼓凸，差点跳起来破口大骂。

方正无比意外地望着眼前的变化，有些发愣。为什么苏大海的态度与上次截然相反？这一切，难道是真的？

欧火生说："持赞同意见的举手，哎，三票对三票，我想吴镇长也不希望黄沙受穷。不说别的，你们看哪个镇区没成立公安分局的，只有我还在当老所长。为啥？就是因为穷嘛！镇里边连自己都顾不过来，哪能过问我这市直属的？现在等于四票赞成，三票反对。散会吧，我还要接待市局的扫'黄'专业队呢，先走了。"

方正果断拍板：关掉采石场。

第六章

一

可想而知，事情就像钉在木板上的铁钉，让方正不再迟疑地一锤子钉（定）了下来。一个电话打过去，金召忠那边的反应让方正惊出一身冷汗。

金召忠用略显欣慰的责怪口气说："方书记，我这人做事最不喜欢拖拖拉拉，幸好接到你的电话了，不然，我说不定明儿就改了主意。我看这样吧，这个星期三日子不错，也就是农历十八，我下来把合同签了。只要大桥一动工，我们就可以开始了，第一期工程争取一年搞掂。"

方正挂了电话才发现苏大海没走。他以为对方有事，想问他，又想起党委会上那至关重要的支持，不禁有些感激他，便抓住苏大海的手紧紧握住："老苏，谢谢你啦！你为黄沙人民立了一大功啊。只要我们这样大刀阔斧地干，黄沙的前景就会一片光明。"

苏大海没有把手抽出来，但也没有表示应有的热情，他在等待方正激动的情绪平静下来，然后，他略显忧虑地提出了心中的疑问："方书记，你说这黄沙，这样搞，真能变个模样？

你这法子真行？"

　　方正一愣，随即又热情洋溢地说："怎么不行？老苏，你算一算，黄沙旅游度假区将投资多少？几个亿啊，这和你那个采石场比，不是一个天上一个地下？而且最关键的是，你的采石场是在吃老祖宗，吃遗产，总有一天会挖光，会坐吃山空！而搞旅游，那是细水长流，不仅地方越来越美，钱也越来越多。何况黄沙山、黄沙岛都在你的地盘上，你关掉采石场，就像先丢掉一颗芝麻，然后弯腰捡起一个西瓜，并且这个西瓜味道肯定不错。镇里边要成立旅游发展总公司，对不对？可以让你来搞嘛！度假区占了你的地盘，你搞公司也是名正言顺。你先在黄沙开一个头，我就不信没人眼红，只要有人眼红，就是好事。眼红大家就想办法搞企业上项目，你追我赶，争先创优。如果这个局面打开来，你说黄沙能不变样？"

　　苏大海从方正话里咂出了几丝味儿，他把方正的话理解为暗示。本来他还不放心，还想说点什么，见方正说到这份儿上，就忍住了。其实他在党委会上支持方正是挺矛盾的，打心里说，他不赞成关采石场，但那一刻，他被方正眼中隐约的泪光打动了。印象中的上级官员们，总是板着面孔讲大道理，而方正的感情非常真挚。在苏大海看来，方正到黄沙，了不起干一届升官走人，根本不用操这份心。就像前任书记，犯了错照样升官，可这个方书记，他真的是在为黄沙操心啊！

　　也就是一闪念间的事，苏大海站到了方正一边。而措手不及的苏啸广，气得想吐血。

　　苏大海从镇政府出来夜色已深，刚推了摩托车跨上去还没发动，气急败坏的苏啸广从侧面一把揪住他，差点将他从车上扯下来："苏大海，你怎么回事？吃错药了？你这样不是拆我们的台吗？吴镇长一外出了你就软蛋！你——"

苏大海对苏啸广的突袭十分反感。他一手扶着摩托车，另一只手毫不客气地将苏啸广推开："啸广，我是苏大海，沙中管理区书记苏大海！你以为我是苏天光？"

苏大海的话像一挺机枪，黑洞洞的枪口对准了苏啸广。苏啸广颓然松手，有气无力地问："是不是方正给了你什么好处？或者欧火生那个浑蛋威胁你？"

苏大海哈哈大笑，说："关个采石场又不是挖祖坟，你哭丧着脸干啥？采石场赚钱又没我苏大海几多好处，何况人家是镇党委书记，他决心在黄沙干什么，谁挡得住？我看老弟你就少操心了。该死鸡儿脚朝天，反正大家都是在建设社会主义，都是为党为黄沙人民工作嘛。"

苏大海发动摩托车绝尘而去，气得苏啸广在他后边狠狠地吐了一口唾沫。

苏啸广心急火燎地往家里赶，到家时刚好碰到家人吃晚饭，老婆起身问他吃饭没有，被他很不耐烦的一挥手僵在那里。

苏啸广冲进客厅，一屁股坐在沙发上伸手抓起电话，十二分光火地拨打吴天祥的手机，打了半天没打通，又掉转头来猛拨。然而，无论他怎样咬牙切齿地敲电话键，也得不到来自吴天祥的回应。他突然大骂一声，将电话机掀翻在地。

"你发什么疯？一天没在外边乱七八糟就心烦就砸东西？"老婆掷下饭碗跟进客厅，她对老公莫名的发泄非常恼火。

苏啸广大吼一声："你懂什么？你懂个屁！"然后他像让人抽了筋似的，瘫在沙发上仰天悲号，"完了，这下全完了。"

老婆突然一腿踢向电话机，将电话机踢出老远："你个狗娘养的，早就该完了！"

看着老婆扭向饭厅的肥屁股，一股无名火在苏啸广心里野狗似的乱窜。他一直是不打算要这个女人的，只是那时他还没混出个人样，为了过好日子，就讨了这个有钱人家的胖女儿。从此，这个女胖子差不多就成了他一辈子的噩梦。

除了吃饭睡觉穿金戴银，她还能干什么？"他妈的！"他在心里破口大骂。

不用说，面对方正（或者说党委会）的决定，苏啸广深感无力回天。

吴天祥出差归来时，方正没在镇政府，苏啸广勉强压住心头的怒火，向吴天祥作了添油加醋的描述。吴天祥一巴掌拍在办公桌上，茶杯应声而倒，在桌上划了一条弧线，跌下去摔得粉碎："岂有此理，太过分了！"

苏啸广脸上充满了委屈和自责："我也料不到会是这样，连苏大海也让他搞过去了，听说方书记许诺让他做什么旅游总公司经理。唉，最让人气愤的是，方书记也没问你一声就把你算在他们那一边，我建议打个电话找你，他也不让，我实在是没办法。你说镇长都没回来就签约，让一个副镇长去签约，这像个什么话嘛！"

吴天祥的脸早已成了猪肝色，任他涵养再好忍功再强，这时候也不可能无动于衷。不用说，苏啸广是挑拨离间煽风点火的高手，他所列举的事例，刚好令吴天祥忍无可忍。

"是呵，我不在家没参与表决也就罢了，为什么要说我也同意？签约分明就是我的事嘛，为什么就不通知我？为什么要这么急急忙忙？何况还是这么大的项目合约，随便让别人经手，那还要我这个镇长干什么？这所谓的第二次党委会早不开迟不开，为什么偏偏等我不在家时召开？而且连合同也一手代办了，连别人打电话他也不准……岂有此理！"

吴天祥开始抽烟，一根接一根，狠狠地抽，抽得办公室里烟雾腾腾。苏啸广是什么时候走的他不知道，他已经陷入了无比的愤怒中。方正的所作所为，之于他简直就是蔑视、不屑和挑衅。他的忍耐是有限度的。他认为方正这是违反原则，是在犯错误。他想：如果我再忍，就是对党、对人民、对方正的不负责任了。

二

苏大海接到吴天祥电话那阵儿，他正在召开沙中管理区党员干部会议。在村委简陋的房子里，木沙发上，乱七八糟地坐着村干部。对苏大海传达的镇党委关于关闭青龙岗采石场的指示精神，几乎每一个人都吃惊和反对。会场里闹哄哄的，吵得挺热闹。起初苏大海还耐着性子解释了一阵，到后来就有些烦了，很不高兴地挥手："吵什么，吵什么？这是镇党委的决定，你们吵又有什么用？"

村干部们对苏大海这态度很不满，有人说："你不是党委委员吗？干吗不为沙中想一想？这条财路一断，今后搞个活动什么的，拿什么开支？"

苏大海火了，说："正因为我是党委委员，才赞成党委的决定，难道我全心全意跟党走还错了不成？"

正火呢，吴天祥的电话到了。可想而知，吴天祥不可能很客气，也不知他在电话里冲苏大海吼了些什么，总之大家发现苏大海的脸色越来越难看，便有些心虚。在沙中地盘上，苏大海认定的事从来都说一不二。看情形今儿不能再啰唆了，不然，惹恼这头犟牛，说不定他当场就让你下不了台。

大家心里正嘀咕着，苏大海"啪"地扣下电话大吼："散会散会，大家不要吵了不要吵了，我是在传达上级指示精神，不是跟你们商量。就这样吧，你们知道有这么件事就行了。"

不用说，这会不想散也得散了，苏大海不易发火，但一发火就收势不住。没人想惹火上身。只是大伙儿心里犯疑，记忆中的苏大海，从一开始就坚决抵制镇上的决定，为什么突然间变了脸？

当然，苏大海懒得和那帮人解释。多年的共事经验告诉他，那班人不听谁的解释。他们虽是干部，但还保留着农民的思维，谁惹恼他们了，他们就嘀嘀咕咕没完没了。而实际上他们又从头至尾也说不出个所以然，对付他们的唯一方法就是——独断专行。其实许多时候也不完全是独断专行，这其中还有魄力的成分。

苏大海之所以烦躁到把参会者轰走，原因是吴天祥很不留情面地训了他一通。那会儿吴天祥刚好弄清事情的来龙去脉，他对苏大海的"中途变卦"备感蹊跷且十分恼火。按苏啸广所说，是方正收买了苏大海。而苏大海，不用说，立场不坚定，经不住诱惑，变节了。吴天祥觉得苏啸广的推理（或者说猜测）成立，他怒气冲冲，打电话向苏大海兴师问罪。谁知苏大海正在气头上，见他兴师问罪，真是越听越来气，没等他吵完，"啪"的一声就把电话挂了。

吴天祥气坏了，他站起身，正想抓个什么东西砸烂或摔出去，瞥见方正从外边跨进来，心头那股怒火更是"噌噌"直往上蹿。他极力控制自己的情绪。他知道这个时候不能发火。特别是，他面对的是黄沙的第一把手。

这么一想，他便坐下来，等着。他的脸色不可能好看，他想抽根烟以掩饰自己的情绪。于是他摸出一根烟，叼在嘴里。可是，费了老大劲，打火机就是打不着火。他突然狠狠地将烟抓在手里，揉碎。

"老吴回来了？"方正发觉情况不对，他笑着，想把气氛搞得轻松一些，"我这正天天找你呢，打你电话又不通，你没办国内漫游？"

吴天祥忍无可忍，方正的话在他听来就像是嘲弄。他突然站起身，抬手将揉碎的烟狠狠地甩出窗外："找我？找我干什么？我老了，这个镇长早该让贤了。"

方正愕然："老吴何出此言？有意见就当面提嘛。"

吴天祥更气，一巴掌拍在办公桌上："提意见？我还可以提意见？好歹我还是党委成员吧，好歹我还是一镇之长吧？这么大的事，就这样不声不响地决定了，还要我干什么？吃干饭？方书记，不是我吴天祥心眼儿小肠子弯，就算你是镇党委书记，你也不具备代表我的资格。我不在家你就开会，开了会还说我也同意你的意见。我同意什么，关掉青龙岗采石场？我不同意关，至少眼下你的那个什么大项目还没影子的时候不能关。可你关了，还扯上我！签约该是我的事吧？结果还是你一手包办了！为什么我走的时候没有一点儿风声，为什么才十多天就什么都搞掂了？你现在来听我的意见对不对？好，我告诉你我的意见，我对你这种做法很有意见，你太过分了！"

方正嘴巴张了又张，好几次欲言又止。

激动得须发俱张的吴天祥，根本就不给他说话的机会。

方正怀着有限的耐心听吴天祥发泄。他想：我得忍，小不忍则乱大谋，便说："老吴，你别激动，你先听我说，我来的本意就是要给你解释的。这件事情……"

方正话还没说完就让吴天祥打断了："我没时间听你的大道理！我只看事实，只重结果。"吴天祥抓起电话就往外打，打通了匆匆说了句什么，拎了提包就往外走："我还有事要忙，方书记你不用解释了。我刚才也是一时之气，态度不好，你多包涵，别老记在心上。"

方正气得发昏："老吴！"他追了两步大叫一声，可是吴天祥像耳朵不管用没听见一样扬长而去。方正心里那个火呀，真想冲上去揪他回来，照着他的肚子狠狠地来两拳。

但回头一想，又觉得自己理亏。是啊，这事自己是做得有点不近人情。吴天祥毕竟是老黄沙，而自己……唉，不说也罢。还有几天黄沙大桥就要破土动工了，这个奠基典礼，少不了又要忙乎一阵。负责承建的省路桥建筑公司已多次派人来实地勘察，最后将位置选在黄沙群山的河口岗。那儿江面窄些，利于施工，也可以节省几个钱。但是，让方正头痛的是，河口岗一带是乱坟岗，因为风水好，苏、吴两姓争着将逝去的族人往那儿埋。据说吴天祥的父亲也埋在那边，方正刚才进来，还打算在解释的同时，和吴天祥一起分析一下当前的形势——建黄沙大桥，将涉及迁坟的问题。世代生活在黄沙的人们，很看重那几堆黄土，因此，方正想探探吴天祥的口气，说服他带个头，把祖坟迁了。群众往往是看干部行事的。如果吴天祥肯从自己做起，或许这事就不会太难。倘若他不呢？方正想这不可能，吴天祥作为一镇之长，他没有理由拒绝带头。

谁知吴天祥怒气冲天地走了，把他晾在办公室里尴尬极了。

而奠基典礼的日子越来越近，届时，市委有关领导也要来这儿挖下第一锄，埋下基石。如果群众知道修桥要铲平他们的祖坟，他们不闹事才怪。别看他们平时不多言不多语的，可真要有事了，一声吆喝准来一帮人，锄头镰刀什么的，谁还敢挖他们的祖坟？宗族大姓就是这样，犯了众怒谁也摆不平。

方正气恼地摔门出来，他想找欧火生交代一下，先花点工夫，确保破土动工那天相安无事。特别是，这事得封锁消息，不能走漏风声。免得知道的人多了，真闹起来不好收场。

电话打到派出所去，欧火生对方正的担忧表示惊讶："哎呀，我怎么没想到这层利害关系？"他说，旋即就感到为难，"可是，就派出所这几个人，一大半还是黄沙的后代呢，他们去顶什么用？"

方正感到好笑，说："我不管那么多，你先做好准备工作。总之要防患于未然，要确保当天什么事也没有，不然你我将是黄沙的罪人。"

欧火生说："这么严重？"

方正说："桥通了，黄沙富了，你的分局也该挂牌了。"

欧火生哈哈大笑，说："方书记你放心，我早有安排，好歹我还在黄沙待过几年呢！"

三

彩旗飘飘，艳阳高照，锣鼓喧天。上午9时许，从市里来参加黄沙大桥奠基的车队，相继到达黄沙渡口。原本方正打算低调处理，做个仪式意思意思，谁知负责策划活动的《西江日报》新闻广告公司经理否定了方正的建议。他说："怎么可以冷冷清清呢？这么大件事，至少也要搞点喜庆气氛出来才对啊。"

方正想想也对。世世代代隔江相望的黄沙，就要因为这划时代的黄沙大桥而改变模样了，怎么可以随随便便呢？再说，迁坟的事随着大桥的破土动工马上就要进行，即便瞒过这一天两天，最终也还要想法子把它搞掂。干脆就热闹一回，紧接着就把迁坟工作铺展开。总之，道路是曲折的，前途是光明的。躲不过十五，又何必要躲初一呢？

于是就有了这天热闹的、喜气洋洋的场面。

黄沙大桥两岸，从西江中学请来的学生乐队，正在演奏军乐。

杨树威从轿车里钻出来，他的周围很快就围满了电台、电视台、报社的记者。大伙儿的任务就是盯紧他，看他做事听他讲话，然后各自收了红包回去，大张旗鼓地宣传报道。

杨树威满脸笑容，冲熟悉的老记者们点头。他身边有金召忠、刘世平，让后边的刘礼、方正等一干人马簇拥着。杨树威伸手拿起那把系有红绸的崭新铁锨，偏头朝金召忠发出友好的笑语："怎么样？金老板，我杨树威没食言吧？今后可就看你的了。"

金召忠也赔着笑，豪气地说："没问题，包在我身上！"

突然就看见对岸有黑压压的人群，隐约还可听见一阵"喱喱"的响声，吵吵闹闹着朝这边逼近。

"那是怎么回事？"刘礼指着江对岸，发出不解的询问。

方正抬眼一看，吃惊得伸手扶了扶眼镜。坏了！他想。对岸那些黑点不都是人吗？他们全聚在江边来干什么？莫不是听说了迁坟的事，跑出来示威捣乱？这么一想，心头就有些慌了，赶紧挤出来，四处找欧火生。晃眼间，见黄沙派出所那几个警察在维持秩序。他想群众要真发了性子闹起来，这几个警察恐怕顶不了事，说不定当中就有他们的亲人。他们夹在中间，只能左右为难。

方正赶紧拨打欧火生的手机。

"喂，欧所长，我方正啊。你在哪儿？你在江那边，我正想问你呢，那边怎么回事？什么？看热闹？这有什么好看的？喂，你得留意了。什么？都等着过江？过来干什么？喂，能不能把轮渡停了，别让他们过来，别还没开始就出乱子。欧所长，不怕一万就怕万一，最好不要掉以轻心。嗯，有你这句话就行了。"

方正刚放下手机，猛一抬头，见一支花花绿绿的什么队伍朝这边过来了。仔细一看，是舞狮子的。刚看清，就听锣鼓"喤咚、喤咚"响起来，与乐队的演奏混在一起。虽说有点嘈杂，但现场更热闹了，算是锦上添花。

方正不知舞狮队从哪儿来到哪儿去，为安全起见，他大步上前，正要问几句，"狮子"已经跳跃翻滚起来了。

仔细看，狮有三只，基本上还是传统的刘（花面白须）、关（红面黑须）、张（青面黑须）。造型、扮相和技法都属南狮类，也称武狮，闪展腾挪都讲究功夫。遇上功夫到家的，那可真是既传神又写意。特别是采高青、条凳青，简直令人拍案叫绝。

"喂喂，你们这是干什么？谁叫你们上这儿的？"方正想阻止舞狮队。冷不防，喧天的锣鼓声突然轻下来，三只狮子齐齐朝方正伏地跪拜。

方正吓了一大跳，慌乱中退了两步，已有"青面黑须"腾身而起从他身边绕了过去。方正正想回身阻挡，这时，"花面白须"突然在他面前直起身了，他听见舞狮头的叫了一声"方书记"。

"刚仔？"方正一愣，看"花面白须"与另两只一样：高额、双腮、大鼻、圆唇、明牙、震舌，嘴角后有细腮和细翘，头顶一支独角，看上去勇猛刚健，无可匹敌。

这时候刚仔已经从狮头里钻出来了。看他小小的个儿，方正禁不住惊讶："你还会这个？"他亲切地拍了刚仔一把。

"方书记，今天是我们黄沙的大喜日子。几个狮队一合计，都来助助兴。只是功夫不到家，舞得不好，凑凑热闹。"

刚仔套上狮头，跟着锣鼓响声过去了。方正刚松口气，又见有人抹着汗水，从渡口那边跑过来，叫他："哎呀，方书记，这下可麻烦了。听说今天动工修桥，大家连农活都扔下了，全为看热闹。你看，我过来都被人挤扁了，还有一大半没过来，我这儿得叫几个去维持一下秩序才行。"

方正还没来得及说话，就听身旁那两个警察手中的对讲机叫起来了。留心一听，是欧火生的声音。挤船过来的那人松了口气，埋怨说："早知道这么现代化，就不用我跑得这么急了。"

这意外出现的舞狮队，无疑为奠基典礼添了喜庆的一笔。方正放下担心，饶有兴致地观看舞狮表演。一边的杨菲菲见他看得投入，说："这是南狮，本来比较剽悍的，但在黄沙这种近山靠水的沙田区，狮性一天比一天温和，一般是采'地青'和'盆青'，不好看。"

方正有些惊讶："你懂这么多？"

杨菲菲说："这儿狮子没什么变化，什么踩球呀，高台呀，过跳板呀，什么都不会，还是南狮老一套，没进步。"

方正说："不怕，桥一通就会有进步。"

这时候，那串一千八百响的鞭炮炸响了第一声。在"噼噼啪啪"的爆竹声中，杨树威神情庄重肃穆地用脚将铁铲踩进泥沙地……

镜头对准，留下这具有历史意义的一刻，记住黄沙这个新的开始。

方正在鼓乐声和鞭炮声中别过脸去，趁人不注意，抹了一把潮湿的双眼。有一只纤柔的手，递过来一张纸巾。他满脸通红，抬头一看，是妻子杨菲菲。

"你怎么不去采访？"他掩饰性地转移妻子的视线。

"我想采访你，方书记。"杨菲菲说，一缕感动，一丝柔情，一腔心疼在她的眼里弥漫开来。方正感到心里有情感之水轻轻浸润漫溢。

"请别这样看着我。"他说。

杨菲菲娇嗔地白了他一眼："你又不是狮子，我看你干什么?!"

两口子又忍不住对视一眼，会心一笑。

四

黄沙大桥的顺利动工，之于黄沙抑或西江，都具有划时代的意义。然而，随之而来的种种流言蜚语，却不同程度地困扰着杨树威、刘世平、刘礼、杨菲菲以及方正。

传言中，黄沙大桥之所以能得到市政府鼎力支持、巨额投资，原因之一，是方正曾跟随杨树威多年，交情匪浅。杨树威将他放到黄沙后，立即送他一座大桥，让他乘风而上，将黄沙的贫困状况扭转过来，然后——其用意不言而喻。

原因之二就暧昧了，传说方正有个情人叫刘礼。"你知道刘礼是谁吗?"散布流言的人总要这样问一句。然后说："刘礼就是风姿时装集团公司的副总裁呀，常务副市长刘世平的千金！你们说说，西江的财权不是在刘世平手上吗？女儿刘礼一撒娇，那老头儿还不赶快照办？再说这也是杨书记首肯支持的，公私兼顾，何乐而不为?"

听的人觉得有道理，就鸡啄米般不停地点头，把这道听途说再想象、再加工，"三人成虎"，迅速扩散。

可想而知，人们对诸如此类的故事从来都十二分感兴趣，于是在展开想象的时候，他们按照各自的审美标准和立场，把方正和刘礼的情人关系，渲染得乌七八糟。

不巧的是，流言传进了刘世平的耳朵。刘世平气得差点吐血。

不难想象，流言制造者和传播者，已不满足于民间闲话了。能将此类接近于造谣中伤的无聊话题带进市府机关，自然不会是平头百姓，而倘若他就是机关中有头有脸的某个人物，那么，这事就不会是市井泼皮所为。

矛头直指西江党政一二号人物，这不能不让刘世平吃惊。他待在办公室里大口喝茶，他的兜里还有爱女刘礼为他准备的戒烟糖。他已经老了，仕途上大约也只能走到这一步，而烟龄似乎也该和仕途一样，有个了结了。妻子儿女，没人不反对他抽烟，这么想想，就打算戒烟，而现在，抽烟的欲望在闲言碎语的刺激下来势凶猛，大口喝茶仍然抑制不住心头的烦躁。至于谁想整他，他还不怎么在乎。他最不能容忍的是，这其中对女儿刘礼的人身攻击。刘礼是他唯一的女儿，从小到大，他可是一直当掌上明珠呵护着的。尽管女大十八变，在若干观念意识上，他自我感觉已经与女儿交流困难了，但那是他的女儿，容不得他人中伤。

在对待方正这件事情上，刘世平也觉得女儿太不顾社会影响了。他相信女儿与方正之间啥事也没有，但他仍然不赞同女儿有事没事老是惦记、牵挂方正。他觉得长此以往，无法保证绝对安全。他认识杨菲菲，印象不错。他甚至觉得杨菲菲在某些方面还优于自己的宝贝女儿。而方正，一个挺不错的年轻人，如果不出差错，他有条件前途无量。那么，女儿刘礼夹在人家两口子中间算咋回事？以他目前的身份，他绝对不允许女儿与方正真闹点什么绯闻出来，显然，这也不单单是他们年轻人之间的情感问题了。

好不容易才稳住心神，审批了几个报告，又看了几份红头文件，刘世平收拾东西准备回家。刚走出办公室，想想又返回去给女儿挂了个电话："今晚早点回家，有事和你谈。"

刘礼推门进来，立即就感到家里的气氛不对劲。父亲刘世平坐在客厅里，板着面孔一言不发，像暴雨将至的天。

"爸，我回来了。咦，妈妈呢？家里就您？"

刘世平"嗯"了一声。

刘礼将那只精致的坤包随手扔在沙发上，朝一角的冰箱走去，一边弯腰开门一边说："爸您看您老人家那张脸，对我也铁面无私呀？你怎么不问我吃饭没有，我可是饿着肚子赶回来的呀。"

刘礼拿了一个雪梨，也懒得削皮，张口就咬。回头见刘世平还闷着，就有些吃惊："爸，您咋啦？身体不舒服？你可得注意注意，西江几百万人民还得靠您关怀哪。"

刘礼靠着刘世平坐了下来。

刘世平突然指着对面，说："坐那儿去，坐好。"

刘礼疑惑地、极不情愿地坐到刘世平的对面。对老爸一脸的包青天样，她忍不住生气了，嘟着嘴把半个雪梨丢在茶几上。"干吗呀？刘书记刘市长，我又不是犯人！就算是，也不敢劳您大驾呀。"

"小礼，有个情况，想和你商量一下。"刘世平努力放缓语气，几乎字斟句酌地说。

"不是审问？"刘礼像个小孩似的，一下子又蹦到刘世平身边，"爸，我坐您对面难受死了，就像每天面对的会议一样。"

刘世平干咳两声清清嗓子。刘礼身子一旋就把他的专用茶杯捧过来："爸，您喝茶。怎么样，我那戒烟糖味道好吧？"

刘世平托起茶杯，掩饰性地呷了一小口："小礼，本来，有些事我不想过问，更不想横加干涉，但我还是想告诉你我的想法——今后别和方正来往太多。我一向比较尊重儿女的意愿。如果我管得太多，你们也嫌啰唆。如果我是一个工人，一个农民，也没太大关系，问题偏让我在现在这个位置上……今天连机关里也有了闲言碎语，而且和我的工作也扯上联系了。我真担心……在小小西江，我们是公众人物，对不？公众人物就要处处注意公众形象，因为我们的一言一行、一举一动都可能影响一片，甚至可以影响社会风气。所以我们应尽可能地少给一些人嚼舌根的机会。"

刘礼愣了，她站起身后退两步，像看天外来客一样看刘世平："爸，您听到什么啦？您全信了？"

刘世平伸手招呼刘礼："来，坐我身边。"

"我不。"刘礼说，眼里已溢满了泪花，"您难道连自己的女儿也不了解？"

刘世平叹了口气："我怎么不了解自己的女儿？正因为了解，才把这个信息反馈给你嘛。老爸我不封建，可是，你也要适当想一想自己的事情。方正是个好青年，你对他好，这都可以理解，但这样是没有结果的。既如此，又何苦让人闲话?!"

刘礼突然发笑，然后在刘世平对面坐下来："爸，您真不了解我了。我承认我在乎方正，甚至曾经为错过他哭过，但我还不至于钻牛角尖。对人生吧，我还是比较看得开的，包括我的生意，成功失败均不重要。重要的是，我曾经为之追求过、努力过、奋斗过、付出过，这就够了。"

刘世平没能及时明白刘礼的意思，他气呼呼地从沙发上站起来："又是跨世纪的思想浪潮，对吧？你们这些年轻人哪，对生活到底懂多少呢？图新潮、赶时髦，全凭冲动，你这样已经直接影响到我的工作了，你知道吗?!"

刘世平气恼地大步走进书房，将刘礼晾在那儿。

刘礼心头火起，冲刘世平大叫："爸，我还没吃饭呢！"

五

建设黄沙的号角已经吹响。从黄沙大桥到黄沙旅游度假区的工作已渐次铺展开。几次党委会开下来，吴天祥的情绪已明显好转。经过反复研究和论证，包括金召忠在内的决策人物，基本上通过了第一期工程——开发黄沙岛的决议，别墅、烧烤场、泳场、夜总会、保龄球馆、环岛沙滩……诸多娱乐项目都已进入计划，只待紧张的建设带来今后的繁荣和财富。

对于开发黄沙岛，起初方正颇犯踌躇。原因在于妻子杨菲菲提醒他：西江经常发洪水，别到时候竹篮打水一场空。方正为此还专门查阅了有关水文资料，以从前的最高水位衡量，投资开发黄沙岛倒真有点冒险，就像抱着钱去打水漂。但那已是一百多年前的事了。沧海桑田，之后这么长的时间跨度里，洪水几乎年年有，但都不具备危及黄沙岛的能力。方正就这事与吴天祥交换了意见，换来的却是吴天祥不以为然的一笑，仿佛他已知道这种担心是杨菲菲提出来的似的。那笑里边包含了若干让方正很不舒服的意思。

"我在黄沙生活了几十年，还没听说过黄沙岛让水冲了去。相反，有一年连水都涸了，大点的船都没法过。"

吴天祥不以为然的笑和这两句话打消了方正的顾虑。建设黄沙岛的施工任务，经过讨论，落到了张炳伦的肩上。本来方正并不怎么放心张炳伦，但想到他曾为镇政府大楼无偿付出过，加上苏啸广、吴天祥认为肥水不流外人田，这也是振兴黄沙经济的一点力量，再加上金召忠对镇政府大楼的施工质量也没什么意见，这事就定了下来。先前张炳伦还担心方正从中作梗，不把这块肥肉给他，而结果出人意料的好，心头的高兴劲儿可想而知。

张炳伦第一个向苏啸广表示谢意。这些年如果没有苏啸广，他一个小包工头要发迹还比较困难。黄沙地盘上的大小建筑工程，之所以能被他揽在手里，一半功劳应算在苏啸广头上。当然，苏啸广也因此搞了他不少钱，但羊毛毕竟不是出在猪身上，在互利互惠的原则下，他捞到的毕竟是大头。

"光口头谢有什么用，你就不表示表示？"苏啸广说。

张炳伦说："没问题，今晚黄沙山庄，到时我呼你。"

苏啸广说："叫一下天光，这段时间他心情不好。"

张炳伦满口应承。

黄沙山庄之夜灯红酒绿。如果单看这点，并不比外面的花花世界逊色。黄沙山庄以前是港商开的。没成港商之前，他就是个偷渡客。在黄沙穷疯了，一心跑香港，跑了几次都没成，被抓回来打得头破血流，然后接着跑，最后终于偷渡成功。本来，回乡投资是想开放搞活的，只是山庄经营不理想。后来几次易主，目前状况只能是勉强维持。现任老板一直懒心无常地拖着，天天盼望某个傻蛋过来接手。

苏啸广瞅准机会，他打算让苏天光出面，将山庄盘过来。采石场被关了，他不甘心。而眼下的利好是明摆着的。只要黄沙大桥一通，旅游业一兴旺，山庄作为黄沙的老牌酒店，绝对不可能无声无息。苏啸广以他多年纵横政商的经验，觉得这是一块唾手可得的肥肉。他打算将黄沙山庄据为己有。

而这个晚上，这个由张炳伦做东的晚上，他准备适当地对黄沙山庄的经营情况进行必要的摸底。当然，要取得黄沙山庄的经营权，光靠他的实力还不行。倒腾采石场的时候，他基本上是拆东墙补西墙，玩的都是空手道。在不声不响中，他已经跻身黄沙暴发户队列了，但要一口独吞黄沙山庄，风险还是很大的。他已经想好了，将张炳伦拉进来，发展他们个人的第三产业。

当这一天的时针指向傍晚6时，苏啸广、苏天光从张炳伦的小轿车里钻出来，自此拉开了黄沙之夜的序幕。

轿车停在山庄后院里。之前，这三位黄沙名人在黄沙地盘上，走到哪里都大摇大摆，无限招摇，但是现在，苏啸广建议低调一点，低调到甚至不愿从山庄大门进去。他明白，只要有熟人看见他们三人凑在一起，对谁都不利。张炳伦的承建工程刚在他的力挺下得手，苏天光的采石场也在不久前被关掉，而他们三个又同时在黄沙山庄出现，任谁，恐怕也少不了会有些别的想法。所以，低调。

走后门，上二楼。熟识的楼面部长一见这三位黄沙大款，职业性的微笑和发自内心的妖娆立即浮上脸庞："哎哟，苏主任、张老板，还有天光哥呢！欢迎光临，怎么样，开个中房吧？"

苏啸广扬扬手："静一点的，看看哪儿合适。"

楼面部长立即前边带路，将三人领进西南角的"夜来香"包房："这儿满意吗？三位大佬，有什么要求只管吩咐。"

苏天光说："叫'妈咪'来。"

楼面部长说："'妈咪'去西江了。要小姐是不是？我帮你们叫几个靓女过来。"

苏啸广问："近来生意怎么样？"

楼面部长苦着脸，夸张地说："苏主任你可别提这事。黄沙山庄吧，按理是黄沙娱乐业的龙头，可政府那边招待个客人什么的，至多也就在楼下吃吃喝喝，偏就不上楼来帮衬帮衬。

你说我们离了政府的支持，生意怎么会好啊?!"

苏啸广有些不悦，说："你这就不对了，按你的意思，你们是国家干部？也得靠政府发工资？"

楼面部长一吐舌头，说："不好意思，苏主任，踩了你的痛脚了。这年头不是公款消费，哪个舍得大吃大喝啊?!"

苏天光有些生气："你吵啥？你也不想想，人家别的地方，哪个酒店不是一堆小姐随挑任选。你们这儿呢，好不容易叫几个过来，别无选择不说，有的还假装正经，连摸一下也不行。谁他妈抱着钱来讨这个气呀!"

听了这话，楼面部长叹了口气，说："天光哥你不会谅解人，这是供求关系造成的嘛。你想想，包房打麻将都没几个人，又有多少人愿叫'小姐'给小费呀？这就好比卖猪肉，想吃肉的人虽然遍地都是，可兜里没钱买不起呀！偶尔忍痛买一两斤过个瘾，但也不是天天都可以掏钱买的呀。你说这情况吧，那卖猪肉的设了档开了店铺，最后却找不到买主，供过于求，能不关门大吉？不瞒你说，能叫几条'游女'过来已经很不错了。"

张炳伦有些不耐烦，挥挥手说："快点叫过来，快点！我们有些实际问题急需解决。"

苏啸广阻止说："算了，我们谈正事。叫你们老板过来。"

楼面部长以为这三个家伙又打着政府的牌子过来白吃，心里就有些鄙夷，再也没兴趣和他们调笑，应了一声往外走。不妨苏天光一伸手，在她一步裙包裹着的屁股上不轻不重地捏了一把。

楼面部长真想回头吐他一脸口水并破口大骂，但她不敢。

六

　　也许连苏啸广都想不到，楼面部长的诉苦，竟无意间打开了他的思路。黄沙山庄为什么经营得如此惨淡和艰难？归根结底就是因为地方穷，不适合高消费。而一旦有钱人多了呢？那情况就该另当别论。苏啸广觉得自己的设想对路，如果能将黄沙山庄盘过来……前景不言而喻。

　　苏啸广把这个想法说给苏天光和张炳伦听。对张炳伦，他还特别强调了一下投资问题："如果老张你想独吞，起码我不会同意，天光也不会同意。"

　　张炳伦还没反应过来，他像被谁挖了祖坟般大叫："见鬼，我接手这地方来干什么？你没见换了多少老板？街口那个转让启事几乎每天贴一张，只有傻瓜才来接这个烂摊子！苏主任，你千万别开我的玩笑，黄沙岛那一摊子还得我出大力流大汗呢。"

　　苏啸广就笑，笑张炳伦鼠目寸光："你不用费太多精力，你只需出钱就行了。还有天光呢，他在这儿镇守。"

　　张炳伦听了这话，差点就跳起来："我出钱交给苏天光？你别吓我！这不是睁着双眼往粪坑里扔钱吗？不干不干，我不干！"

　　苏啸广有些生气，说："你和天光可以一人一半嘛，到时候真赚了大钱，恐怕你还后悔当初为何不一人独吞呢。"

　　张炳伦仍然一个劲地摇头："这个钱我不赚，不赚！除非你苏主任也入伙，不然我不干。"

　　苏天光认为张炳伦在侮辱他，一巴掌拍在茶几上，"呼"地站了起来："张炳伦，你什么意思？莫非我苏天光是一堆狗屎，臭不可闻？"

张炳伦不甘示弱，他坐在沙发上跷起二郎腿，轻蔑地反击："狗屎还好，至少可以臭一阵。你他妈连狗屎都不如！"

苏天光抬脚就朝张炳伦踢过去，幸好苏啸广大喝一声拦住了他。张炳伦很不高兴，说："苏主任，你看你看，这种四肢发达头脑简单的人，我怎么敢在他身上下注？大家都是明眼人，青龙岗采石场为什么搞成这样子？你能说不是他瞎弄的？靠不给工资能赚多少钱？到头来多的都赔进去了。"

苏啸广一边拿眼神制止苏天光的冲动，一边为他辩解："这也不能全怪天光，苏书记在那会儿，不是什么事也没有么？包括你张老板，你能把方正怎么样？其实你我都是兄弟，不要在小事上计较过多！更不要因此伤了和气。"

张炳伦就见梯下楼："苏主任，你莫见怪。我张炳伦有今天，也是你苏主任的关照，你说什么我都听。不过话说回来，我是生意人，义气要讲，利益也要讲。除非我们三家合伙，不然这事就没戏。我真没精力来接这个包袱。"说到这儿顿了顿，终于忍不住问了句，"这儿的黄老板是苏主任的老友？"

苏啸广仰靠在沙发上吞云吐雾："张老板你太小心了，我要整你也用不着这种方式。"

张炳伦听出了对方话里的威胁，他心里很不服气。尽管这些年他有不少把柄落在苏啸广手里，但与此同时，他也抓着苏啸广的把柄。实际上两个人一直是互相利用、互相牵制着的，谁都能置谁于死地，又谁也不能把谁怎么样，不然就鱼死网破两败俱伤。他们的关系是交易的关系，谁也不想将见不得天的交易扯出来。那么，他们势必还将在往后的日子里交易下去。

"其实不用说你也该明白，黄沙山庄的前途不可限量。只要桥一通，赚钱的机会就来了。"苏啸广提示张炳伦。

苏天光说："这里连'小姐'都没有，怎么做生意？"

张炳伦回过神来，不屑地笑了笑。他已经差不多领悟了苏啸广的意思。说白了，他要在采石场被关掉之后，找一条生财之道，而黄沙山庄的老板正急于脱手，那么，接手后就算他一年不赚钱，第二年、第三年呢？

张炳伦恍惚看见钞票如洪水，铺天盖地滚滚而来。他觉得苏天光太浑了，连局势也看不清。正如楼面部长所说，这是供求关系问题，消费者多了，供应者也会多。没"小姐"可以引进嘛。桑拿、按摩，什么不是应了经济发展的大好形势而生发的？黄沙正在发展，在它发展的过程中，完全可以钻钻空子嘛。

张炳伦打心里佩服苏啸广的老谋深算。他想：我得小心提防这个家伙。

夜深了，几个人才打道回府。张炳伦送苏天光和苏啸广回家。一路上苏天光醉醺醺地痛骂方正："老子总有一天要叫他识得我的厉害。"他恶狠狠地，翻来覆去地这样说。

苏啸广没吭声，张炳伦只是态度暧昧地冷笑。苏天光非常生气，他一把揪住张炳伦的衣服后领，吓了张炳伦一跳。张炳伦手一晃，差点出了车祸。

"你干什么？不想活了?!"张炳伦大吼。

苏天光说："不想活？哼哼，就算不想活，也要拉上一两个垫背的！姓方的，我跟你……没……没完！"

张炳伦知道苏天光醉了，就不再冷笑，全神贯注地开车。身边的苏啸广一言不发。

结果真就出了大事。这个大事就是-—在第二天晚上，方正的本田轿车，陷进一条不知何时就挖好的沟里；紧接着，车窗玻璃被人狠狠地砸烂，随即扔进一团黑乎乎的东西。开车的小陈吓坏了，想都没想就推开车门往外逃命。都跑出一段了，才想起方正还在车上，赶紧返身营救。

方正费老大劲才从车里钻出来，他也让这事给搞懵了。站在路边定了定神，明白了，这可不是交通事故。他气坏了，没说的，报案！

欧火生率队火速赶到案发现场。他身先士卒，警惕地接近那辆车，先围着车转了一圈，然后从车座上捧下一个黑乎乎、沉甸甸的东西。几个人围着研究了一阵，突然觉察那是一枚土制炸弹，当下吓出一身冷汗。

"让开让开让开！"欧火生慌慌地挥手，将众人迅速疏散。蹲下身来，在车灯下小心地拆掉引线，"这都谁呀？线都没接好就敢往外扔。"他骂了一句，这才发觉自己满头的汗，连背心都湿了。

欧火生想站起来，可四肢轻飘飘的，软得就像已经不在自己身上。他一屁股坐在地上，冲远处黑暗中的人影喊了一声："没事了！"见方正走过来，也不忌讳，抹了一把汗说，"方书记，你刚才差点牺牲了。"

方正吓了一跳："什么？"

欧火生捧起那团黑乎乎的玩意儿，说："炸弹！"

方正愣了，随即怒火万丈。"谁干的？浑蛋！"

欧火生起身，招呼大伙儿把方正的车推上来。"这事我搞掂啦。"他说，然后率队风驰电掣而去。

欧火生不问青红皂白，将苏天光从冲凉房里赤条条地揪出来。"你还有心情冲凉？"他说，"癞子打伞无法（发）无天！"回头一挥手，"带走。"

苏天光被欧火生火速捉拿归案，连夜突击审讯。他对企图谋杀方正的犯罪事实供认不讳。待他全部承认了，欧火生才乐呵呵地告诉他，方正毫发未损，什么事也没有。

"不可能!"苏天光破口大骂，"那玩意儿狗都炸得死!"

欧火生说："你说你整个土炮都放不响，还想弄方书记?哎，我就不明白了，你为什么这么恨方书记?"

苏天光冷笑："你以为就我恨他? 哼!"

欧火生把当年在市局干刑侦练就的功夫使出来，很快就将苏天光的近期活动摸了个一清二楚，其中引起他十二分重视的，即是谋杀未遂案发生的前一天夜里，苏天光和苏啸广、张炳伦在黄沙山庄聚会。聚会内容不得而知，但这是不是可以说明，苏天光的行为是团伙性预谋，甚至带有某种"政治"色彩呢?

欧火生在案发次日下午，将自己理清的头绪向方正作了详尽的汇报。当时吴天祥也在场。在黄沙谋杀书记，这对小小黄沙来说，还有比这更吓人的事吗? 整个黄沙都被惊得摇晃起来。黄沙就像一辆拖车，跟着方正那辆本田，突然就栽沟里去了。这下全车人都慌了神。

欧火生汇报途中接了个电话，说疯子苏老头儿在黄沙医院四处找方书记。找不到，真跟疯了似的，正在那边放声大哭。群众中有传言说方书记被炸死了，在医院外边围了一大群，任医院领导怎么解释都没用。

欧火生把手机递给方正听。

"看来我得说句话，证明我还活着。"方正故作轻松，偏头对吴天祥说，"看来我得去一趟医院，不过得借你的车。"

吴天祥说："我送你去。"

在黄沙，怕是从开村起就没出过这么大的事吧? 这也太吓人了。吴天祥气得恨不得亲手撕了苏天光。

方正和吴天祥在欧火生的特级护卫下，出现在黄沙医院门口。围在那儿的群众，远远地看见方正他们，并未惊喜交加地围过来。方正从他们的眼神里，看到了放下心来的意思。

欧火生冲人群大声喊："没事了没事了！都回吧，回吧。"

苏老头儿赶过来，上上下下地打量方正。方正本来想和他说点什么，可没想到那老头儿没给他机会，一转身，走了。一边走一边喃喃自语："没事……没事就好，没事……没事就好。"

方正突然想起一个事，偏头对欧火生说："迁坟那边的事，你不要派弟兄们过去，内部矛盾内部协调，你的枪口不能指向群众。"

欧火生说："现在说这话为时尚早，要是大家都不迁，你还得亲自来请我。"

方正叹了口气，他无法不感到任重而道远。

第七章

吴天祥间接地获知苏天光干这事的前因后果，他一巴掌拍在办公桌上，差不多暴跳如雷地说："这个浑蛋，简直就无法无天！"

吴天祥抓起电话就往派出所打。找到欧火生时，仍抑制不住心头的怒火："这是怎么搞的？你们那些联防队、巡逻队都睡觉去了?!"

欧火生劈头盖脸挨了这一通训，很是不悦："不是没什么事吗？凶手都抓到了。"

"没事？这还叫没事？"吴天祥须发俱张，"要是真炸响了怎么办？方书记可是市委派下来的，在黄沙出这么大事，别人会怎么看？别人不会认为这是苏天光一个人的事。你明不明白?!"

欧火生心头冷笑，说："我不明白，这话你冲苏主任说去。案发头天晚上，他们弟兄俩和张炳伦，还在黄沙山庄玩到深更半夜呢。"

吴天祥一愣，说："你什么意思？"

欧火生说："没什么意思，随便说说而已。"

吴天祥说："你要尽快把原因弄清楚。这几天最好派人跟着方书记，别再出乱子了。"

欧火生很反感吴天祥这种上司的口吻，他淡淡地说："吴镇长你放心，我知道该怎么做。"然后就把电话挂了。

吴天祥愣了半晌，他不能不对苏啸广起疑心。莫非是苏啸广让苏天光干的？转念一想，又觉得不太可能。苏啸广好歹在镇上干了这么多年，经历过的考验也不少，就算他对方正怀有深仇大恨，也不至于用愚蠢的办法来报复啊！可欧火生先前那话是什么意思？那意思，至少说明苏啸广不可能对此事一无所知。也就是说，苏天光未能得逞的报复，说不定就是在苏啸广默许下实施的。

这么一想就又忍不住心头火起。这两个草包！吴天祥想。

实话实说，吴天祥对方正的成见，也是越来越深。在大桥奠基第二天，方正就动员他带头将祖坟迁走。为这个事，他专门回家征询老母和老婆的意见，结果被老母捶胸顿足臭骂了一顿，紧接着又被老婆趁机训了一通。搞得他直到现在还在为难。在他看来，方正拿他"开刀"，用心有点险恶。

在老母、老婆和他的心里，或者说在旁人的传言里，他之所以官运亨通，很大程度上，是因为祖宗埋对了地方——埋在了风水宝地之上。而方正，却倒腾着修什么桥，不只是想在德能政绩上压他一头，还想破他吴氏祖宗的风水。这，这也太过分了！

可是，尽管如此，像苏天光整的这种事，他连想都没曾想过。他始终不愿把方正想得太坏。他想：方正干的那些事，都是因为他太年轻。他的年轻，使他因为黄沙的未来而冲动。他宁愿理解和谅解方正。

因此，当方正提出让他带头迁坟时，他虽说心头一万个不乐意，但还是挺认真的，把这思想工作做回家去。只是，意料之中，老母坚决反对，老婆跟着附和，投的都是反对票。但是，他明白，祖坟这次是迁定了。毕竟，黄沙大桥关系着一镇老小的幸福生活。而他是镇长，他必须带头。

不过，他还想看看群众的反应。迁祖坟，这跟挖祖坟有什么区别？这可不是闹着玩的。搞得不好，吃药上吊那都是鸡毛蒜皮，不算个啥。要是惹得苏、吴两大家族扯横幅堵马路，那这事就不好收场了……总之工作难度之大，绝非常人能想象。他想看看方正怎么弄这事，怎样推进这项工作。

是的，正如吴天祥所虑，方正在这事上已经遇到了空前的阻力。各管理区反馈回来的信息，一大半的群众坚决反对迁祖坟。尽管大桥工程已上马，尽管迁坟工作必须尽快推进，可是，没人动手。不少群众甚至提着锄头扛着铁铲，在自家的祖坟不远处走来走去，要是谁敢动他们家祖坟……哼，你动下试试？

械斗在黄沙可不是新鲜事。别说在"万恶的旧社会"，就是在今天，"我们的生活充满阳光"的今天，苏、吴两家，也曾为田边地头那么点儿事，兵戎相见，干过好几仗。

而现在，方正要挖大家的祖坟。那么，你动下试试？你要是敢动，那锄头和铁铲，就会毫不客气地照着你的脑袋抡将下来。

总之，后果难以预料。

方正真是头都大了。欧火生那边正在深入调查苏天光，听说苏啸广也参与其中，搞得他心情很不好，他不相信党政办主任会这样对他，才同事多久啊？怎么就深仇大恨成这样……方正感到了一种巨大的失败和悲哀。这种情绪困扰着他、笼罩着他，他觉得自己都快窒息了。在乡镇做事，书记的臂膀就是党政办主任啊，连臂膀都不听使唤了，甚至反戈相向，他这"封疆大吏"还怎么成事？

方正正在努力把情况往好的地方想。这时候电话响了，铃声有点急，听上去就感觉不好。一听，真不是什么好消息——大桥工程那边，路桥工程队的工人跟当地群众起冲突了。

方正不敢耽搁，赶紧下楼上车朝江边赶。

此时的江边，几个人正合力拉住一个手持锄头的村民，村民大叫大骂，拼命往前冲；而另一边，几个同样手持铁锹的民工不甘示弱地指手画脚。

风波的起因很简单，那个村民早在几天前，就在附近虎视眈眈地兜来兜去，弄得干活的民工很不高兴。

"你说那人成天盯着我们干啥？怕我们偷他东西？"

民工就用家乡话冲村民喊："别盯啦，放心，不会偷你们家东西的，拐你妹子就好了。"

村民听不懂，没搭腔，但眼里的火星子是明摆着的。

终于，这天让他逮着机会了。

一个民工尿胀，起身往坟地后边跑，借助茅草的掩护，稀里哗啦飞流直下三千尺。

本来，在大自然里屙泡尿，实在是没什么好稀奇的，可这事落在村民眼里，那就是千载难逢的大好时机。机不可失，时不再来。

村民扛着锄头飞奔而来，耳朵边"呼呼"的风声，让他感到了一种前所未有的快感。他一边冲锋，一边将锄头高高举起。

"丢你老母死山仔！"一声恶骂自村民嘴里喷薄而出。

这边的民工，正对着茅草撒得酣畅淋漓。猛抬头，突见一把雪亮的锄头朝自己兜头挖下。哎呀，这是咋回事？他吓坏了，狂叫一声抱头鼠窜。

村民一招落空，锄头陷在泥土里，费了好大劲才拔出来。

他也气坏了，提起锄头踅身过来穷追不舍。

民工一边逃命一边冲他的老乡狂叫，没多会儿就有六七条汉子手握铁锹迎上前来。眼看一场血战不可避免，附近有几个人赶紧过来，拖住挥舞锄头的村民。

方正赶到之时，欧火生也率两名干警赶来了，路桥工程队的班长什么的也在场。双方一碰头，都觉得大可不必如此小题大做。

欧火生那会儿心头正火，他一把揪住村民，差点抬手给他两耳光："苏小二，你个死仔不在家打麻将，跑这儿来搞什么！"

苏小二一哆嗦，硬着头皮说："那个山仔往我祖坟上屙尿！"

欧火生将他拉过来又推搡开去："屙尿又怎么样？拉屎屙尿天公地道！你扛着锄头想干什么？挖掉人家的尿管？你去挖呀！我看着你去挖！你个死仔，是不是苏天光叫你干的？你是不是想和苏天光一样进去？！嗯？"

面对欧火生那身威严的警服，这个名叫苏小二的村民一下子瘫了："不……不……欧所长，我不进去，你别抓我进去。"

欧火生双目喷火："上次赌钱就饶了你！今儿你又来找死，想造反呀？！还不快把你爹请回去另外找个地方，这儿修桥你知不知道？这些坟山全部要迁走你知不知道？你不动手挖，拖着锄头干什么，要我帮你挖呀？"

苏小二吓慌了，一边告饶，一边扔下锄头撒腿就跑。欧火生也懒得追他，回头走过来对方正说："方书记，我看还是硬来吧，早点搞掂免得夜长梦多。这些人没见过啥世面，只要你动真格，吓都吓死他们。"

方正想了想，说："必要时可以试试，我再催一催吧。"

欧火生说："总之事不宜迟。刚才那个苏小二，跟苏天光是赌友，这类人在黄沙特别多。不瞒方书记，黄沙赌博成风，我那几条枪，根本就管不过来。苏天光要真把那伙赌棍纠集起来，还真难对付。"

方正突然问："吴镇长今天去了哪里？"

身边有人回答说："和侨联的人去了沙北管理区，这些天各个管理区见沙中搞开发，热火朝天的，都慌了，到处找关系想办法。侨联也想方设法找了几个港澳乡亲回来观光，想趁机引进几个项目。"

方正就忍不住感慨，说："唉，谁又想永远受穷呀？关键是要一人兴百人跟。就像现在这样，沙中带个头，别的跟着就上了。一形成风气，还怕黄沙不富？不富都不行啊！"

二

刘礼给黄沙拉来几车老板，实在令方正意外。握着那些挺胸凸肚的港客、台商的手，他看见了刘礼脸上娇甜的微笑。那微笑，怎么说呢，在他看来，实在是意味深长。

刘礼在介绍他们的时候，只是告诉他此行的目的，比如张老板想搞果园，李老板想弄养殖。至于投资嘛，可大可小，主要看黄沙方面提供的条件。

俗话说，来的都是客，这些客都是来投资黄沙的，于是这客就不便宜——贵客。方正满面笑容欢迎，吴天祥更是主动带贵客们下乡实地考察。就这么忙来忙去，吴天祥一直没提迁坟那事，方正也不好意思催，他想干脆下去摸摸情况，看看能否说服群众。老实说，方正现在担心的还不是有没有人来投资，他最怕的是这群众关系处理不当，影响施工进程。他现在最希望的事，就是黄沙大桥眨眼间便能建起来。

刘礼没陪那帮老板去，她亦步亦趋跟着方正，弄得方正疑心顿起："你……有什么事吗？"

刘礼说："没事。"想了想，又说，"你怎么不问我为何事先也没通知一声就下来了，而且还带来这么多财神爷？"

方正一愣，开玩笑说："你想在黄沙人民心中永垂不朽。"

刘礼嗔了他一眼："我没心情跟你开玩笑。告诉你，市政府里边，前不久有人传言说我刘礼是你方正的情人，所以呢，我老爸才拨钱建黄沙大桥。因为这个事，我老爸很生气，专门把我召回去训了一顿，就差没停职反省开除族籍。"

方正怔住了，他呆了一阵，叹口气说："换了我也会光火。"

刘礼委屈地叫起来："你什么意思？人家一心帮你，你怎么这态度呀？！"

方正正色道："其实你不仅仅帮了我方正，更为黄沙立下了汗马功劳。"

刘礼一脸不高兴："我管黄沙干什么？我只关心你。谁叫我是你的情人呢？方书记，你说，我做你的情人行不行？反正现在流行这个。要是没个情人，都不好意思说自己是老板。"

方正看刘礼，大笑："我可不是老板！"

刘礼笑，说："你可以是呀。反正干这书记也没多少工资，不如下海自己弄。等当了老板，只要不偷税不漏税，党纪国法也管不了你。"

方正严肃起来："你别吓我。"

刘礼见方正这反应，顺势调整情绪，说："其实你不用担心。虽说我愿意为你做许多事，但这并不代表我想你投桃报李。就像一朵鲜花，谁都爱，但未必谁都想采呀！"

方正开玩笑说："你的意思是，让我一辈子都欠你的？"

刘礼说："对，我让你下辈子再还我。只不过无须做牛做马……"说到这儿，刘礼停住了。

方正再也不敢往下接腔。刘礼的意思很明朗，他甚至可以听见她的心跳的声音。

……

刘礼主动请缨，跟车和方正一起下去做群众思想工作。方正不好拒绝。

车开了一会儿，刘礼突然问："我们去哪儿？"

方正趁机将问题推给司机。小陈也没怎么考虑，说："去黄沙湾吧。右拐向下那条路，那片坟地里，黄沙湾的人最多。老想让死人埋个风水宝地，活人从此时来运转。"

刘礼顺口说："是啊，谁不是活在希望里呀？希望总比绝望好！"

方正觉得刘礼话里有话，他装没听懂。小陈却是真没听懂，接着说："想要做通他们的思想工作，可不是几张嘴巴几个人能行的。其实方书记，我很赞成欧所长的建议，对农民有些事就得硬来。你和他们商量，他们反而不买账。"

方正说："硬来，怎么硬来？用枪顶着他的头？那可是人民群众，不是阶级敌人。行了，先看看情况再说。"

三个人在黄沙湾转了半天，走家串户苦口婆心，结果没一家人乐意响应号召迁祖坟。有的硬邦邦地回绝，有的竟提出要让地费、功夫费、鬼魂惊扰费……简直让方正开了眼界。

刚开始刘礼直乐呵，幸灾乐祸地看方正不停地碰壁，慢慢她就笑不起来了。方正脸上阴云密布，那沉沉的郁闷就仿佛压在她的心上。她有些恼火，发狠地说："早知黄沙人这德行，我就懒得为你的什么招商引资跑来跑去。真是活见鬼！一抔黄土几把骨头，跟宝贝似的！"

方正不赞同刘礼这话，但也没责怪她。他知道她是为他着急。他了解刘礼，她是一个热情、宽容而又善良的女子，她基本上没有刁钻、古怪和小心眼儿。关于这一点，他甚至认为妻子杨菲菲与刘礼还存在着不小的距离。这与先天禀性和后天成长有关。他明白。

回想当年，认真说，刘礼对他的爱恋早于杨菲菲，却因了杨菲菲的穷追猛打，刘礼终于眼睁睁地失去了他。就好比心爱的东西突然被人抢走。按理说，在感情上是很难接受的，但刘礼一如既往，不张不狂，不愠不火，仿佛一泓温泉，永远给人温馨和宽容。这样的刘礼，他实在是不忍心去责怪。

准备打道回府的时候，方正突然听到谁在哑着声音唱歌，循着歌声望去，见疯子苏老头儿被几个小伢仔围着，在树下一边拍手一边唱歌：

人客到，捉鸡当。
鸡勒杂，不如当只鸭；
鸭毛多，不如当只鹅；
鹅会给人看门口，不如当只牛；
牛会耕田养家口，不如当只狗；
东边有贼我又知，西边有贼我又疑，不如当只大猫儿；
老鼠偷谷我又捉，麻雀扒糠我又"装"，不如当只大猪郎；
当就当，我吃了主人三斗糠，边个食我肥猪肉，一夜屙到大天光！

小陈说："方书记你别理他，疯疯癫癫的。哦，对了，他祖上，还有两个儿女都埋在河口岗上的。"

刘礼被苏老头儿的歌吸引住了，却不太懂，就问："那老人家哼了些什么？"

小陈一撇嘴："什么逗伢仔的，叫《客人到》，说有客人来了，要杀一样来做菜请客，鸡鸭鹅猫牛狗都找理由请主人别杀自己。只有猪找不到理由，说它白吃了主人的三斗米糠，要杀就杀吧。不过它诅咒吃它肉的人拉一晚上的肚子。"

"哈哈，这猪很聪明嘛。"刘礼忍不住笑。

方正没听小陈说话，他朝苏老头儿走过去。刘礼和小陈见他跟苏老头儿比比画画说着什么，几个伢仔好奇地看他。苏老头儿却一脸木然地坐在那儿，嘴里边还在咿咿呀呀地唱。

"他去干什么？"刘礼自言自语。

小陈说："方书记一定是叫他迁坟。那个疯子怎么听得懂啊？自从儿子、女儿跳江死了，他一直这么哼哼唧唧的，没个完。"

刘礼"哦"了一声："听方正讲过，是换亲那两兄妹吧？唉，这地方穷了悲剧就多……"

小陈说："你看那态度，跟木头似的。也亏是方书记。先前苏书记，好几次让他缠上，马上叫治保会的民兵来把他拖开。"

刘礼朝方正那边看——面对方正，苏老头儿无动于衷。

三

方正和刘礼从黄沙湾回到镇政府已接近下班。见办公室门敞开着，方正有些奇怪，一边与刘礼聊一边抬腿进去。然后他就愣了：妻子杨菲菲不声不响地坐在办公桌后边，眼神郁悒而空茫，还有些高深莫测。

"菲菲?"方正叫了一声,"你什么时候下来的,怎么不先打电话给我?"

杨菲菲静静地,对方正和刘礼进行意味深长而又"漠然"的"扫描":"对不起,方书记,打扰你们了。本来我想找吴镇长了解黄沙的'三高'农业,没找到。闲着无事,就到你这儿坐坐。"

方正再傻也能听出压抑在杨菲菲心中的醋劲,他有些尴尬,又有些恼火:"菲菲,人家刘总带老板来考察投资环境,你这样像什么话嘛!"

杨菲菲脸上掠过一丝冷笑,她瞥了刘礼一眼:"像什么话?不像话!"

刘礼脸上有些挂不住了,她努力保持礼貌的笑容,略略夸张地叫了一声:"哎哟,小两口子在办公室里吵什么呀?杨记者,你找吴镇长了解'三高'农业的情况对不?我带你去。刚好有几个老板来实地考察,想在这方面投资,正好你给宣传宣传。"

杨菲菲有些狼狈,本来想给刘礼以迎头痛击,谁知狠狠一拳打出去,却打在别人的笑脸上,且人家笑容依然。这是涵养、气量、风度的较量。显而易见,刘礼技高一筹,这使杨菲菲产生了偷鸡不成蚀把米的感觉,她不能再穷追猛打没完没了。再说方正也不会袖手旁观,要是接着发泄,弄不好真在夫妻间闹出感情裂缝来,岂不是搬石头砸自己的脚?

这么一想,杨菲菲及时改变战略战术,顺着梯子下台阶。

杨菲菲起身亲昵地拉了刘礼,撇下方正往外走,一边走一边气鼓鼓地数落:"小刘你给评评理,这姓方的吧,把我扔在西江,三月五月也不上去探我一次。我厚着脸皮主动下来关心他,仍讨不了好,还嫌我碍手碍脚。却原来是有你这样的靓女陪伴左右,难怪乐不思蜀,对我如此不友好。"

刘礼感到好笑，杨菲菲醉翁之意不在酒，实际上矛头还是对准她的。她觉得自己很有必要打消对方的疑虑，别人乱嚼舌根她可以不予理会，但她不能忽视杨菲菲的态度。如果杨菲菲也认定她与方正不清不白了，那么外界的传言就会更加肆无忌惮。于是她以轻松的口吻玩笑的语气表达认真的内容："杨记者，别个不相信方书记可以原谅，但你得立场坚定旗帜鲜明地信任他，方书记对工作倾注了太多的热情，可能因此就冷落了你。他连你都冷落了，还会有多余的心思？"

杨菲菲觉得好玩，说："人心不古啊，小刘。我们家老方我了解，至情至性，恐怕最终还是英雄难过美人关，不爱江山爱红颜。"

说着说着就下班了，吴天祥从黄沙山庄打电话回来，叫方正和刘礼过去吃饭。他在那边宴请那几个老板，听口气，挺高兴的。

刘礼拉了杨菲菲的手，说："有戏了。如果吴镇长今儿能与他们达成意向，一个项目就是上千万的投资，刚好是你所说的'三高'农业。"

杨菲菲忽然觉得与高挑美丽的刘礼相携而行不对劲，她轻轻地挣脱刘礼亲热的牵引，以一种玩笑的口吻说："你使我想起左拉的《陪衬人》。"

刘礼一愣，随即就反应过来，她在心里幽幽地叹了口气，说："其实，真正的陪衬人是我。"

晚饭仍免不了交杯换盏，大吃大喝到晚上 9 点多钟才散席。本来要卡拉 OK 的，但刘礼没多少兴趣，急着要回西江，吴天祥只好作罢。送他们一行出来的时候，特地让司机往车上送了些香油香米之类的黄沙特产。临别时还挺动感情地握着刘礼的手连声说："谢谢刘总，谢谢刘书记对我们黄沙的支持和关心。"

按习惯，方正也得和客人们握手作别。与刘礼握别那会儿，他除了感到温热、细嫩的柔滑，还感觉手心被对方的食指掐了一下。他一愣，目光落处，刘礼的眼神里有了些许捉弄，甚至幸灾乐祸的意思。

杨菲菲没回西江，她名正言顺地留在方正身边，以女主人优雅的姿态将客人（特别是刘礼）送走。回过头来，吴天祥略带歉意地对杨菲菲说："方太，还得委屈你住招待所，不过我这儿正抓紧时间，方书记的宿舍很快就装修好了。"

杨菲菲笑说："吴镇长您说哪里话，谁不知道招待所比宿舍高档啊。衣来伸手饭来张口，连被子都有人铺排叠整，上哪儿找这种神仙般的日子？你瞧我们家老方，在里边一待连家也忘了，请都请不回去。"

吴天祥也笑，说："方书记一定怕回家洗碗扫地跪床头吧？方太你不要管得太严嘛。"

方正就"嗤"了一声表示抗议："我在家与那些事从来不沾边。吴镇长习惯成自然，老是喜欢把自己躲不脱的灾难往别人身上栽。"

杨菲菲一撇嘴："瞧瞧，还扬扬得意！这种人！"

回到招待所已是晚上 10 点，刚进门还没来得及开灯，方正就被杨菲菲一把抱住了，杨菲菲将方正推到墙边无路可走，她纤柔的双臂此时此刻力大无穷，发狠般地使劲箍着方正。

"喂喂，你干什么？你想干什么？"方正想挣开杨菲菲的双臂。

杨菲菲一言不发，她的脸紧贴在方正的胸膛上，方正听到一阵抑制不住的抽泣声。

"你咋啦？菲菲。"

"我爱你，我怕……我怕失去你！"

就有情感之水冲击而来，使得心尖子一阵疼痛，方正情不自禁紧紧地把杨菲菲抱在怀里。这就是自己玲珑可人、骄傲任性的妻子啊！这就是自己生命旅途中相依为命的爱人啊！她把她完美地交给自己，她的温柔她的炽热她的欢乐她的痛楚，那么真实那么坦诚那么自然地裸露在自己面前……方正感到涨潮之声隐约可闻，滚滚而来。他将杨菲菲一把抱起，在黑暗中走向他们的快乐时光。

"你是我的唯一。"他咬着杨菲菲的耳朵低低地说。

……

雨过天晴，风平浪静。杨菲菲躲在方正宽厚温暖的怀抱里，像一只贪吃贪睡的猫。

良宵易逝，春梦时短，不觉又是天明。

起床冲凉梳洗，见方正还在赖床，杨菲菲忍不住推了推他："老方，我始终觉得，你们搞那个什么旅游不大靠谱。现在到处都在搞旅游，好像全国人民吃饱饭没事干，一年四季就惦着游山玩水。还有，你们那个黄沙岛，你就不怕一场大水给冲了？这几年广东气候反常，隔三岔五涨洪水，不怕一万就怕万一，还是小心点好。"

方正被吵醒了，嘟哝着翻身过来，眯着双眼看杨菲菲，一副不知所云的样子。

杨菲菲有些生气，又推了他一把："哎，你有没有听我说话？到时候别怪我没提醒你。"

方正仍然眯着双眼，杨菲菲看见他的目光逐渐清亮起来，里边含有某种热烈的信息。她吓了一跳，抽身想躲，方正突然一把将她攥住，拉入怀中。

"你这个小妖精！"方正低吼，激情像火一般迅速燃烧起来。

四

点一炷香，燃两支红烛，再烧上一把纸钱。叩首，再叩首，三叩首！恳请列祖列宗原谅，不肖子孙惊扰你们，请随你们的子孙乔迁……

这是一个凉风习习的早晨。秋天的气息日渐浓郁。在河口岗一带，有一支队伍在轻轻悄悄地行进。他们扛着锄头、握着铁锹，为逝去的亲人搬家。

那个率先跪倒在坟前的，赫然是疯子苏老头儿。从点香、燃烛、烧纸到酒洒上祭品、叩首跪拜，他的神态庄严而虔诚。这神圣的肃穆，在这个时代已经很难找到了，他跪在那儿，向苏氏先祖通报阳世的信息。他的身后，跪满了苏氏后裔，实际上，长期以来，他们一直把这个被许多人称为疯子的老人，安放在苏氏家族极为尊崇的位置上。他的疯疯癫癫在他们眼里，甚至有了冥冥中说不清、看不透的色彩。神秘的意味，使他们更加信奉这位历尽沧桑的老人。他们在老人的昭示下，携带工具，在这个秋风瑟瑟的日子里，来到先祖的门前，作最虔诚的祷告。

于是，人们就看到了这接近于悲壮的场面。大大小小的坟冢前跪满了男男女女，香烟缭绕，烛光摇曳，纸钱灰飞，伴着酒香、果香和猪头、全鸡以及跪拜和祷告，人们差不多就被这神圣而肃穆的仪式震撼了！

吴天祥接到"聚众闹事"的消息，头皮倏地一紧。方正在市里开会，还没回来。要是大桥工地那边打起来了怎么办？自己在家主事却又出了乱子，岂不是证明自己很无能？ .

"通知欧所长，叫他立即带人去大桥工地，制止闹事。谁带头就把谁抓起来。"吴天祥吩咐前来汇报的人。然后突然想起，好几天不见苏啸广了，就大步朝党委办公室走去。没见人，又去政府办公室，仍不见，当下就有些来气。估摸苏天光以及苏小二的捣乱，多多少少与苏啸广有点关系，就算不是他一手策划的吧，至少他也知道缘由和内幕，但他肯定没干涉更没制止，他甚至连有关情况也不愿主动向欧火生反映一下，他对一切佯装不知。这么一想就更恼火，抓了电话猛呼苏啸广，得到的答复却是苏啸广在黄沙山庄。

"你在那儿蹲点呀？怎么不把办公室也搬过去？"吴天祥非常恼火。

苏啸广在电话那头打了个哈哈："吴镇长，你别误解。好歹我也是党培养的干部，这点觉悟还是有的。黄沙山庄老板想关门大吉，我觉得这样对我们黄沙的经济发展不利，偌大个黄沙镇，连一间像样的酒店都没有，还怎么吸引外资呀？我这儿正力挽狂澜为黄沙做贡献呢。"

吴天祥冷冷地"哼"了一声："河口岗那边又闹起来了，这回可不是苏小二一个，你不过去看看？"

苏啸广心头一惊又暗喜，说："这有什么好奇怪的，挖祖坟谁受得了啊？让欧所长带兵去'镇压叛乱'嘛。"

吴天祥忍无可忍，他语重心长而又气愤难平地说："啸广，你就不要再七搞八搞了，行不行？许多情况只会越搞越糟，你怎么就不明白？苏天光那事还没个了结呢，你怎么不想一想？再弄出什么事来，这黄沙还要不要工作，要不要发展？"

苏啸广愣了，他料不到吴天祥会这样看自己而且直截了当把想法说出来。他在那边愣了一阵，闷声说："吴镇长，你最好不要这样想我，我还不至于公私不分。"说完他狠狠地把电话扣上了。

苏啸广那阵儿正在逐步实施自己关于占有黄沙山庄的计划。他与山庄老板已经谈过几次了，大体意向已经定了下来，现在主要是讨价还价，他希望能以最低的价格将黄沙山庄接过手。虽说他打着牵线搭桥的幌子，名义上为张炳伦出面，但对方很快就看出了本质——他才是老板。

是的，黄沙山庄的现任老板，是在商海中沉浮了几十年的"浪里白条"，不可能不识水性。实际上他对黄沙山庄的前景并非完全没有信心，关键在于他的耐心有限，精力也有限。他要迅速将这笔资金抽出来，投入到另外一个很快就能有收益的地方去。这就好比炒股，炒家不能老是抱着长线心理。客观因素很多，谁敢保证他的长线能百分百钓到大鱼？在这支股的低迷期，最明智的办法，就是果断将资金退出来，换上另外一匹黑马狂奔而去。死守山海关不是不可以，但绝对违反了经济规律，等于浪费了若干创造财富的机会。

基于这种认识，苏啸广认为自己有机可乘，然而在价钱上对方寸步不让。一边坚守一边哭穷叫苦，将大出血大跳楼大亏本等街头小贩背得滚瓜烂熟的词当炸弹，一串接一串地向苏啸广扔过去，企图将苏啸广的钱袋子炸开。苏啸广不慌不忙沉着应战。不料吴天祥突兀一个电话，使得他阵脚大乱，他站起身告辞："我给张炳伦说一说。"他转身就走。

是的，作为党政办主任，他待在酒店里却不去大桥工地，怎么着也说不过去。特别是，吴天祥已怀疑他在从中搞鬼，他已经没有退路了。而实际上，他至今还对苏天光的鲁莽耿耿于怀。还有那个什么苏小二，最后搞得他踩了大粪！苏啸广差不多就恨得咬牙切齿。

苏啸广骑着摩托车，气恨恨地赶到大桥工地。放眼一看，漫山遍野的香烛火光，还有那些跪地叩拜的村民。他想：为什么还不动手？先搞翻几个民工打得头破血流才好看呢。

再一看，欧火生与吴天祥正在那边比画着，像在紧急商讨。

苏啸广暗暗兴奋，他估摸那帮村民在酝酿情绪。很明显的，施工队已经将推土机对准他们的祖坟了。几铲子下去，这块风水宝地就将灰飞烟灭。祖坟都被人刨了，还有谁能容忍！不能容忍该怎么办？可想而知，流血械斗在所难免。

自古黄沙人，血管里都流淌着从战争中拼杀过来的遗传基因，无论王室后裔还是苏妃的子民，他们都将用手中的锄头和铁锹，捍卫他们的先祖！

苏啸广仿佛看到一抹血光在阴郁的天边电光石火，惊鸿一现。他简直就有一种想放声高歌、仰天长啸的冲动。

方正啊方正，等你回来之时，吃不了兜着走的后果已成定局。他一边想着，一边把摩托车开得风驰电掣，"呼啦"一声卷到吴天祥和欧火生面前。他看见派出所的警察已经在周围高度戒备了。他很高兴地同吴天祥和欧火生打招呼。

是的，眼前的景象让人紧张无比。跪拜的人纷纷站起来，他们攥着锄头和铁铲，纷纷向苏老头儿那边驻足张望，就像在等待一个庄严的命令。然后，他们将高举他们的锄头和铁铲……在苏啸广看来，他们应当向工程队奋不顾身地冲过去，然后，脑浆迸飞，血光四溅，尸横遍野……然而，一切都出人意料，当苏老头儿再次下跪爬起身，他抓紧手中的锄头第一个向苏氏祖坟挖去。

于是，看着他的苏氏后人，沉默着，挥动锄头和铁铲，挖向那些长满青草的坟冢……

五

方正从西江回到黄沙已是第三天下午。其时，迁坟工作已接近尾声。推土机低吼着来来回回，方正被眼前这一切惊得发呆。记得临去西江前，他还来这儿看过，回来时又忍不住过来看看工程进展。而这些变化，让他怀疑自己走错了地方。

那片乱坟岗哪儿去了？眼前是一片被推得光秃秃的山坡，工人们在紧张地工作，没谁留意到方正的惊疑。

原以为难度巨大的迁坟工作，就这么轻而易举地完成了？方正不敢相信，又不能不相信。而这疑惑一会儿又变成了担忧。会不会是欧火生蛮干，强迫群众迁坟，甚至直接就让工程队推平那些坟冢？这么一想，心头就打了个寒战，赶紧上车往镇政府赶。上楼找吴天祥不见人，只能见人就问人家知不知道迁坟的事儿。就有人说："吴镇长前天带头把祖坟挖了，后边人就跟着。这两天，怕已差不多了吧。"

实际上，回话之人省略了关于苏老头儿的情节，但他讲的也是事实。那天，吴天祥看见苏姓村民在疯子苏老头儿的带动下挖祖坟，便随手抓了一把铁锹，想都不想就往自家祖坟头上刨。

他当时一言不发，狠了劲儿挖，挖出棺材木来了才直起身擦汗。然后一个接一个的电话往各个管理区打，让凡是有亲人埋这儿的，都请赶快动手。

吴镇长带头挖祖坟的行为很快深入民心，大伙儿想人家吴镇长当那么大官都不怕坏了风水，我们这些穷光蛋还担心啥？这么一想就想通了，加上管理区那边的通知早发下来了，也没谁敢真与之作对。于是，这迁坟的事就手忙脚乱地铺开来，

"呼呼啦啦"便收拾妥帖了。

听了这消息，方正松了口气，不觉就有些感动。到黄沙这些日子，虽与吴天祥合作得不是很好，但他相信吴天祥本质上还是好干部。其实，即便是苏啸广，他也没把他往坏处想。相反，妻子杨菲菲还不止一两次提醒他，叫他小心苏啸广。他还问杨菲菲为什么，杨菲菲说："我觉得那个家伙不像一个好人。"

方正就宽容地笑，说："又是你作为女人的直觉？"

杨菲菲不满地嗔他，说："我凭的是我的人生阅历。我担心你好坏不分，总有一天要遭暗算。"

方正在经历了苏天光那颗土制炸弹之后，也曾无数次咀嚼过杨菲菲的话。他开始提防苏啸广，但他不相信那是苏啸广指使的。后来，欧火生调查的结果证明也不是。

"吴镇长有没有说他去哪儿了？"方正问，他想见见吴天祥。

"吴镇长被他老母揪回去了。听说这两天都不敢回家，东躲西藏像个在逃犯。今儿中午刚上班，他老婆扶着吴老太在办公室来堵他，可能还是为挖祖坟的事吧。吴镇长怕在镇政府吵起来不好看，就乖乖地跟回去了。"

方正忐忑起来，他拔腿就下楼上车，朝吴天祥乡下的老家赶去。

吴天祥自然料不到会有人在这种时候急急忙忙地跑过来关心他。他被老母破口大骂之后，正将一肚子火往老婆身上发，两口子关在院子里大打出手，男揪头发女抓脸，打得天昏地暗、日月无光。

起因，也不全因为挖祖坟这档子事。挖祖坟只不过伤了吴老太太，但对作为外姓人的老婆，对吴氏先祖的感情还没那么深厚。因此，接受了老母声泪俱下的痛骂之后，这事也就暂时告一段落。然而糟就糟在，老婆还有事情要与他扯皮了结，这里边，涉及一个叫王小娣的少妇，也就是在镇政府饭堂煮饭的那个女子。至于王小娣与吴天祥之间暧昧的勾当，吴太也不是亲自抓住，她只不过听人说起过，开始没怎么留心。谁知这天，王小娣那个窝窝囊囊的男人担着粪桶找上门来骂阵，骂着骂着就坐在门口伤心地痛哭失声。吴太问他怎么回事，他一边抹泪一边说："我老婆昨晚又没回家。"

吴太大感蹊跷："你老婆没回家你不去找，却挑了粪桶跑我家门口号什么？"

那男人说："我要泼你一大门的屎。"

吴太更加惊奇，她说："可你的桶是空的呀！"

那男人就放声大哭，边哭边诉说他不幸的遭遇。大意是老婆不守妇道，在外边与别的男人鬼混什么的。

吴太就感到头皮发麻，她说："你老婆叫什么名字，让哪个男人搞去了？"

那男人一边抹泪一边甩涕，拖着哭腔说："我老婆叫王小娣，那男人就是你男人！"

吴太心头火苗子"噌噌"往上蹿。王小娣，这个名字为何如此耳熟？噢，原来真是她呀！

吴太慌忙板起面孔斥责那男人："我说你这人怎么回事，自家老婆不规矩却四处怪人？我家老吴哪天晚上不是和我困一张床睡一个窝？你老婆让人搞了张三李四不怪，偏来栽污我家老吴，我是你，我就去跳西江，我就一头撞死！连个女人都管不住还好意思哭！我可告诉你，你要是还要在这闹腾，我也不是好惹的。我家老吴好歹也是一镇之长，随便搞哪个也不会搞你的老婆呀。你看你这熊样子，你老婆能好到哪儿去？别在这儿吵吵，滚！"

那男人挨了这一通"排炮"，差不多就吓蒙了，拖了粪桶落荒而逃。吴太那种镇长夫人的气势像一阵狂风，早已将他心中那点报仇雪恨的怒火扑灭。逃出老远他才想起，自己今天的任务是下菜地浇菜，而不是来这儿惹是生非。老婆王小娣在乡里名声一直不太好，鬼知道有多少男人曾将她占为己有，他几乎就被一堆重重叠叠的绿帽子压断了颈子箍破了头。以他天生懦弱的性格，除了黯然神伤，他还能怎么样呢？

吴太将王小娣的男人赶走后，立马就搬了家婆①吴老太，直奔镇政府，将吴天祥"抓获归案"。

老公吴天祥经常出差、工作忙不回家，难道都是借口？吴太想，以他那把年纪，肯定把破鞋王小娣当作美味珍馐了。两口子关在屋里大动干戈，结果就是她被吴天祥打得鼻青脸肿。

听到方正叫门，斗鸡似的两口子迅速对视一眼，吴太赶忙上前替吴天祥捵了捵抓扯乱了的衣服，抹掉他嘴角的血迹，交代一声躲了进去。吴天祥即时校正心态和面部表情，一边热情地回应着，一边走过去拉开大门。

方正紧紧地握住吴天祥的手连声感谢。吴天祥心中苦笑，大度地表示没什么。

六

吴太本姓苏，自从十八岁那年嫁入吴家，与吴天祥同床共枕几十年，儿女生了一串，全部活蹦乱跳，考学校跳出黄沙的、在生意场上东折腾西捣鼓的，都与那成片成片的黄沙地无

---

① 家婆：即婆婆。

关。加上吴天祥这些年官运亨通，直到做了一镇之长，吴太在
黄沙镇上，简直就成了每一个女人羡慕的对象。镇长夫人走出
去谁不尊敬呀？吴太这一辈子可谓风光透了。

　　然而，家家有本难念的经。上有家婆下有子女，夹在中间
的媳妇并不那么好做。作为丈夫，吴天祥脾气不大好，开口骂
闭口打的事，在年轻那阵时有发生。那时候，还没能在家婆面
前讨下好儿，挨了揍也不敢吭声。实在受不了跑回娘家，本想
好好哭诉一通的，又怕没人信。结果什么也没说，待半天就乖
乖回家。

　　谁都知她嫁了好人家，可又有谁知道，这风光背后的日
子，是怎样熬过来的。

　　论辈分，苏老头儿是吴太的堂叔，年轻那时，吴太特别喜
欢缠着堂叔唱歌。什么《高棠歌》《咸水歌》，那长长短短的
句子，高高低低的调儿，总是令她魂牵梦萦。记忆之中的堂叔
一表人才，能歌善舞，而且还是小河沟里捞鱼的好手。同是一
条河，别的后生一网撒下去一无所获，而堂叔随便往哪儿抛
网，都有鲜活的鱼儿在网里蹦跶。堂叔对这个侄女也特亲，教
她唱歌跳舞，还不时给她讲故事。关于黄沙的神话、传说或者
历史，都让他讲得绘声绘色、头头是道。

　　初为人妇的吴太，受了委屈挨了打，不敢或不愿向自家父
母说，却往往向堂叔哭诉。同样，年轻的堂叔为此专门找上门
与吴家交涉，被吴天祥一通臭骂赶出门。堂叔不甘示弱，揪住
吴天祥两个人打了一架，结果两败俱伤，二人从此结怨。

　　那时，吴天祥还是村里的一个跑腿，小角色，不曾想这辈
子还有如此造化。似乎可以这么说，堂叔是在吴太悲苦的时
候，唯一为她出面抗争过的人。尽管他失败了，而且还连累她
又挨了一顿狠揍，但吴太仍然在心里对堂叔感激不已。几十年

一晃而过，堂叔苏老头儿的老境相当悲惨，吴太曾无数次要接济他，均遭到他的拒绝。

而这一天，为了一个叫王小娣的女人，吴太与吴天祥打了一架，这让她忍不住想起过去的日子。是啊，好久好久没打架了。人生几十年，就这么过来了。打架的记忆，就像一部黑白电影，已经太过久远了……吴太梳洗干净，趁了黄昏走出后门，沿着当年出嫁时走过的路，向河湾走去。

秋天的风吹得紧，坐在小河边，她想起了年轻时跟堂叔学唱的《鸡公仔》，那时她还没出嫁，不能全部理解歌里都唱了些什么，而今再次唱起，还真有点悲从中来：

> 鸡公仔，尾弯弯，
> 做人新抱（儿媳妇）甚艰难。
> 早早起身都话晏，
> 勒条围裙入下间。
> 后门摘个冬瓜仔，
> 问之安人蒸或煮？
> 安人话蒸，老爷又话煮，
> 蒸蒸煮煮唔中意，
> 拍台拍凳骂竹升。
> 三朝打折三条格木棍，
> 四朝跪烂四条石榴裙，
> 投告爹爹妈妈都唔信，
> 解开裙带血淋淋。

吴太哼着哼着，突然发觉不远处有人在看自己，她慌忙中抹了一把泪，偏头看时，见苏老头儿正站在小渔船上看她。

吴太叫了一声"叔"。苏老头儿没应声，她有些恼，转身就走。没走多远便听苏老头儿哼哼唧唧：

> 来到高堂我失失慌，
> 满头淡汗都抹唔干，
> 十件衣衫抹湿九件半，
> 多得太阳又晒番干。

吴太感到眼眶又湿了。"叔真苦命，"她想，"仅有的一双儿女都因为穷送了命，他怎么能不疯疯癫癫？"那天在屋里听方正感谢吴天祥以身作则带头迁坟。其实那应该是叔的功劳，可他却没说，她觉得自家老公很没意思。

关于王小娣与吴天祥搞不清的传言，实际上方正早有所闻，只是他不太关心这些，这种事情就像一坑浊水，想弄个清楚搞个明白，最终只能越搅越浑。他不想把工作范围扩展到生活作风上去。只要不影响工作，就算张三李四有一腿，那也不关他事，是的，他基本上持这种态度。当然，他知道这态度比较消极，但是，在他来之前已经形成的格局，他不可能冒冒失失地利用职权，去改变人家的生活。眼下他的首要任务是改变黄沙的贫穷落后，而不是去捉吴天祥搞破鞋。退一万步讲，就算要捉，那也不能是书记捉镇长的奸，这传出去，还不笑死个人啊？！

再说了，将心比心，不是也有人背地里说他与刘礼的闲话么？而事实上，他们之间，根本没有可能性。

不觉冬天就来了，千头万绪的工作，在有条不紊地进行和深入。此时的方正与吴天祥，就工作方面的配合，已基本上过了磨合期。在共同建设黄沙的大前提下，方正狠抓侨联工作，亲自带队去香港跑澳门，将黄沙的近代史查了几十遍，按图索骥，挨家挨户地找出那些跑出去发了财的黄沙乡亲，登门拜访，叙乡情，说乡愁，表乡思。尽管杨菲菲鄙薄他典型的功利主义嘴脸，但方正仍然全力以赴。

"你老公是在为黄沙几万人民，不是为他自己。"方正说，"你该为你老公感动。"

事实上，他的功利行为倒真让那些数十年没回过黄沙的港澳乡亲感动。没多久，就有几批发了财或没发财的乡亲回乡观光。见黄沙的风景秀丽中挟着一股改天换地的气势，都忍不住感慨万千。自然，作为镇长的吴天祥，不厌其烦地陪同他们深入乡间，将未来的黄沙蓝图一遍又一遍地向他们作最动人的描绘，随之而来的，便是一些大大小小的投资意向。

吴天祥不得不佩服方正的闯劲。回头想想，其实，方正干的这些事，不是他想不到，而是他一直以为这是异想天开。

黄沙的建设如火如荼，黄沙的景象欣欣向荣。黄沙要变样了，一向平静冷漠得近于麻木的黄沙人，把黄沙这红红火火的一切看在眼里。他们终于心动了，他们发觉身体内部有了某种跃跃欲试的冲动和渴望。

为了黄沙，为了奔向幸福的梦想，方正在马不停蹄连轴转，在无尽的忙碌中，有一天，他突然想起刚仔。好久不见刚仔了，他让小陈开车一同去渡口，他想把刚仔调回镇政府开车，虽然这样会得罪苏啸广，但他不能让刚仔干一辈子摩的佬，自己能在黄沙打开局面，头三脚少不了刚仔的帮助和支持。他很感恩。

然而，刚仔拒绝回镇政府开车。方正有些歉意，想劝他，刚仔就笑，说："方书记，你是好样的，但你不知道我和你一样，也想搞点名堂出来。你别看我现在开摩托，说不定明年的这个时候，我就是一个小老板了。到时还望方书记多关照。"

　　方正用力拍刚仔的肩："没问题。在黄沙创业，享受最特惠政策！"

第八章

一

也许生活中有许多类似的情况，比如我们因为工作的忙碌，在一段时日里没去某个地方走动了，而当某一天我们又因为一个什么缘故无意间去到那个地方，我们几乎就怀疑自己走错了，因为，太大的变化，与我们的记忆形成了巨大的落差。待我们终于从疑心中回过神来，我们会忍不住惊呼：天哪！这是从前的那个地方吗?!

是的，眼下人们遭遇的就是这样的惊讶——当他们因为一个什么缘故匆匆赶到黄沙渡口，冷不丁抬眼一望，天，一条巨龙凌空飞起，横跨西江！不，那分明是一道彩虹！不不，那分明是一座大桥！他们在揉擦眼睛的过程中，终于欣喜地发现：黄沙大桥建起来了！

回头一想，是啊，这不知不觉间，已送走一年多时间。这段时间他们都在忙些什么，都做了些什么？心里不禁感到迷惘。然而，也就是这一年多时间，飞越西江的黄沙大桥凌空而起，那矫健雄壮的风姿，令人们叹为观止！

不用说，时间老人稳健的步子已走到了 1993 年末，而冬天的气息似乎还很遥远。尽管按时令计算，秋天已经轻轻悄悄地走过去了。然而，在黄沙的土地上，随处可见属于秋天的收获的图景。

无论老人、孩子，抑或中青年，在这依然暖和清爽的冬天里，看着家乡有了这样的变化，大伙儿又怎么抑制得住类似于丰收的喜悦？于是，在黄沙渡口或河口岗，不时有三五农人驻足观赏。那飞龙一般的黄沙大桥啊，落在或清亮或浑浊的眼里，都是一样的威猛雄姿，闪闪发光！

有青春少妇抱着她们年幼的孩子走过来。她们抽出一只手指着大桥，比画着，对充满好奇的孩子讲着他们母子之间的特殊语言。佩戴着红领巾的小孙儿，搀扶着脚步飘浮、颤颤巍巍的爷爷奶奶，专门前往河口岗，观赏这黄沙历史上第一座大桥。年迈的爷爷奶奶在惊讶和赞叹之余，忍不住就翕动已没了几颗牙齿的嘴，向孙儿述说南越王和苏妃。那时候当然不能有桥。那个兵荒马乱民不聊生的年代，如果有了桥，这黄沙还不全给铲平了？沉浸于远古故事中的孙儿，突然就想起学校学过或听过的一些词汇，便忍不住插嘴说："现在是改革开放，要致富先修路，桥不通就只有过穷日子。"于是，爷爷奶奶就咧开干瘪的嘴巴无限欣慰地笑。是啊，时代不同了，连小小的孙儿，也懂得这么多新鲜的东西了！

而实际上，吸引人们的还不单单是这座桥，如果把目光放远一些，把视野扩大一些，令人意外和欣喜的变化还多着呢。看看吧，那不是黄沙岛么？昔日毛竹疯长、杂草丛生的不毛之地。而今呢，一幢幢设计精巧别致的别墅，在绿意摇曳中悄悄地探出头来。那红亮的琉璃瓦在冬日柔和的阳光下，闪耀着十分抢眼的光芒。那是由金召忠投资、张炳伦承建的黄沙旅游度假区第一期工程。它们开始向黄沙、向黄沙人民、向未来的黄沙的探访者们，展开了一抹羞答答的微笑。总之，在黄沙之外有的，这儿也有；黄沙独有的山光水影，绿树婆娑，却又是许多地方所没有的景致，于是我们就真有些佩服金召忠独到的眼光了。

离了黄沙岛，除了热火朝天的沙中管理区，还有沙北、沙南、沙西、沙东、沙湾等管理区的土地上，也不同程度地飘荡着经济时代的气息，果园、养殖场、制衣厂、玩具公司、电子企业，大大小小，林林总总，遍地开花。

不经意间，人们还会发现，渡口那棵老树下已没有了刚仔的身影，原来，刚仔而今已承包了几百亩鱼塘，从事生鱼养殖。生鱼成本低，长得快，而且肉嫩味美，是市场上很抢手的鱼类品种。刚仔开着一辆小货车，正忙得不可开交呢。而已普遍推广的经济作物种植，高产水稻栽培等"三高"农业项目，更是深入人心了。

人们终于明白，黄沙以及黄沙人民，已一路高歌，走进了阳光灿烂的日子。

黄沙大桥通车的日子已经择定。1993 年 11 月 18 日，市委书记杨树威将率团亲赴黄沙，第一个开车从大桥上经过。

仍然是《西江日报》新闻广告公司负责整个活动的策划，电台、电视台、报社早已接到通知，进入紧张而又有条不紊的准备之中。虽然这之于西江并非什么了不起的大事，但那是几乎与世隔绝的黄沙啊！记者们凭着他们多年的新闻捕捉经验，都敏感地抓住了"黄沙第一桥"这个新闻点，准备由此生发开去大做文章。

是的，这是黄沙有史以来的第一座桥。这座桥将结束黄沙故步自封的历史，将改写它的未来！

1993 年 11 月 18 日，天公作美，这是一个比任何以往都晴朗的日子。一大早醒来，人们就看见，从黄沙渡口到河口岗的江岸上，远远近近站满了看热闹的人。他们扶老携幼，呼朋引伴，都在等待宣告通车的鞭炮声震天炸响。

军乐雄壮，醒狮刚猛，锣鼓喧天。飘扬的彩旗插满了大桥两岸。黄沙小学特别放假一天，学生们穿着统一的校服，手里挥动着彩绸和鲜花，站在大桥那头排列成行，对各方来宾夹道欢迎。

"欢迎欢迎，热烈欢迎！"整齐的童声此起彼伏，人们听在耳里，忍不住眼眶都湿了。

上午9时许，杨树威率领的车队抵达黄沙大桥。

仪式很快开始。兴奋、激动和欢乐成了这一天的基调，一条大红绸拉开，十多个身着鲜亮旗袍的礼仪小姐挽着剪彩嘉宾各就各位。西江两岸，上万双眼睛向黄沙大桥聚集。

鞭炮突然炸响，杨树威手中的剪刀剪向那条红绸。霎时群情激动，欢呼震天。仿佛滔滔西江水，滚滚天上来。

在军乐声、锣鼓声和鞭炮声中，杨树威突然发现方正不在。"方正呢？"他问身边的随从。

是啊，方正呢？年轻的书记方正呢？在这个大喜的日子，怎么不见他的人影？！

方正来了，他从渡口那边轮渡过来。只是人们吃惊地看见，一辆标有黄沙医院和红十字的救护车停在他的身后，他面色蜡黄、步履踉跄，朝大桥这边跑来。

"方正，你怎么啦？"杨菲菲和刘礼同时反应过来。她们齐齐惊呼，扑上前来。两个女人同时挽住额角冒汗、虚弱的方正。

方正的身后，两个医务人员紧张地跟着："方书记，你必须马上回车上去，我们只能给你五分钟。"他们的态度非常严厉，严厉得甚至有些生硬。

方正紧张地握住迎上来的杨树威的大手，两行热泪从这个年轻的汉子眼里夺眶而出！

方正书记哭了。在这一年多的艰辛里，他没流过一滴泪，在众多的困难和痛苦中，他没淌过一滴泪！

而此时此刻，这个热血汉子，怎么也控制不住澎湃于心中的情感之水，他哭了，真的哭了。他的泪水顺着脸颊流淌下来，大滴大滴地滴落在黄沙干燥的土地上，发出"哧哧"的声响……

原计划因为方正的到来被打乱。

"杨书记，我有一个想法，不知道妥不妥？我想，能不能让黄沙的老人家，从桥那边走过来欢迎大家？"方正说。

杨树威抬眼看对岸，竖起大拇指说："好，方正，我听你的。"

于是，一批由黄沙老人组成的队伍，从黄沙河口岗桥头出发，向桥的这边走来。他们是历史的见证人，他们用他们历经沧海桑田的脚步，来履行这一神圣、庄严、肃穆的时刻，他们满头的白发，在冬日的阳光下闪闪发光！

那都是年近古稀或年过古稀的老人了。在他们的记忆中，从黄沙渡口撑篙摇橹的木船开始，到装上柴油机的机动船，再到铁壳轮渡，然后又到现代化大桥。这世界的变化，都被他们看在眼里了，他们兴致勃勃又感慨万千。他们从河口岗，从黄沙，走向外面的世界。

这是一段意料之外的插曲，记者们"呼啦"一声把杨树威丢下，向那群老人迎上去，和他们一起从桥上走过。而杨菲菲和刘礼，已顾不上将这历史性的一刻摄入视线了，她们扶着方正，在医生的严厉要求下上了救护车。坐在车上守着方正，两个女人对望一眼，眼神都很复杂，但没有敌意。

杨树威突然对身边的金召忠、刘世平等一干人说："我看第一个开车通过这桥的，不应当是我，而应该是小方。"

"我们的干部队伍中，多些小方这样的干部就好了。"杨树威又说。

二

不用多说，黄沙大桥通车仪式，吴天祥、苏啸广也得参加。自然，他们把这些情况都一清二楚地看在眼里，于是他们想：方正在黄沙深入民心已不可逆转。

而领导层的表态也是嘉许。杨树威当天就命令方正随车队回西江市人民医院接受治疗。就这样，方正被杨菲菲和刘礼一左一右"挟持"着，在这个大喜的日子里回了西江。他突然觉得，这是一个十分不祥的预兆。

黄沙岛开发工程已基本结束，鸣炮试业那天，方正还在西江休养。这段时间，他被杨菲菲十分严厉地管束着，不得参加社会活动。杨菲菲凶起来也会双手叉腰，瞪眼睛竖眉毛，让方正惊呼"母老虎"。杨菲菲不管什么老虎，她总是凶凶地说："你是好是歹我不管，但我不能不为自己着想。你可以不在乎你自己的身体，可我不能不在乎我老公的身体。老公是我的，而不是你的，你没有权利让我的老公带病工作累死累活！"

刚开始，方正几乎就被杨菲菲这套理论搞糊涂了。他吵着从医院回来，原以为过两天便可溜回黄沙，他心里一直牵挂着黄沙岛试业这桩大事，但令他措手不及的是，杨菲菲比杨树威难蒙得多。出院时，他只是给杨树威打个电话说差不多了，医生让回家休养就过了关。可回家之后，妻子这一关根本就过不了。无论是嬉皮笑脸讨好卖乖，还是板着面孔怒声呵斥，都不顶用。妻子总是振振有词、寸步不让。

方正很生气，说："听你这么说来，好像我是你的私有财产?!"

杨菲菲抢白说："我管我老公关你什么事？你是公有财产还是私有财产与我没有关系。你现在在我眼里不是你，而是我的老公，你明不明白？"

方正第一次觉得这女人难缠，他实在找不到说服她的理由。出院那会儿医生说过，让他至少休息一星期。看来杨菲菲是把医生的话完全听进去了，当下只好软下来和她谈判。费老大劲，最后才争取回来一项权利——可以和黄沙方面通通电话，但不能讲得太久。而且，通电话的时候，杨菲菲得在一旁监听。

对杨菲菲的专制，方正非常反感："我又不是犯人，你这是干什么？你不去上班待家里干什么？我又不会偷你的东西。"

杨菲菲也不见怪，她甚至有些得意地说："方先生，本小姐从年头到现在还没松过劲。一年的假还存在那儿收利息，现在派上用场了。因此，你想摆脱我，绝对不可能。"

方正叹了口气，又恨又爱地骂："你这个小妖精！"

黄沙岛对游客开放试业，曾在《西江日报》、西江电台和西江电视台做过广告，这使它很快便在西江地盘上家喻户晓，图个新鲜的人们，纷纷涌向黄沙。西江公共汽车公司开通了黄沙专线车。市旅行社还将黄沙列为"西江一日游"中的景点。黄沙大桥上车水马龙。这喧闹的场面，仿佛黄沙已彻底变样，往昔的冷清已经成为记忆。

金召忠特地把这个信息反馈给方正，让他有了一种心花怒放的感觉。

"你就安心养病吧。小方，你们那个张老板，就是张炳伦呀，还真没偷工减料，岛上的工程货真价实，我挺满意。我想过了，等这阵忙完，我们坐下来探讨一下，看看黄沙山应当怎么个搞法。"金召忠的声音是爽朗的、愉快的，方正被他的情绪感染，放下电话走到杨菲菲面前，仍然抑制不住兴奋。

"我真想立即就回黄沙看看黄沙岛热闹的场面。"方正说。

杨菲菲说："我怀疑你在说梦话。"

方正在西江遥控黄沙那阵，苏啸广神秘兮兮地找到了吴天祥。吴天祥对苏啸广已有些警惕。他甚至怀疑，有关王小娣与自己私通的情况，也有可能是他透露给老婆吴太的。

"吴镇长，黄沙岛生意火爆，这下方书记的病快好了。"苏啸广从这么一个角度切入，再一次令吴天祥对他刮目相看，由此更加不敢掉以轻心。

"还是方书记有远见。"吴天祥说。他刚好在琢磨这个事儿。眼看着黄沙就变样儿了，可屈了指头数下来，这些变化一大半功劳是人家方正的，自己虽也跳上跳下忙来忙去，但怎么也逃不脱跑龙套、敲边鼓的命运。想想，真有些憋气、窝囊，脸上无光。而苏啸广一进门就往自己的痛处踩，跟火上浇油一般。吴天祥真有一种仰天长叹的冲动。

"炳伦搞那些工程，金老板挺满意。"苏啸广转移了话题，"炳伦说，什么时候要亲自登门感谢吴镇长。如果是方书记，这工程恐怕就不会给他做了。"

吴天祥挥挥手，扔了一根烟给苏啸广："这事跟我没有关系，谢我干什么？力是他出，活是他干，钱是他赚，和我没关系。"

苏啸广表示异议："哎，怎么说没有关系呢？要是你吴镇长不把工程给他，他哪来的活干？哪有钱赚？空有一身力气也没处使呀。"

吴天祥突然说："啸广，天光怎么样了？"

苏啸广一愣："唉，别提他别提他，一提他我就生气。你
说欧火生这人什么意思吗？那会儿还怀疑是我指使天光干的，
差点把我给气疯了。我一想起天光就恨不能狠狠地踢他个狗抢
屎。这个家伙乱来踩了大粪，还害得我一身臭。我看他呀，少
说也得判个一年半载的，虽说没多大破坏吧，可性质恶劣、情
节严重呀，对不对？"

吴天祥说："过段时间让欧火生放了算了。"

苏啸广笑，说："除非方书记主动把这想法提出来。"然后
把话题转到张炳伦身上，"炳伦说，待会儿来找你，有单生意
想和我们合作。"

吴天祥伸手接电话，说："说曹操曹操就到，他在你办公
室里，叫他过来？"

苏啸广点头说："行。"

张炳伦带来了一宗房地产生意，地点在惠州，有一批地
皮，他想买过来放着，等升值。

"我其实是来给政府牵线搭桥的。当然，一来是我手上没
那么多钱；二来呢，我这次能揽到建设家乡的工程，也是政府
关怀，所以我也不能只顾往自个儿兜里塞钱。那批地皮现在看
起来地势比较偏，但我敢肯定，要不了多久就会成抢手货。那
时候，做长线就守住，炒短线就抛出去，一转手就是一口
袋钱。"

吴天祥听了张炳伦一通介绍和鼓动，有点动心，市里刚好
拨下来一笔扶贫款，八千万元人民币。原打算上一个"三高"
农业项目，但一时又拿捏不准搞什么。要不，把这个钱挪去炒
一把？但是……他提了不少问题，张炳伦看得出他心中的担

心，拍着胸口说："吴镇长，你怕什么？我这是答谢政府才甘当跑腿的，我又不赚钱，我骗你干什么？"

苏啸广插话说："跑得了和尚跑不了庙。张老板正打算买断黄沙山庄呢，这人是我们黄沙未来的大富。"

吴天祥就下了决心，说："我们具体谈谈。至于钱，政府出面总有办法可想。"

三

当方正终于从杨菲菲的疼爱里胜利大逃亡，已是十天之后的事了。原因之一，是方正成天啰啰唆唆缠着杨菲菲吵架让她烦不胜烦；原因之二，是报社那边，有一大堆工作等着杨菲菲去做。杨菲菲在报社属骨干之列，突然间整天整天不见人，也不见稿，要闻部主任就老是找总编反映情况，说杨菲菲到底上哪儿去了？总编很为难，就让记者部主任与杨菲菲联系。杨菲菲是记者部副主任，不仅要写稿，还要协助主任策划和安排采访任务。主任电话求上门，她想推也推不掉。见方正确实没什么事，便放他一马。

分别那会儿，方正刚走出门口，又转身回来，神情庄重地走向杨菲菲。杨菲菲生气地说："你回来干什么？你别再烦我了，你以为我真没事啊?!"

方正说："我还有一件事没做。"

方正的神态让杨菲菲警惕起来。她退了一步："什么事？"然后就看见方正眼里情波荡漾。她说，"干什么，你想干什么?"

方正坚定地走过去，轻轻地把她拥在怀里，吻她。

杨菲菲恍然，这是他们之间曾经的默契啊！哪天方正没

"完成任务"出门，都要被她叫回来的啊！却因了方正之远赴黄沙而逐渐淡了的心境，不曾想竟在这个时候让夫君牢记着！杨菲菲发觉眼眶倏地潮湿，她一把将方正抱得死紧，两行热泪簌簌滚落。

方正刚回黄沙，就陷入了千头万绪的工作之中，而在工作之外，还有若干这样那样的应酬。他不知道吴天祥经过激烈的思想斗争，悄悄地挪用了市里拨下来的扶贫款。他更不知道，吴天祥之所以冒这个险，与他有着很大的关系，就像苏啸广怂恿吴天祥的一样："我们也应当做点事嘛，免得让人小看，好像方书记就是黄沙的救世主。"

虽说当时吴天祥及时指出苏啸广这话不对，但他在心里又不得不承认，苏啸广说到他心坎上了。是的，他要做一件事给方正看看。在方正的巨大成功面前，他已经有了抬不起头的感觉。他一直想为黄沙做点什么，同时也为自己争一口气。可力不从心，他只能悄悄叹息。他一直不太相信长远的投资，他需要的是立竿见影。这种急于求成的心理，与张炳伦送上门来的地皮生意不期而遇，一拍即合。

吴天祥心想：莫非天助我也？

在确认稳赚不亏万无一失的情况下，吴天祥终于狠下决心豁出去了。让财务把钱划出后，当晚他彻夜难眠，刚一闭上眼就看见那八千万成了肉包子打狗，吓得他头皮发麻、冷汗淋漓。几经折腾，半夜爬起来，走到堂屋关公像前站了一会儿，又在心里默默地祈祷一阵，这才稍微心安。

活了几十年，他可从未这么惊心动魄过。要不是心中憋了那口气，他还真不敢有如此"大动作"。

好在张炳伦不停地给他打气鼓劲，一再保证，才勉强压下了他心中的动摇。

吴天祥为地皮这事，封锁扶贫款的任何消息。有时他真希望能打一把锁将财务那张嘴也锁起来。尽管他知道财务对许多事都守口如瓶，他相信这个事她也不会随便对别人说起，可心中仍然忐忑不安。

方正没注意这个问题。他让宣传办起草一份讲话稿，他要开一个外商座谈会，把已在黄沙投资的外商请到镇政府来，共商黄沙大计。当然，这会的主要目的，还是尽快展开他"以商引商"的大计划。他去澳门、香港多次，四处攀亲认故为招商，效果虽然不差，但这方法不能长期使用，能找到的黄沙乡亲都找遍了，还能有新招吗？自然，这"以商引商"的思路就广阔多了。商人交往的多半也是商人，如果张三牵李四、王五拉赵六，这样拉拉扯扯都来黄沙投资，岂不是比自己毫无把握地四处乱撞好？在忙这事的空隙，方正去看刚仔。听说这小青年和农技站一起成立了一个什么生鱼养殖协会，专门琢磨怎么养鱼，还真有不少村民跟在他的身后奔致富路呢。

刚仔从鱼塘里爬起来，手里握着一根竿，竿头有个铁圈，铁圈里扎了个网兜，网兜里有一条巴掌大小的鱼。

"哎呀，方书记，给我免税来了？"刚仔一边伸手往网里捉鱼，一边笑。

方正说："看你这思想，你没见广告牌上写着吗？致富不忘回家，赚钱不忘纳税。"

刚仔就大笑，把鱼伸到方正面前。

方正说："送我？"

刚仔说："谁说送你的？这鱼有病呢。我刚捞起来，正想弄清咋回事。这几日天气突然凉了，有些鱼经不住，就翻肚了。"

方正便忍不住感慨。年前，刚仔还是一个黄沙渡口的摩的佬，风里来雨里去搭客为生，而今，却已摆开阵势准备大干了。

方正这样为黄沙跑来跑去马不停蹄，让吴天祥轻松了不少。他一天到晚都担心，划出去那笔钱，什么时候走漏风声让方正知道了，那可不是件小事啊！弄不好，掉乌纱都有可能。而他最不能面对的，还是因此而注定了的失败。真的，失败是一件非常痛苦的事情。

吴天祥不敢对那笔款子掉以轻心。他几乎每天都要打电话给张炳伦。他还以一种毫无商量余地的口吻，命令苏啸广随时跟踪这单生意。

"你要把它当成一个十二分重要的任务来对待，我也是，我们要争取把这个任务完成，而且要做好。"他这样对啸广说。

苏啸广一边点头，一边心头好笑。在他看来，这个手里边掌管着黄沙财权的大佬，差不多就是一个傻瓜。"如果换了我，不捞得盆满钵满才活见鬼！"他经常这样想，便觉得吴天祥在浪费权力。当官为了啥？为了权力。权力就是通往幸福明天的车票，当天不用，过期作废。这个吴天祥，傻瓜！

苏啸广非常认真地执行吴天祥的命令，他还抽空亲自跑了两趟惠州。

晃眼间，1994年的钟声就敲响了。有一天，苏啸广心急火燎地跑进吴天祥的办公室里大叫："吴镇长，吴镇长，地皮，地皮……"

"地皮怎么啦？亏了？"吴天祥感到脑子里"嗡"的一声，就像炸了一个土雷，他瘫倒在大班椅上，就像被人抽了筋，"完了，完了，完了，完了……"

事实刚好与担心相反，热火朝天的惠州大开发使那边的地皮价"噌噌"往上蹿。

"卖不卖？"张炳伦问苏啸广，苏啸广问吴天祥，吴天祥揣着一颗"咚咚"狂跳的心，一巴掌拍在办公桌上："卖！"

好家伙，八千万出去两个月，转一圈回来就成了一个亿！

而实际上，吴天祥直到赚了钱也没弄清楚，那笔钱并不是他们买地皮赚的，而是借给别人炒地皮，人家给的是高利息。张炳伦没给吴天祥实话实说，怕他没胆外借。苏啸广知道是怎么回事，但不说破。由此他更觉得吴天祥像上个世纪的老古董，傻得可爱。

炒地皮，你知道什么是炒地皮，又怎样去炒吗？看着一脸喜色的吴天祥，苏啸广心中冷笑。他觉得让这种人当镇长掌财权，简直就是国家的巨大损失。

"要是我苏啸广某天做了镇长……哼哼……嘿嘿……"他这样想。

四

方正再次住院。长期的超负荷工作，积劳成疾，就像一枚没拉引线的炸弹，当契机出现，便轰然炸响。

契机是方正自己提供的，天知道是怎么回事。这天他准备到沙湾管理区察看"万头猪场"的建设情况。那是一个西江老板投资的养殖项目，一直在方正的心里放着，似乎比其他项目更令他牵肠挂肚。而追根溯源，这种牵挂，多半是因为被人当疯子的姓苏的老人。在沙湾管理区，像苏老头儿那样一贫如洗的为数不少，而原本苏老头儿是可以富裕的啊。打从年轻时起，他便是苏姓人中优秀的男人。他的年富力强和优秀，使他有了若干过好日子的机会，然而恰巧又因了他的优秀，注定了他是一个大手大脚为别人着想的人。他甚至连打回来的几斤鱼也少有提回家自己享受，而是随手就分送了乡邻，因此他的口碑非常好。可是，穷日子终于向他露出狰狞的嘴脸。当儿子年纪老大仍然找不到愿嫁他的姑娘，在媒婆的怂恿下，他犯了一生中难以弥补的过错，他没有坚决抵制媒婆关于换亲的馊主意，最终导致悲剧发生。

方正把这个古老的悲剧之根由，归结于黄沙湾的贫穷。在某种程度上，他甚至认为要改变黄沙，首当其冲的，应当先改变黄沙湾。黄沙湾的贫穷就像一块大石头，一直沉沉地压在他的心上，他要想办法搬掉心上的这块大石头。而那个享受地方政策特惠的"万头猪场"，则是他搬石头的第一步，他非常希望有一个不同凡响的开端。

然而，司机小陈因事请假去了广州，其他镇政府司机都已各自出车去了。方正走进车库，自己开车去黄沙，结果让一辆小四轮撞翻。人在昏迷中，不知怎么就被群众送进黄沙医院，然后，一辆尖叫着的救护车向西江风驰电掣而去。

方正当然料不到会出事。按理说，他的驾驶技术非常好，他还不止十次八次为杨树威把方向盘，可是，现实血淋淋地摆在面前，不可否认，不可更改。

那是一个阴雨天。进入三四月，这天老是下雨，而且不时来势凶猛。方正从这个阴雨天的上午9点走出来，开车走在通往黄沙湾的机耕道上。机耕道东坑西洼坎坷不平，他一边开车一边思谋着修路。这种路自然不能适应经济发展的需要，他在考虑是不是可以由政府出资，为黄沙湾铺平这条致富之路。如果可以，那又该找一个什么样的理由，才不至于令其他管理区有意见呢？谁知还没想通，就让从路口横着过来的小四轮给一头撞翻。小四轮上有三个人，司机吓慌了，滚下车撒腿就逃。车上的另外两人愣了一阵，也慌慌地跳下车跟着逃了。其中一

个跑了几步突然停住，他伸手抓住另外那人，回头狐疑地看了
一眼。

"好像是方书记的车。"他说。

另一个吓了一跳："方书记?"他转身往回跑，"方书记，
是方书记的车! 哎呀，怎么搞的?!"

是啊，怎么搞的? 别个不撞偏撞了方书记，撞了方书记还
想跑。别说法律要追究刑事责任，就算法律不追究，黄沙几万
群众也不答应啊! 特别是黄沙湾，那个疯子苏老头儿，还不剥
了他们的皮!

"哎，回来，回来!"那个人冲逃命的司机大吼，"是方书
记的车，方书记呀!"

司机犹豫着，突然明白过来似的，转过身狂奔回来："方
书记，方书记怎么啦? 方书记……"司机冲到方正的车旁，伸
手就想抓住昏迷的方正往外拉。

"你干什么?!"司机被另一个人揪住掀过一边。

司机红着眼又冲过来："还不送医院? 还不送就完了!"司
机大约意识到事故的严重性，跟疯了似的。

"你他妈早完了! 小四轮还不把人抖散架呀!"那个人走过
来大吼。幸好方正车里有个手机，不然这事更麻烦了。就算把
他从车里弄出来，放小四轮上送去医院，没撞死恐怕也给颠
死了。

救护车闪着蓝光呼啸而至，医生过来了。快，快点，止
血、输氧、输液，绝尘而去的救护车上，紧张的抢救工作立即
展开。

随车的小四轮司机觉得救护车司机太糟糕了，开得又慢又
颠，救护车在路上东倒西歪，晃来晃去。

"你能不能开快点?!"他叫。

"你能不能开稳点?!"他大叫。

"方书记,是我撞的方书记。医生,方书记没事吧? 医生,方书记他……"小四轮司机双手捂面,放声大哭。

黄沙医院院长直奔急救室。在黄沙,他算是医术最高的一把刀了。现在,他必须全力以赴,紧急抢救。这一刻,方正不单单是他方正自己,他更是黄沙的主心骨、顶梁柱。就连黄沙医院的未来,那些人才引进,设备更新,蓝图中的医院大楼……也都指望着他呢! 这一刻,对黄沙来说,谁都可以有事,唯独方正不能有事。

抢救抢救抢救,把全院的高手都叫来,外科的,内科的,甚至儿科的,总之,绝对不能出差错……紧张! 忙碌! 就像打一场突击战。

时间过得真慢,慢得像是固体,慢得连空气似乎都凝固了。

时间也过得很快,两个多小时,都不知是怎么过去的。

院长终于扯开口罩,长长呼出一口气。看样子,危险已过,但这并不能令人放心。方正体质不好,毛病多多,为预防万一,立即派车,医务人员随车护理,转送西江市人民医院。

黄沙医院门口、大院、走廊里,到处都是人。闻讯赶来的黄沙群众,四处打探方正的下落。直到救护车呼啸而出医院大门,大家仍跟到门外,黑压压地站了一大片。

苏老头儿来迟一步,挨着病房诊室找方正。没找到,医生告诉他已经送西江了。他不信,疯了般跑出医院。看见一脸死灰的小四轮司机,冲上去揪住他,须发俱张却又一句话也说不出。

交警那边已出动警力去现场了。留守的见苏疯子拖了一个人过来,都认识,也听说出了车祸,却不知被撞的是谁。因为见多了，便不惊讶，淡漠的口气中还带着不严肃。

"撞死了？"交警问。

冷不防苏老头儿一蹦三尺高，吹胡子瞪眼破口大骂："你妈才撞死了！"

吴天祥听说方正出了车祸，而且被送到西江抢救去了，吓了一跳。其时，他还沉浸在两个月赚两千万的欢喜之中。听到这消息，他差点将茶杯碰倒落地。他的第一个反应：又一个苏天光？上次那个臭弹没响，莫非……他头皮发麻，赶紧找欧火生，他甚至怀疑是苏啸广从中捣鬼。

吴天祥、苏啸广、苏大海慌慌地赶去西江探方正，不曾想全部被杨菲菲挡了驾。

"老方需要安静和休息。"她红肿着双眼冷冷地说。

五

接连几天的暴雨。

守着方正的杨菲菲，接连几天都烦躁不安。

她有一种几乎就令她承受不了的预感——大祸临头。

省防汛指挥部已向全省发出关于汛期提前紧急防范的通知；市委宣传部也下了红头文件，要求全市各级宣传媒介，做好防洪的宣传工作；三防指挥部新闻发言人还专门就此次洪汛发表电视讲话，要求全市各镇区紧急行动起来，做好防汛准备工作。

而杨菲菲却对方正实行消息封锁。

她缴了方正的手机，并且将所有探访者婉拒门外。医生已经向方正发出严厉警告了，医生说别说这次车祸，就算没出车祸，他这身体已是大修的时候了。换句话说，车祸只不过是导致大修的一个契机，不是主要原因。趁此机会，杨菲菲与方正达成口头协议：

一、鉴于目前黄沙镇各项工作已进入良性循环，方正必须安心静养。在静养期间不谈工作。

二、杨菲菲不可将方正自己抓车下乡出了车祸的事告诉杨树威及扩散出去，并且得负责跟黄沙镇政府方面有关人士打招呼，不得将他受伤住院的消息向市里边汇报或透露。

君子协定，按章执行。

方正真的在医院里安心养伤、养病了。他突然发觉杨菲菲的感情不可辜负。因为他，杨菲菲可以不顾一切。从他入院起，她连报社的门槛都没进一次，她在报社是骨干，可她的工作说扔就扔下了，也不管领导同不同意。

"你这个样子我哪儿还有心思工作？干脆抛开工作，免得老出差错惹麻烦。"杨菲菲说。

方正劝她去上班。她苦着脸说："要是我把杨树威写成扬村威而校对又没看出来怎么办？"

方正见她泪光盈盈的样子，就不再坚持。

报社曾有个记者，手稿把一个副书记的名字写错了，校对和编辑也没看出来，结果印上报纸，害得记者从记者部调到群工部，搞了半辈子收发寄送的通联工作。尽管杨菲菲所言未必应验，但方正能理解她的心情。静下来的这个时候，方正才发现自己这一年多来，欠了妻子太多太多。

然而天公作恶，西江水在连日暴雨中猛涨，一条浑黄的巨龙兴风作浪。西江市三防指挥部里不分昼夜，灯火通明，紧急通知一个接一个往下发。洪魔来了，杨树威急电西江军分区求援，西江驻军、武警以及公安队伍，火速开拔前线抗洪抢险。

大雨如注，江水滚滚，浊浪滔天。黄沙岛在劫难逃！

杨菲菲被脑海中想象的一幕吓呆了，她瘫在病房外的木椅子上大口喘气。嘴唇开始起血泡，任她抹多少唇膏均无济于事。不断有灾难的信息传来，她仰天长叹，这下方正完了！她知道不能瞒住也瞒不住方正，但她仍然得尽一切力量封锁方正与外界的联系。她已经看出来了，方正脸上已有了忧虑之色，而且心事越来越重。她可以瞒着他，但她没法让天不下雨啊！每次，方正上卫生间回来，总要站在窗边看雨。

"该不会发洪水吧？"他总是这样说。

杨菲菲心里万分紧张，又不得不装出没事的样子安慰他："哪一年这阵不发洪水啊？不过今年汛期好像早了点。这样更好，免得都凑一块儿添麻烦。"

方正突然发觉杨菲菲不正常，心神不宁的样子，而且容颜极端憔悴，嘴唇上裂开了一道道的口子。"你怎么啦？"他疑窦顿生。

杨菲菲说："还不是你给害的，老是不听话，弄成这样子，你说我急不急呀？快回去躺着吧，你该吃药了。"

方正狐疑地回到病房，心情烦躁起来。不知今年黄沙湾情况怎么样？还有苏老伯，该不会又让洪水洗劫一空吧？还有那个猪场，好在选址时考虑了这个问题，估计不会遭水淹吧！

心上心下就真坐不住了，把杨菲菲叫过来："把我的手机给我打个电话行不？我怕那边出事。"

杨菲菲说："不行，我们有君子协定。再说能出什么事？还有，就算出事了，你一个病人，自身难保，又能怎样？"

方正警觉起来了，脸也板起来了。毕竟是当干部的人，脸板起来的时候，还是挺吓人的。"把手机给我！"他说，站起身，朝杨菲菲逼近，"你是不是有什么事瞒着我?!"

杨菲菲慌了："没……没有，我能瞒你什么？存私房钱？真是的!"

方正急了："我得回去看看，我要回黄沙。"

护士长闻讯赶来："你不能出院。以你现在的病情，至少还得待一个星期。而且就算回了家，也要接受治疗。"

杨菲菲急了，赶紧跑去把医生叫过来。医生还是上次那位，他对方正的表现很生气："上回就是你吵来吵去要回家，这回又是你。我不管你是杨书记什么人，在这儿你只是我的病人。作为医生，我再一次提醒你，你的身体不能这样拖下去了，你这么年轻，身体却差成这样，还好意思吵?!"

方正定了定心神，他沮丧地坐在病床上，对杨菲菲说："菲菲，让我打个电话。"

杨菲菲突然捂脸大哭着跑开了。

是啊，这些日子，杨菲菲是怎么挨过来的？一方面为丈夫的身体食不知味；另一方面，黄沙那边的情况更令她欲哭无泪、心急如焚。全省人民都在为这次洪水忙碌，到处都听说淹没江堤、危及民居，许多人被不断上涨的水位从一楼逼上二楼，又从二楼逃上三楼。庄稼地和农作物更不用说，早已被冲得稀里哗啦。

杨菲菲不可能不关心黄沙，不可能不为黄沙的命运牵肠挂肚。老实说，她已不知往黄沙打了多少电话，然而，每一次得到的都是灾难的信息。她差不多就要疯了，那是方正的全部心血和汗水啊！方正之在乎黄沙，在她的感觉中，比对自己要重视得多。许多时候她都为此而黯然神伤。在她心中，方正比任何东西都重要；而在方正眼里，她还不如黄沙重要。这一年多，她在西江市里是怎样熬过来的？靠的就是一个女人对自家男人全部的爱，而方正却做不到这一点。她知道，方正爱她，但更爱黄沙！

杨菲菲不敢把黄沙越来越严重的情况告诉病中的丈夫。丈夫还在病中，怎么承受得了心血毁于一旦的打击？

然而，意外在这个时候发生了。一辆桑塔纳发疯般地冲进医院，刘礼从车里跌跌撞撞地冲出来，杨菲菲没有及时发现她，等回过神来时，刘礼已扑到方正身上失声痛哭。

"方正，完了，这下全完了。"

惊慌失措的刘礼，毕竟是顺境中长大的女子，这来势凶猛的天灾之于她平常的商务，绝对是两码事。人力胜天在这时候等同于弥天大谎。跟发威的老天斗智斗勇？送你两个字——有病！再送你两个字——找死！

唉，正应了一句老话：人整人整不死，天整人草不生啊！

方正大惊失色，他抓住刘礼的胳膊说："怎么啦？到底怎么啦？"

刘礼泪流满面："黄沙岛……黄沙岛……让水给冲了，全冲了！"

方正呆若木鸡，回过神来盯住杨菲菲："为什么不告诉我？为什么！"方正扬起手，差点就一记耳光扇过去了。

方正的手举在半空，停住了，然后轻轻落下，落在杨菲菲泪痕未干的脸上，轻轻地替她抹去未干的泪痕。

六

十万火急！十万火急！！

此时的黄沙岛已是一片汪洋。大片毛竹以及掩映其间的别墅群，全部沉浮挣扎在汪洋之中，而暴雨依然。

扯天扯地的雨条子，就像恶霸手中的皮鞭，恶狠狠地抽在黄沙人的心上。

那艘黄沙渡口的铁壳船，正低沉地吼叫着，像一头筋疲力竭、垂死挣扎的老牛，滞留在岛的游客及工作人员还没有全部撤离。就目前情况预测，淹死人的事在所难免。

吴天祥蓬头垢面，双目赤红。他在船上指挥着，全力搜救游客和工作人员。然而，到底还有多少人能逃出来？天知道！

铁壳船被洪水冲得来东偏西斜，随时都有翻倒沉没的可能。而最要命的是，这只"笨牛"只能在岛外围的航道里坚持，不能进岛！

苍天有眼，黄沙水性好的渔家人多。一只只扁舟在惊涛骇浪里起伏摇晃，一双双手臂抓紧桨柄，一次又一次地向岛上冲刺，水面上的漂浮物早已顾不上了，就算是漂着人民币也顾不上了。总之，见人就往船上扯，赶紧送上铁壳船，赶紧往岸上运。

声音已经沙哑，惊叫声和号哭声在暴雨之中显得是那样的羸弱无力。吴天祥几乎就跪在甲板上仰天长啸——天哪，莫非你要灭了黄沙？！

这是一场人与自然的惨烈搏击，这是一场空前绝后的人天大战。这个时候，我们发现很多正常人都疯了，疯了似的哭喊，疯了似的来回奔走。

吴天祥被几个身强力壮的小伙子架上岸去，他像疯子一般拼命挣扎："放开，你们干什么？放开我！"

那是几个苏姓小伙子，此时此刻，他们只是听命于疯子苏老头儿。此时此刻的苏老头儿很镇定，一点疯态都没有。这个黄沙多年之前的"浪里白条"，冷静得有些生硬地看着吴天祥："吴镇长，你的责任是救人，不是去送死！"

苏老头儿一挥手，几个小伙子不由分说，拖了吴天祥就走。

挣扎中的吴天祥，双脚在泥沙地上刮出两条深深的痕迹。一路之上，除了破口大骂，他实在是没有别的办法。

"疯子，苏疯子！放开我，放开我，我是镇长，我要叫你负全部责任！放开我……"

然而，他最终还是被扔上了汽车。在车上拼命往下跳了几次均被人抓住，他望着视线里顶天立地的疯子苏老头儿，终于忍不住失声痛哭："叔——"

一声撕心裂肺的哭喊穿过重重雨幕，破空而来。风声、雨声、天崩地裂声……所有的声音都没法掩盖住它，它清清晰晰地打在苏老头儿的心上。苏老头儿伸手抹了一把脸，不知是抹雨水还是抹泪水。似乎打侄女嫁进吴家，吴天祥就从未叫过他一声叔！而现在，他叫他叔了！

苏老头儿转过身，驾船向黄沙岛挺进。那一两百个龙舟队的青壮农民，像参赛划龙船一样搏命。他们顶风冒雨，驾着小舟在滔天浊浪中来往穿梭，漂来荡去。

马达轰响，汽笛长鸣，两艘巨轮顺江而下，船上灯光雪亮，有探照灯在水面上扫来扫去。

那是什么？人们惊疑不定，盯着这仰天长啸的庞然大物发愣。

"解放军，解放军来了！"不知是谁发出惊呼。人们定睛细看，是啊，那甲板上一排排挺立着的钢铁战士，不正是人民子弟兵么？

这一刻，杨树威亲自坐镇西江市三防指挥部，调兵遣将全面指挥。接到黄沙岛紧急求援的电话，西江军分区会水的战士紧急集合两个连上船待命。船是西江航运公司的。杨树威一个电话过去，立即鸣笛出港。

"立正，向右看——齐！向前——看！准备好了没有？"指挥官的嗓子接近于破锣。他的面前，是与他朝夕相处的战士。

"准备好了！"震天动地的回答。

"出发！"

顷刻之间，一艘艘救生小艇飞似的冲向黄沙岛。一个个身着救生衣的战士，在狂风巨浪里，向黄沙岛发起冲锋。

"我是中国人民的儿子，我深深地爱着我的祖国和人民！"这话是谁说的？这深情的铿锵之声，犹如空前绝后的生命绝唱，在风雨中怆然响起，经久不息。

……

苏大海在风雨中跌跌撞撞，指挥车队紧急输送被营救上岸的惊魂未定的人们。他突然发现有几个人不撤退反而往江边顶风冒进，他气得暴跳如雷。他抓着手电，追上去劈手抓住后边那人大吼："干什么你们？不想活了？回去，都跟我回去！"

震怒之中的苏大海力大无穷，被揪住的那人一个趔趄差点摔倒，苏大海推亮手电一阵乱晃："回去回去！哎，浑蛋，叫你们滚回去！"

然后，苏大海愣住了，手电光晃在那人的脸上，有些面熟。是谁？他心头一沉："刘……刘……刘经理！你跑这儿来干什么？这儿危险！"

在苏大海的意识中，刘礼定然是为她的投资而来。投资泡汤了，她心痛了，因此不顾一切来到江边。

而这念头忽闪之间，他认出了雨衣包裹的几人中，有一个是镇党委书记方正。他大吃一惊："方书记？哎呀，方书记你怎么也来了？你的病——"

方正早已怒火中烧："怎么不通知我？吴天祥呢？苏啸广

呢？怎么不见他们？都让水给冲走了？"

天上仍然乌云密布，尽管大雨如泼，还是无法让老天开颜。估摸按正常时间天也快黑了，抢救行动只能借助船上那两只探照灯照明，继续紧张进行。

方正突然感到头晕目眩，他趔趄了两步，险些栽倒。

"方正！"刘礼一声惊叫，慌忙上前扶住他，"方正，我们回吧，看来不行了。"

苏大海也在一边劝解："方书记，快回吧，反正房子又冲不跑，这儿河面宽，水势也不急。吴镇长让人送回去了，这几天他可是一眼都没眨过。苏主任在黄沙山庄做后勤，那些游客暂时还留在黄沙山庄，医院也派了人去那儿。"

方正一声长叹："完了，全完了。"一年多的心血啊，就这样让老天给照单全收了！想起妻子杨菲菲当初的担忧和提醒，想起刚才差点给她一耳光，就有一种彻心彻肺的疼痛涌上心口。

方正看到那艘长年奔忙在黄沙渡口的铁壳船，他大步向前，朝铁壳船靠拢。"方正！"刘礼紧随其后，追了过去。

铁壳船刚好运送一批筋疲力尽的人回来，紧接着又掉头去岛边接应。方正爬了上去。刘礼、苏大海一干人见状，也赶紧爬了上去。

铁壳船吼叫着，喘息着，掉头迎着滔天浊浪，摇摇晃晃地挣扎。

一条小船吃力地靠上来，铁壳船上的人手忙脚乱，将木船上的几个人拉上来。其间，方正忽然发现两道精光。

苏老头儿与方正四目相撞。

苏老头儿一言不发，挥桨再次向黄沙岛尽力划去。突然，一排大浪撞击而来，苏老头儿像一片秋天的黄叶，徐徐地飘落水中。小舟已被打得稀烂，几块木板在水面上飞起又落下，很快就不见了踪影。

"不好！"苏大海飞身跳下，眨眼间被洪水吞没。

天黑了，而风雨依旧！

第九章

一

百年不遇的洪魔肆虐如斯！

滔滔江水呼啸而来滚滚而去！

人们忘不了这个沉痛的年份——1994 年，这黑色的一季——夏季。

洪水渐渐退下，黄沙岛、黄沙湾满目疮痍！

此次洪水给黄沙造成的经济损失，还没有形成具体数字。但明眼人都明白，几千万人民币已被洪魔席卷而去。几千万啊，这之于蹒跚起步的黄沙，是怎样的一个天文数字？

而至关重要的是，天灾给予黄沙信心上的打击，其负面效应不可估量。倘若金召忠从黄沙撤资了怎么办？这个财神爷遭此飞来横祸，一大笔钱打了水漂，他不可能无动于衷，而他又是黄沙引进外资的风向标啊！若干事情，均有可能因他而异动，而改变。

方正忧心如焚。这之前，当黄沙建设如火如荼、欣欣向荣之时，他还打算全力以赴，将西江市酝酿多年的大港口争取到手。以西江市目前的经济实力和发展趋势，仅仅一个西江港是不够的，在市委书记杨树威的心中，早已有了另起一个大港口的想法。之所以未正式提上议事日程，关键在于时机不成熟。20 世纪 90 年代初的西江，各镇、区一直在为各自的"短线"致富而奔忙，暂时还未对这个耗资巨大的项目感兴趣。而作为市委、市政府，要以无偿投资形式，在那儿"咕咚"一声铺开这么一个大工程，委实也不是件易事。杨树威一直想，最好是下边的谁能自告奋勇把这事扛起来，市里可以适当支持，但不能完全包干。如果实行"三包"，既有一碗水端不平之嫌，让人闲话，也不利于下边自力更生、奋发图强。

自然，杨树威私下里和方正淡淡地提过这事。鉴于黄沙的输血和造血工程刚刚开始，方正也没敢急功冒进拍胸脯大包大揽。但就内心而言，他几乎恨不能一伸手就把杨树威这个信息抓过来变成现实。

纵观西江市，黄沙虽地处西江之边，但仍不失其水网交通关隘之利，到广州、去香港、赴澳门，通内地江河，无不经黄沙河道。如果单从地利上讲，在黄沙大兴土木建港口，真可以说是得天独厚。

可是，黄沙没钱，黄沙穷得连投资几百万搞个公司办个工厂都成问题，如何敢碰这一上手就数十个亿的大项目？

因此，方正对金召忠特别寄予厚望，希望这个外资先锋，能吹响外资进军黄沙的号角，能带动并掀起黄沙地盘上的外资热潮。而关于黄沙港的伟大构想，就有可能在外资的不断注入中找到合作伙伴。当然，这个接近于美梦的构想，还有赖于杨树威、刘世平等市领导的鼎力支持，但方正不敢也不愿完全依赖他们，市委、市政府能为黄沙架起一座致富之桥，可以说尽力了。从私人感情上讲，杨树威对他，已经做到了扶上马送一程。

谁知这节骨眼儿上遭了天劫!

方正晕头胀脑,已经无暇顾及关于港口的梦想。灾后千头万绪的工作,还在等着他去安排、去指挥、去想方设法。而最让他食不知味寝不能眠的是,沙中管理区党支部书记苏大海,在这场天劫中失踪了,生不见人死不见尸!疯子苏老头儿组织的打捞队,几乎把水退后的黄沙河段翻了个遍,仍不见苏大海的踪影。而苏大海,这个曾经对他抱有成见却又在关键时刻支持他的同志,又是在他眼皮子底下被洪水吞没的啊!

方正甚至这样想:如果那天我没去黄沙岛,如果我没有一意孤行上船去,苏大海会死吗?这么一想,就忍不住心尖子一阵阵地绞痛。

唉,这是怎样的日子啊!愁云惨雾布满了方正的心空。杨菲菲从上次被他责怪之后再也没来。按理她应该来黄沙采访的。黄沙的抗灾自救工作正在紧锣密鼓地铺开和进行,作为跑黄沙线的记者,她何以漠然视之,不闻不问?

方正明白,自己抬手抽她的那一耳光,虽说最后没打下去,但足以令她伤心一辈子。特别是,那一耳光是在刘礼面前打过去的,而且随即他就跟着刘礼——这个一直让妻子放心不下的刘礼奔赴黄沙,却撇下了他的妻子——杨菲菲。

他想:也许,随着时间的推移,杨菲菲终有一天会理解他当时的心情的。但理解不等于原谅和接受。他甚至认为,那本该打在自己脸上的一耳光,已经让他们的夫妻情感深深地留下了一个永远的疤痕。

心中的郁闷无法排解,却不能因此而误了该做的事情。先不说抗灾自救的贷款能否顺利地从农行弄过来,单苏大海这宗伤心事,也容不得他待在办公室里发傻。

方正叫上小陈,开车直奔苏大海家。他已经去过多次了,但每一次都不知该对这个村干部的家属说点什么。而实际上，他说什么都没用了，人都不在了，还说什么呢？人生最大的痛苦，莫过于失去亲人。苏大海的不幸，更是他还活在世上的亲人的不幸啊！

而且，还有一个情况令方正深深不安，他几次探访苏大海的家属，都不见左邻右舍到苏家走动。也就是说，人们对苏大海的不幸，反应相当冷淡甚至冷漠。这在一向你帮我助的乡村风气中很不正常。方正想：是不是苏大海在他的干部生涯中脱离群众路线，连左邻右舍也得罪光了？可是，从与苏大海不多的接触中，他又是一个纯朴、豪爽、明事理、顾大局的好干部啊！

车到苏家门口，这是一幢两层的小洋房，红砖碧瓦雕龙画凤。在黄沙地盘上，这种规格和气派的民宅还是稀罕之物。方正怀着十分复杂的心情下车，上前敲门才发现里边悄无声息。方正喊了几声，没人应，当下叹了口气，退回来上车。

"去江边看看吧。"小陈轻声说，"可能他们在江边给苏书记招魂去了。"

……

方正远远地下车。他的视野里，有几个人正跪在黄沙岛的这边焚香化纸，有神婆子长声吆吆的喊魂声和祈祷声飘飘忽忽地传过来，方正发觉眼眶都让泪水浸满了。

方正步履沉重地向江边挪动。在神婆子的招魂声和苏大海妻儿的哭声中，他恍惚看见苏大海的身影在香烛纸钱燃烧它的青烟中飘然远去。

"走了——走——好——走好啊——天堂有路——天——堂——有——路——"

神婆子凄绝凝重的声音，在她的披头散发中，被"呼呼"

的江风刮来刮去。方正突然感到心力交瘁，这种感觉就像一柄
铁锤，重重地撞在心口之上。"大海……"他喊了一声，突然
感到眼前发黑，他趔趄了几步，险些栽倒在地。

"方书记。"紧随其后的小陈大惊失色，赶紧上前扶住。随
即他就看见，脸色煞白的方书记早已泪流满面！

二

当司机小陈将方正从车上半背半拖下来，往黄沙医院慌慌
地跑时，吴天祥刚好一瘸一拐地走出来。这场特大洪水不单单
给他精神上狠狠一击，还给他的肉体造成了很大的痛苦。也不
知那些天是怎么过来的，在风里雨里泥水里摸爬滚打，神经紧
张得像随时都会断掉，待退了水缓了劲，才发觉左小腿不知什
么时候被划了条两寸长的大口子。血倒是自行止住了，可没及
时处理的伤口在杂乱无章的奔忙中不可避免地感染和恶化。直
到有一天半夜，突然发觉左小腿又痛又痒，睡意蒙眬中伸手抓
挠。这一抓不打紧，痛醒过来一看，天，小腿都肿成了"大
腿"！

这一晚上自然没法再睡了，老婆吴太翻箱倒柜四处找红花
油、创可贴，七整八弄总算靠着药物的麻醉度过一晚，第二天
赶紧去了医院。针也打了，药也吃了，可这腿走路已不灵便
了，要不是一镇之长有车代步，别说为抗灾自救的事东奔西
颠，单去医院换药也够他受的了。

吴天祥去医院直接找院长。院长费老大劲将他的直筒裤管
小心地拉上去察看伤势，很友好地劝他住院。院长说这已经是
恶性炎症了，伤口还在化脓，最好是躺下来别动。吴天祥忍着
痛冲院长大笑，说："我躺下了黄沙怎么办？"

院长很严肃地说："你现在躺下是为了让黄沙能在今后站起来。"然后院长以权威的口吻说，"我和你说的是真的。我不管你是不是镇长，我只为你的病情着想。你这腿已经很麻烦了，黄沙医院能不能完全保证给你治好还得打个问号。"

吴天祥苦笑，拍着院长的肩说："你个老东西不要威胁我。你看黄沙这情况，我都快急疯了。"

院长叹了口气，安排院里的外科好手亲自给吴天祥处理伤口，再严严实实地包扎起来。吴天祥站起身一看，傻了眼，裤管卷上膝头，根本就没希望拉下去把伤腿遮住。他有些犯愁说："你把我弄成这样，我晚上睡觉怎么办？"

院长也觉得滑稽，禁不住哈哈大笑，说："很简单，你可以不脱裤子，也可以脱一半留一半。"

吴天祥也忍不住大笑。

碰到方正这天，是吴天祥第三次来换药，腿伤的炎症已基本上得到控制。但这点时间，任你怎么吃药打针内服外敷，那红肿的地方仍然负隅顽抗，拒绝撤兵。吴天祥没辙，只好拖着伤腿骂骂咧咧东奔西走，为黄沙的灾后工作做些分内的事情。

晃眼见小陈背着方正往医院里跑，也不知又出了什么事，当下拐脚跟上去。看着方正在医生职业性的操作下缓过劲来，他突然就觉得心里边有些忍不住的感动。他一瘸一拐地走过去，紧紧地抓住方正的手。

"方书记，你要注意身体呀！"他说，神态、语气和感情都非常真挚。

方正沉沉地叹了口气："老吴，苏大海……唉……"

吴天祥明白方正心里想什么，他只是紧紧地抓住方正的手，紧紧地抓住……这是一个平常日子中不平常的握手。黄沙镇的党政头号人物，在病房中不期而遇。在他们紧紧相握的手掌之上，交流着从未有过的纯粹和热能。此时此刻，彼此的心仿佛已连成一体，彼此的脉搏，都在为黄沙的命运而激荡。是呵，为了黄沙，他们都付出了许多许多的心血和汗水，为了黄沙，他们也收获了许多许多的苦痛和伤心。黄沙仿佛已是他们的情感之结、生命之结。为了心中的这个结，他们无怨无悔！

"意想不到啊，方书记。"吴天祥说，"黄沙的好日子刚刚开了一个头。让水一冲，所有的希望都给冲跑了，好不容易才找到的信心也冲没了。"

方正陪着叹气。病房里只有他们两个人了，他们在这特殊的环境里，彼此心里都有许多话想说。

"这事也怪我考虑不够周全，当初我还专门查过水文资料的，没理由发这么大的水呀！可是，偏偏就来了，偏偏就是百年不遇的洪水！"

吴天祥摸了根烟点燃。

方正说："给我一根。"

吴天祥犹豫了一下，递一支给他，替他点燃。

两人默默地，各自狠狠地吸了几口。

"别怪来怪去了，谁又料得到呢？真怪起来，还得怪我，开发岛子是我首先提出来的，我冲的是它见效快，谁知老天爷瞎了眼。"吴天祥说，突然被一口烟呛得大声咳嗽起来。

一个路过门口的护士探头进来看了一眼，很不高兴地走进来禁止他们抽烟："怎么搞的？谁让你们在病房里抽烟的？"

吴天祥和方正对视一眼，都没作声，乖乖地把烟撳灭了。

方正说："我最担心的是金老板，这次他的损失比整个黄沙的损失都大。按理，我们应当适当表示表示，可我们手头什么也没有，拿什么表示呢？要是金老板对黄沙没了信心，这负面影响可就大了。"

吴天祥又想伸手摸烟，手停在烟盒上，终于没动。他说："看来只有听天由命了，不过情况也许会比你想象的好些。岛上我去看了，房子还是好好的，水一退，叫一批人上去帮着收拾收拾，还是可以重新来过的。"

方正像突然想起什么来，说："市里边有一批救灾物资，你让嘀广去打理一下，给黄沙湾那边的重灾户分下去；还有农行那边也想想办法，看看能不能搞一笔贷款下来……对了，市里边拨的那笔扶贫款子，就是发展'三高'农业那笔钱，你说能不能先挪过来帮着大家把这个难关熬过了？"

吴天祥的脸上忽然浮起了一缕笑容，在方正颇犯疑惑的时候，他捏着烟盒在鼻端嗅了几口，有些神秘地说："方书记，你放心，这件事我一直在心里装着，金老板那儿我们搭不上手，可自己脚下的事不能不过问。我看也用不着动你说的那笔款子，我手上有两千万，精打细算，也可以把受灾户眼前的困难应付过去。"

方正吓了一跳："两千万？哪儿来这么大笔钱？"

吴天祥禁不住有些得意，他又嗅了几口烟，打了个非常响亮过瘾的喷嚏，说："镇政府跟人合作做了一笔生意，赚的。这事张炳伦也出了大力，我看这黄沙啊，只要大家往一个地方上使劲，还是有奔头的。"

方正心头疑云重重，但又不便刨根问底。再说这紧要关头突然有了两千万，岂不是天大的好事？也就忍不住松了口气，轻松起来了。

"哎，老吴，我听说张炳伦又在搞黄沙山庄了。这人挺行的呀！好像什么都能钻，哪儿都可以插一脚。"

吴天祥说："这人吧，应当算黄沙的能人。金老板对他搞的黄沙岛也挺满意。如果不出意外，开发黄沙山那摊子也少不了又让他包了去。咦，他妈的，这回家乡遭灾，应当让他发扬一下革命的光荣传统才对，也该给受灾户捐点。"

方正说："他是党员吗？"

吴天祥说："不是。但就算不是党员，为人民做点贡献，也还是可以的嘛。"

方正说："其实在我们的党务工作中，应多发展一些能人入党，这样既利于他们的自身成长，也能增强我们党的凝聚力和战斗力。"

吴天祥说："这事可以交给苏啸广，先让张炳伦写个申请上来。"

方正忽然又想起消失的苏大海，觉得眼睛泛潮："可惜了，苏大海……"他难过地说，"真可惜了，苏大海原本可以为黄沙干一番事业的……"

吴天祥沉默了一阵，说："苏大海这个人，平常在沙中区是个土皇帝。但不管怎么说，还是个好干部。就黄沙这些管理区书记中，他算是很有能力的一个了。我们黄沙第一个管理区级的小学，就是他搞起来的。当时不单解决了沙中的小孩上学难的问题，还给我们镇争了不少好名声回来，唉……"

方正忽然想打电话找杨菲菲，让她在报纸上给苏大海盖棺定论。不为别的，只为心中这沉甸甸的怀念。

三

天快黑的时候，苏啸广从镇政府大楼后门出来，朝黄沙山庄走。黄沙山庄就在新城区，距镇政府只有几百米远，平常镇里有个什么必须的招待宴会，都拉客人在那儿吃喝玩乐。在黄沙镇政府的招待费用签单条里，财务室出纳最熟悉的，莫过于苏啸广那小里小气的签名。可以说，苏啸广每年在黄沙山庄以公费签单吃喝的次数最多、款项最大。那些写着各种名目的签单，由山庄财务每月送到镇政府出纳手上，电子计算器上变化的数字，有一半以上是从苏啸广手上签出去的。书记方正的签单很少，镇长吴天祥的签单也很少。当然，苏啸广签单自有他的来由，他几乎包揽了书记、镇长难得应付和穷于应付的一切应酬，包括迎来送往拉关系走后门请客送礼。他这个党政办主任犹如一锅大杂烩，油水都在他手心里滴溜溜转着漩涡儿。

这天，苏啸广刚处理了一批救灾物资。在清点之时，无意间发现一床还没拆包装的新毛毯。伸手隔着包装袋捏了捏，手感非常好，就顺手拉出来塞进柜子。心里边还笑，觉得那些献爱心捐钱捐物的人，真他妈傻帽儿！几百元一条的拉舍尔毛毯，怎么就随随便便地捐出来了呢？他决定为那个捐毛毯的傻帽儿亡羊补牢，所以他毫不犹豫地将毛毯据为己有。

他忙了一阵子工作，让手下人把捐来的物资清理登记又派车下去分发了。回来时天色已晚，原打算回家，转念一想，又放心不下刚接过手的黄沙山庄，便拎了截留的毛毯，朝山庄那边走去。

他已经想好了，把这漂亮的毛毯送给从邻镇请过来的"妈咪"。"妈咪"曾经是他去邻镇寻欢作乐时的相好，一个年仅二十岁的非常漂亮妖娆的江苏女孩——林芝。刚打黄沙山庄的主意那阵子，他就有了请相好过来打理和拓展黄沙山庄的"三陪"业务的念头。为此他还接连跑了几趟邻镇，在软玉温香抱满怀的时候，向林芝透露这个信息，并顺嘴吹嘘了一番黄沙光明无限的前途。林芝很兴奋，温柔得像一汪水一片云，将他侍候得腾云驾雾、快乐无边。

一接手黄沙山庄，苏啸广立马就把林芝叫过来。他对林芝

到黄沙山庄开拓"三陪"业务辅助他打开山庄财源滚滚的美好
局面充满了信心。

似乎可以这样说,这场特大的洪水对黄沙及黄沙之外,包
括西江两岸,都是实质性的灾难,而就苏啸广本人而言,却意
外地在物质和精神上都捞了一笔。当洪水在连日暴雨中不可挽
救地排山倒海而来,苏啸广的豌豆眼里却闪耀着无法抑制的兴
奋。那种兴奋源于天然的幸灾乐祸。特别是黄沙岛上一片汪洋
的情景,简直就让他有了想放声高歌的冲动。他等着看方正的
下场。尽管开发黄沙岛也有他极力支持的一票,但出了这么大
的问题,不可能会怪罪到他头上。

当吴天祥带着一帮子人在风里雨里泥水里抢险救人,他却
脚底抹油,打着指挥后勤的幌子,躲在他的黄沙山庄里浑水摸
鱼。表面上,那些从黄沙岛上救出来的游客住进黄沙山庄,是
镇政府对游客的关怀,而实际上,这等同于背冬瓜上梁山——
给他苏大爷送菜来。每住进一个人就有一份收入。这对他刚接
手的黄沙山庄,简直就是天上掉钱,冷不丁就碰了个满堂红。
不仅客房超员,食客如鲫,还可赚个好名声。瞧:政府把这些
外来的客人招呼得多好!而这一切,又可以说是他苏啸广在为
政府形象苦心经营。

事实上也是这样的,一篇篇关于黄沙如何干群一心抗洪抢
险的通讯报道,早已在《西江日报》上频频亮相,而其中自然
少不了黄沙山庄安置和救护受伤人员的光辉篇章。因此,苏啸
广觉得这洪水来得真及时,如果要在《西江日报》上为黄沙山
庄做个广告,少说也得上万元,而实际情况却非常美好。他的
山庄不仅一分钱没花就出了名,还趁机捞了一笔。

有时苏啸广会禁不住感叹,发国难财真过瘾!

苏啸广没有太多地惦记苏大海,尽管这些年来他们关系一

直不错，而且在许多时候，他还利用过苏大海，比如青龙岗采石场，如果没有苏大海的通力合作，估计经营起来也不会那么顺畅。但是，苏啸广最终还是对自己的这个同姓人生发不了好感，特别是关于是否关闭青龙岗采石场这事。在第二次党委会研究决定时，苏大海把支持票投给了方正，使他一下子对这个"家门"① 产生了仇恨。这种仇恨不可能因日子的推移而减弱乃至消失，相反，他经常因财路堵塞，对苏大海反戈一击的行为恨之入骨。从这个角度出发，苏大海的不幸之于他，就像一条好消息，他真希望这类好消息多些再多些。听说苏大海被水冲走，他的第一个反应是吓了一跳，随即便是幸灾乐祸地冷笑。他甚至这样想——这洪水也真是的，为什么不把方正也一并冲了去？

苏啸广拎着毛毯，从黄沙山庄后门摸进去。他把毛毯撂在厨房一边的柜子上，跟其中的谁打了声招呼，就上了二楼。

林芝在二楼，按惯常的作息规律，她现在正在为那些因公因私吃喝玩乐的家伙操持"三陪"服务。林芝从邻镇过来的时候，顺手拉了几个平时一块儿捞世界的姐妹过来，数量不多，但这对黄沙山庄来说，也算是破了先例，填补了空白。先前那种直到客人需要时才找三陪小姐的格局已被打破，黄沙山庄二楼已正儿八经地有了"小姐房"。林芝还像模像样地为她们编了工号，一二三四五什么的，男人们叫起来方便，记起来容易，认准了的，下次来直接要多少多少号小姐作陪就可以了，省得记名字麻烦。

苏啸广沿着铺了红地毯的楼梯上了二楼，抬眼就见林芝在和一帮女子聊天。见有人上楼，那些风尘女都以一种漫不经心

---

① 家门：这里指同姓的人。

的眼光扫过来，该干什么的还是干什么，没有菜贩子似的叫卖
兜售，更没有廉价的热情。她们在有意无意中，已经养成了这
么一种对待人和处事的习惯。认真说来，这是她们在维护自己
早已被金钱打得落花流水的可怜的尊严。

很多三陪小姐不喜欢客人在身上摸来摸去，不是说她们就
有多纯情，而是她们在下意识地反抗。不就是给个小费吗？摸
什么摸！很多时候，她们都会不自觉地表现出一些类似于操守
的东西，以此寻求心理上的平衡。她们不乐意承认自己的"玩
物"性质和命运。

苏啸广比较熟悉这种三陪心态，因此，对那些略显傲气和
冷漠的眼神，他不以为意。他只是下意识地抬手看了看表。他
有些不明白，这些水嫩花飞色香味美的尤物，何以这个时候了
还按兵不动。不去陪客人，竟还有心思在这儿吹大牛！

林芝迎了上来，亲热地叫苏啸广大哥。她有些沮丧地说：
"大哥，这鬼地方怎么这么小气？唱卡拉 OK 连小姐也不要？
你看看，都这时候了才几个人'坐台'。"

苏啸广说："别急，心急吃不得热豆腐，慢慢来，慢
慢来。"

四

众所周知，困难无所不在，而难关又总是可以渡过去的。
方正特别交代吴天祥争取镇农行或者说市农行的救灾贷款。这
事真实施起来，很不顺。不用说，黄沙农行的力量十分有限，
要它拿出多多少少来支援灾民抗灾自救重振家园，绝不是一两
句话便可拍胸脯敲定的，市农行又哪里顾得上如此之多呢？整
个西江市，遭灾的又不是一两个地方，需要贷款是明摆着的

事，如何调配如何着手，部门与部门之间如何统一协调，复杂着呢。哪能一时半日便可理得顺搞得清的?!

好在吴天祥用那笔扶贫款去惠州炒地皮，短短时间赚了两千万，这笔款子二一添作五分下去，倒还可勉强解了黄沙受灾户的燃眉之急。冲垮的房屋修整的修整；淹坏的庄稼改种的改种；因收成受损缺粮的，也能先贷一笔钱去买些米谷回来补充。如此这般的日子，在政府的调控下，还算不好也不坏地过了下来。

这期间，方正往返了几趟西江市。杨菲菲依然牵挂他的身体状况，但态度上已日渐不冷不热。关于在抗洪救灾中英勇牺牲的苏大海，已经如方正所愿，他的生平事迹如同祭文般，刊发在《西江日报》头版醒目的位置上，但那不是杨菲菲的作品，杨菲菲已经不跑黄沙线了。方正问是不是报社安排的，杨菲菲说："不，我要求的，而且是强烈要求的。方正，你已经伤了我的心。"

杨菲菲说这话时，无论表情还是语气均趋于平静，甚至有些冷漠，这使方正心里隐隐作痛。妻子原是个不错的女人呀，却让自己伤成如今的这个样子!

然而仍顾不上太多，黄沙灾后的工作千头万绪，抗灾自救、重振家园只是大海中的一滴水，更重要的是今后的发展。所有的努力都是心血凝成的，怎么可以任由一场大水就冲了去呢?

灾后方正去了几次黄沙湾。这个受灾大户在每一次自然灾害中都首当其冲。方正曾为此冥思苦想，却实在想不出有什么好办法能扭转这天灾人祸的被动局面。"万头猪场"的计划正在加紧实施，也许可以从这些与风呀水呀的扯不上多少联系的副业上打开思路拓展空间。可偌大的黄沙湾，单靠一两个类似于猪场的项目，又怎能解决根本问题?! 方正每每细想这些事，就有一种不堪重负的疲累感和憔悴感。

不用说，这回黄沙湾仍然在劫难逃。眼看就可以割收早稻，可是，因了这突发的洪水，一年的粮食早已被冲得东倒西歪，颗粒无收。尽管方正与吴天祥在救灾工作中都对黄沙湾实行政策性的倾斜，可这救济哪能补上心中的伤痛和失落啊!

疯子苏老头儿已经无家可归。他家那几间年久未修的土砖房，在洪水中不可挽救地瘫成了一堆杂砾烂泥。远远看去，竟像一个没人料理凭吊的荒冢。为这个事，方正一直很难过，他去了几趟黄沙湾，却没见到苏老头儿，也不知他日食哪里夜宿何方，这揪心的牵挂如何了结?

方正私下里与吴天祥商量，能否先把苏老头儿的房子尽快修复?

吴天祥很干脆，马上打电话给苏啸广，让他着手安排。几天之后，方正与吴天祥驱车去黄沙湾，苏老头儿的房子已建起来了，张炳伦手下那帮民工，当真是一个顶俩。一溜三间的小平房，红砖青瓦，在夏天灿烂的阳光下颇有几缕风情。

然而仍不见苏老头儿的踪影。左邻右舍都在忙着收拾各自的家，七七八八已是差不多了。但关心苏老头儿的人不多!

一打听，原来苏老头儿没闲着，却是发了疯似的，一天到晚在黄沙岛上上下下的水域里折腾，也不知是丢了金子还是不见了银子。

方正一听这话心头就抽紧了，赶紧上车往江边跑。车进黄沙岛，兜了几圈，四处打听苏老头儿的下落，却又没几个人说得清，只是反映有这么一个蓬头垢面的老头儿，疯疯癫癫的。这一阵子划个小船在这周围找来找去，也不知在干些什么。

能干什么呢? 方正想，老人家一定是在找苏大海。苏大海的无影无踪，对每一个关心他的人，都是一种心灵的歉疚乃至折磨。

吴天祥叹了口气，劝慰方正说："方书记，我们已经派了不少人，在这北江西江上上下下搜寻了好多天了，可就是找不到大海。按理，就算冲远了吧，我们也向沿江下游各地发了寻人启事的，有消息人家也会通知我们的，可……"

方正轻轻地冲吴天祥摆了摆手："老吴，这事再说吧。我可能要回市里去住几天，黄沙的救灾工作，我看已差不多了。眼下紧要的，是不能让大家，特别是外来投资者失去信心。摔了一跤不怕，只要我们赶紧爬起来。你就多费点神，啸广那边也让他弄个计划。他一天到晚忙来忙去，却不见忙几件实质性的事出来！"

吴天祥站在黄沙岛的沙滩上眺望远处的别墅群，说："办公室嘛，杂务多，什么事都得管一管、忙一忙。真要出成绩，不容易。"

方正就没再说什么，他眯起双眼扫视四周，劫后的黄沙岛恢复得很快。如果不是对它刚刚经历的浩劫记忆深刻，已很难从它朝气蓬勃的面貌上找出苦难的痕迹来。

"哎，老吴。"方正忽然想起什么来，说，"你还记不记得杨书记那个关于建港口的想法？"

吴天祥一愣，想了想："你是说，搞个黄沙港？有这可能吗？我们现在还自身难保呢，还想那些？！"

方正背着手，在沙滩上来回踱了几步，有些自嘲地笑了一下："我这真有点一口吃个大胖子的意思。原本以为这次万劫不复，可我们这岛子，你瞧，很快就缓过气来了嘛！我忽然想，如果能把黄沙港争取到手，这黄沙的境况，恐怕真得让人刮目相看了。"

吴天祥有些糊涂："搞港口得多少钱？"

方正随口说："几十个亿吧。"

吴天祥哑然失笑："把黄沙全部卖掉也值不了几十个亿呀。"

方正一愣，也忍不住笑了："办法总是人想出来的嘛。哦，对了，不谈这些没影子儿的事。我们找个时间，把管理区的书记、主任找来开个会，先把黄沙搞得热热闹闹的再说。不然，杨书记恐怕连谈这事的兴趣都不会有。"

吴天祥说："对，不知金老板那边有没有向你透露过什么？我怕这老头儿改变主意，不在黄沙干了。这次他损失不小啊。"

方正点了点头："我这次去市里，找找他。"

五

方正去市里，表象的缘由是身体状况不行，需要休养。使这个缘由成立的条件，在于他不得不正视杨菲菲的感情。杨菲菲当然是很在乎他的，但一个巴掌拍不响，对不对？曾经受过高等教育，而且接受新思想也快的她，已经对方正的行为做出了反应。也就是说，她已不打算在方正身上做过多的努力了，她甚至极端地认为自己曾经所做的一切都是浪费感情。

因此，杨菲菲果断决定放弃黄沙线的工作，她找到老总陈述的理由非常简单："我不跑黄沙线。"老总那双眼睛在玻璃片后面看了她一会儿，轻轻地点头。老总的不加深究，并不是说他不重视杨菲菲这反常的举动。他所表现的理解，差点让杨菲菲放声大哭。

方正回家来了，杨菲菲仍然像妻子一样对他体贴入微。但方正感觉中的妻子，已经与自己离得远了，远得捉摸不定。

　　方正不想把心思耗在家里边，说是回来休养，实际上还有若干事情要干。休养只不过是他弥补夫妻感情的态度，有点形式主义的意味。而黄沙的任何工作，均不是可以搞形式主义的。贫穷的面貌需要彻底改变，几万黄沙人要过好日子，这些实实在在的东西基本上与形式、过场无关。

　　方正觉得有必要和杨菲菲谈谈。他担心妻子又请假回来侍候他，而事实上，他的担心已经多余了。杨菲菲没有表示过这方面的意思。她照常上班和下班，赶稿子也是每天晚上的必修课。方正在松了口气的同时，发觉情感世界里灰蒙蒙的。

　　在家里老老实实地待了几天，见杨菲菲没什么特别的指示，方正终于忍不住拨通了刘礼的电话。他不能贸然找金召忠，他需要向刘礼打探些关于金召忠的消息，特别是他对受灾之后的黄沙的态度和信心。

　　对方正略略不安的询问，刘礼愣了一下，善解人意的她立即就明白过来了。她在电话那边哈哈一笑："方书记，你没见黄沙岛又生机勃勃了吗？哪有一丝半毫打退堂鼓的征兆？"

　　"是吗？"方正说，"金老板海枯石烂、永不变心？"

　　刘礼说："这个我倒不敢保证。不过，听说你们那个张炳伦已和金老板谈过几次了。青龙岗那边，如果顺畅，估计也该动手开发了吧！"

　　"真的？"方正说，"怎么我不知道？这么大的事情，没理由呀！"

　　刘礼有些心痛，话题一转，说："家里边没什么事吧？那天我也是急慌了才去找你的。唉，到底是头发长见识短，随便一弄就阵脚大乱，尊夫人该对我恨之入骨了吧？"

　　方正忍不住叹了口气："不说这个不说这个。小刘你听我说，好人做到底送佛送到西。金老板那边你要多帮我看着点，别让他跑了。至于这次你们的损失，镇委还要开个会，反正都是一家子的事，好说。到时候，政策上松一松，算补偿。"

刘礼有些不高兴："怎么老是和我说这些呀？就不能说点别的，比如说请我饮茶，喝啤酒？"

方正就打哈哈："别开玩笑了，不就欠你一场电影吗？"

刘礼就幽幽地叹了口气，说："方正你在利用我，有时我真觉得你有些卑鄙。"

方正像冷不丁挨了一棍子，他说："哎哎哎，你怎么这么说话？"随即又沉沉地叹了口气。

刘礼说："算了，不说这个了。我老爸还担心他的宝贝女儿误入歧途，上了方大书记的贼船呢。我看以后我们还是少些往来吧，免得某天真出了什么事，对彼此都不好。"

方正勉强地笑了一声说："能出什么事？这年头。"又说，"你可不能撇下我不管，上次那几单'三高'农业的事，还得你继续从中撮合呢。"

刘礼苦笑："我真服了你啦，方大书记！三弯两拐又回到正题上，万变不离其宗。你放心吧，那几个台湾农民对黄沙念念不忘，总以为那儿有金娃娃，想不弯腰捡也难啊！这样吧，过些天我给催一催，反正你那边找吴天祥得了，你还是先把你的杨大小姐侍候好才是正经事儿。老实说，作为女人，我觉得那天那一巴掌打得可以理解但不能接受，很不应该。"

从刘礼那儿吃了颗定心丸，方正还真去医院按时检查了一阵，拿了些药片药丸，又打了一针。在回来的路上打了电话给吴天祥，说了一些从刘礼那儿得知的关于金召忠的情况。吴天祥也把黄沙这些天的近况说了说，看样子金召忠非但没灰心丧气，还抓紧时间，马不停蹄地筹备黄沙旅游开发的第二期工程——开发黄沙山。吴天祥向方正透露了一个不算坏但也不算好的消息。他说："金老板原打算将黄沙山庄接过来，作为其中一个经营项目，谁知张炳伦已先他一步把山庄盘过去了。两人谈了一阵没说成，倒希望他们别因这点小事产生隔阂。"

方正想了想，说："不会，金老板不会目光短浅到这份儿上。"

吴天祥本来还想说苏啸广也搅在黄沙山庄里折腾，思忖了一会儿，又没说出口。只是随口通报了一下召开各管理区书记、主任会议的事。

"你回不回来？我摸了摸底，大家都在往自己的地盘上使劲，一拨儿一拨儿地往家里请投资商。"

方正说："到时你通知我。万一有事回不来，你就看着办。反正前提只有一条，就是让大伙儿鼓足干劲，别灰心。至于咋个搞，搞得怎么样，我们就多做后勤工作，尽量放开手脚让他们去干。"

吴天祥说："行，你放心。赶明儿我跟几个台商合计合计，看看能否给黄沙湾争取几个项目回来。那几个台商对黄沙的生态环境挺感兴趣的，想搞农场。"

收了电话线，方正发觉自己已不知不觉拐到市府路上来了。心里一思谋，一不做二不休，干脆去市委探探杨书记吧。一来感谢他对黄沙的救灾扶贫，二来顺便提提黄沙港口的事。虽说八字还没一撇，但这一撇可以争取嘛。至关重要的是，就眼下而言，兄弟镇区似乎还没人盯上港口这块肥肉，倘若迟了一步，以人家的实力，任你黄沙地理位置再好，也有可能鸡飞蛋打。方正想，如果杨书记没老糊涂，以黄沙的地理位置，那是绝对上选的建港地点。至于钱，当然得大把大把地往里边塞，但万事均有解决的办法。自己没能力，可以合资。黄沙出地人家出钱，岂不皆大欢喜？适当的时候，可以去找几个能拿出几十个亿的富豪。困难当然大，但再大的困难也可以克服嘛。方正怀着这种心思，提着一兜子药进了市委大院。

六

方正突然赶回黄沙已是半夜，这多少有点让人措手不及。特别是吴天祥，他没想到自己会被方正从黄沙镇政府招待所的热被窝里揪出来。而看样子，方正并非有备而来。

直到方正敲响吴天祥的专用休息室的门，他都还没回过神来。方正从西江赶回来，是有紧要事找吴天祥的，消息来得太突然，时间非常紧，打几个电话没找到人，又怕因此误了事，马不停蹄赶回来。到吴家走了一趟，吴太说老吴都好几天不落屋了，便有些急，赶回镇政府，猜测吴天祥这几天忙，住招待所，便一路急行追来。却没想过，有件尴尬事儿等着自己。

"谁呀谁呀？半夜三更敲什么敲！"很不友好的声音从里边传出来。方正一愣神，随即便有些警觉，隐约听见里边还有个略显慌乱的女人的声音。是……王小娣？方正那一刻头都大了，他正想转身离开。可就在这时候，吴天祥很不高兴地拉开了门。

"方……方书记？"吴天祥吃了一惊，脸上的表情一瞬间千变万化。

"老吴，不好意思，搅你好事了。"方正话刚出口，就后悔得想扇自己两耳光。他面红耳赤，掩饰性地推了推眼镜，"老吴你先穿衣服，有点事和你商量。"

吴天祥很快从极不自然中恢复过来。他下意识地往房间里看了一眼，挺大方地退到一边说："方书记你进来坐，有话慢慢说，慢慢说。"

　　方正已经可以肯定里边有情况了，他可不敢贸然进去。他摆着手说："老吴你别客气，我这就走。是这样，明天有一大户，要和杨书记谈建港口的事，我想把这事争取过来。要不这样，明天你早点来我办公室，我们一块儿去市委，车上再谈。"

　　吴天祥一愣，回手抓了件衣服套上，好像还和里边的谁做了个手势，紧接着就拉上门出来了。方正发觉他没关灯。他想：敢情这老家伙真与饭堂女人有一腿啊。难怪连招待所也托她管，却原来是公私兼顾，肥水不流外人田。当下就觉得这基层的事儿真复杂。

　　只是现在也顾不了许多，这晚上原本是让杨树威拉去看一场省委组织部和宣传部搞的什么送戏下乡的演出。从8点半到10点半，两小时的演出还算精彩。两人坐一起，一边看一边聊一些工作上的事情，其间就谈到了港口的计划、选址、投资等问题。临清场的时候，杨树威突然接到一个电话，神色有些兴奋，无意间瞟了方正一眼，让方正暗自琢磨了好一会儿，直到上台和演员们握手合影，走出剧场临上车，杨树威才对方正说："明天有个外商要过来。我看刚才我们谈的那个事，如果真想干，就可以争取对方的投资。明天你就在西江等着，等我的电话。记住了，别走远误了时间，这次可得随叫随到。"

　　方正也没弄清那外商是谁。当时心里只有急切和高兴，立即就想找吴天祥合计合计，尽量为明天可能出现的情况做些准备。

　　这个晚上，方正办公室的灯光亮到凌晨，黄沙的党政头号人物在灯光下拼命抽烟。黄沙的前景就在这满屋子的烟雾腾腾中无限开阔起来。

　　吴天祥摸黑回到招待所，一进门就被里边的女人搂住了。"死鬼，又和哪个骚货混去了？就忍心把我一个人撂这儿晾干鱼?!"

"嘘,吵什么?是方书记。捉奸来啦。"

"方书记?方书记知道我们在……在……"

"哎,我说你就别啰唆了。人家方书记哪有心思关心你这破事啊?来来来,我们重新来过,来……"

实际上,吴天祥对怀里的女人已经兴味索然了。他心里还在琢磨黄沙港口这事。是啊,按地理位置分析,西江的地皮上,还有哪个地方更适于建港口的呢?得天独厚的黄沙,怎么可以白白放掉这么一个千载难逢的机会?!

可是,听方正的意思,市委、市政府可不愿像投资黄沙大桥那样无偿支持了,至多,也就能争取低息或无息贷款吧。可建这港口得几十个亿呀,要到猴年马月才能建成,才能回本,才能赚钱?吴天祥搂着女人年轻肥硕的身子,顾虑重重。

但无论怎样担忧,吴天祥心里也明白,方正如此十万火急地赶回来,原就是吃了秤砣铁了心的,对港口之事志在必得。他不打算阻止,事实上他也知道自己没理由阻止,也阻止不了。

事情进展得非常顺利,与其说这一切是方正的争取,不如说是杨树威早有的安排,总之方正是第一个向市委、市政府拍胸脯立军令状的人。对大兴土木建港口,似乎西江其他镇区的头头脑脑们都还没回过神来。方正怀揣着胆子上门,再加上他的特殊身份以及黄沙先天的地理优势,很快就得到了杨树威口头的承诺。而且,外商在黄沙转了几圈之后,很爽快地赞同了杨树威的建议。在黄沙投资建港口,先别说地方上的特惠政策,单地理上的优势也是首选。水网纵横、四通八达,这不是未来欣欣向荣的保证么?

方正把土地当成投资砝码和外商谈判,初步意向很快达成，黄沙除提供土地投资，余下款项双方以 3∶10 分期分批投入。预计首期投资十三亿人民币，外商出十亿，黄沙出三亿。

杨树威很爽快。他微笑着对方正和吴天祥说："款子我可以帮你们弄来。不过你们得还，而且还要适当地支付利息。"

方正和吴天祥能有什么意见呢？实际上这一切都是领导特别关照的，感激还来不及呢。当下就拍了胸脯表示，港口建成，十年内收入归黄沙，十年后利润与市里平分。杨树威哈哈大笑，说羊毛出在羊身上。你们是在拿我的骨头熬我的油啊。说得方正和吴天祥都忍不住笑起来。

万事俱备，只欠东风。这东风就是杨树威将再一次光临黄沙，与外商将港口合同定下来。百年天灾的阴云早已从黄沙的天空中退去，抗灾自救的工作早已结束，黄沙地面上的一切仍是那样的生机勃勃。黄沙岛上游客如云；黄沙湾的养殖项目将在短时间内初见成效；台商感兴趣的果园、农场正在建设之中；而黄沙山的开发，更是呈现出一派紧张、繁忙景象。昔日的封闭和闲散已难得一见，大伙儿都在忙，都在这有了希望和奔头的日子里快马加鞭。是啊，改革开放都这么多年了，落后的黄沙怎能不憋足劲儿赶上去呢？时不待人哪！

当杨树威再次踏上这块曾经是西江"西伯利亚"的土地，他打心里由衷地替方正赞叹和高兴，当初将方正放到黄沙，他还觉得自己不近人情，甚至可以说狠心，而实际情况比想象中的要好得多，短短一年时间，黄沙的工业和第三产业已初具规模，从电子、五金、棉毛玩具到"三高"农业；从旅游、服务到健康娱乐，第二产业、第三产业突飞猛进，今非昔比！以这样的发展势头，谁也不敢怀疑黄沙在三五年内成为西江的明星镇，谁也不敢怀疑它将对西江经济建设做出贡献。

杨树威在极其隆重的仪式中，庄严地与投资商交换了兴建黄沙港的合约。在热烈的掌声中，他真想走上前去拥抱方正。他想：再过一段日子，时机就成熟了，就可以把这个年轻有为的方书记调回市里担当重任了。他相信方正的能力。

然而，杨树威料不到，分明是煮熟的鸭子，却于某日一下子飞了。投资商非常恼火地要撕毁合约，原因是黄沙镇政府那三亿人民币一分钱也不见了。

"怎么会？钱市里早划下去了的呀！"大惊之下，杨树威层层追问。天——三个亿全被挪用，收不回来了！

第十章

一

杨树威怒发冲冠，拍案而起。

黄沙镇摇摇晃晃，人心惶惶。

三亿人民币哪里去了？三亿人民币之于一个远未脱贫的黄沙，是怎样的一个概念？可想而知！

反了反了！杨树威抓起电话，直呼西江市公安局局长，可号码拨了一半，又颓然放下。黄沙就是方正啊，自己一直扶携并为之欣慰的老部下，而今却……这……这……杨树威差不多就要气疯了！

"冷静冷静，你要冷静。"杨树威在办公室里转来转去，当他终于迫使自己在大班椅上重新落座，这才颤抖着手重新抓起电话。

"方正，"杨树威说，"你太大胆了！"杨树威无法控制自己的情绪，"三个亿呀，你以为是三块钱？拍着胸脯要项目的是你，口口声声请求支持的也是你，可这乱挪乱用的还是你，你简直……"

"什么，你说什么？"那边的方正好像一头雾水。

"你到现在还跟我装什么？混账！死到临头了你还装！我跟你说，这笔款子可以要你的命！"

"杨书记，我……我不明白。"

"不明白？那三个亿哪儿去了？啊?!市政府批贷给你的那三个亿呀，怎么还不到位？你不是一心一意要建黄沙港吗？人家的钱都到位了，你的呢？那三个亿呢？"

方正吓蒙了："怎……怎么会？谁敢动这笔钱!"

"不敢，不敢你给我找出来！找不出来，方正，我可保不住你了！"

杨树威"咔嚓"一声扣下电话。

方正从床上一跃而起："天哪，这是怎么回事?!我居然还躺在医院里疗养！三个亿不见了，这不是天灭我吗？"

方正冲出医院，直奔黄沙。

这几个月来，他一直这么忙，可忙几天又不得不进医院躺几天。身子骨不知怎么搞的，怎么努力也顶不住。这两天他心下正暗自庆幸呢，一是黄沙的致富之路已打开局面，步入正轨；二是妻子杨菲菲对自己的感情也逐日升温。谁知冷不丁竟蹦出这么一件没头没脑的事情来。

三个亿，谁知道三个亿是多少呢，又将意味着什么呢？方正心中叫苦不迭。

方正什么也顾不上，直接打的出城。半道儿上一琢磨，又赶紧拨通了欧火生的电话。这些天欧火生正起劲地准备着要成立黄沙公安分局，在意见上他们已经达成默契。方正在欧火生的兴头上给他这么一个坏消息，没准儿就成了对他是否具备成立分局的能力的考验。

"你要马上给我搞清楚，这钱上哪儿去了！"方正说，口吻急切而严厉。

欧火生当然明白，三个亿可不是三坨泥巴三泡狗屎。他放下电话愣了一阵，叫来两名警员："把衣服换了，跟我走。"

连欧火生在内，三个便衣以悄无声息又迅雷不及掩耳之势飞扑黄沙镇政府。很快，财务室的会计出纳被秘密控制。欧火生作为一老警察，干事轻车熟路。

事实和预料的一模一样，会计出纳一见对方这阵势，就知道情况不妙，所以接下来一问一答非常简练干脆。三亿人民币的去向很快弄清了，其中涉及的主要人物有吴天祥、苏啸广和张炳伦。

欧火生大吃一惊。吃惊之后，他觉得这事非常刺激。他甚至暂时忘了成立黄沙公安分局这档子事。

据查，钱分六次汇入惠州一家房地产开发公司，至于作何用途，不得而知。

但钱的去向搞清楚了，这让欧火生松了口气，与此同时他又有点小失望。怎么说呢，如果这只不过是一笔生意一宗买卖，那案子的性质就变了。拿钱去做生意天经地义，只要不是贪污受贿、中饱私囊，就没什么大不了的。

"记住，我今儿找过你，对谁也不能说。事情弄清楚了我再给你赔礼道歉。要是你不听话，出了漏子，没你的好处！"欧火生说，同时留下一名警员监护会计和出纳。

欧火生兵贵神速，三五下将情况搞清楚，并向方正汇报："方书记你看这事……"

方正那时还在一路狂奔。他想了想，有些拿捏不准。钱不用说已被挪作他用，现在就是不知有没有转机，如果可以马上将资金抽出调回，或者可以拆东墙补西墙，倒用不着如临大敌，可是，万一……这是一个阴谋呢？

欧火生说："方书记我挂电话了，要真有事，估摸吴镇长他早跑了。"

方正心头一惊，说："想办法找到他们，能稳住就稳住，稳不住就先抓起来。"

欧火生说："你快回来，我这就采取行动。"

然而，欧火生搜遍了镇政府和黄沙山庄，又去吴天祥、苏啸广家兜了一圈都没见着。这两人仿佛早有预感，一下子就上了天遁了土，无影无踪。急得欧火生在电话里冲方正大叫："方书记，狗日两个都跑了！"

"跑了？"方正瘫倒在车座靠背上。

很明显，现实比想象的还要糟糕！如果仅仅是挪用公款，事情没暴露之前，用不着急急忙忙跑呀躲的，可而今镇长和党政办主任没了踪影，这不是明摆着的团伙犯罪吗？

"天，我都在干些什么?！我这书记是怎么当的?！"方正真恨不得一拳砸烂自己的头。

事实上，欧火生的情报并不准确。至少，吴天祥在他心急火燎的那阵儿，还在镇政府招待所他那间专用休息室里狠命吸烟。不用说也知道这消息很糟，那笔贷来准备投资黄沙港的钱，才从政府账上汇出去几个月，原以为又可以像上次那样神不知鬼不觉，狠狠地捞一笔回来。天知道这杨树威是怎么回事，分明拟在年底进行的签约仪式，偏偏提前到了秋天。一手龙飞凤舞的签字，真是坑苦了他。

外商也真是干劲十足，底气也十足，首期投资十亿人民币像捡来的一般，随手就扔过来了。可政府这钱呢？弄哪去了？即便按事先计算的时间，这十天半月的，也不可能说收回就可以收回。尽管他让苏啸广一直跟踪这个事。从贷款下来到划出去投资，再到收回建港，其间应该有差不多半年的回旋余地。如果以上次的赚头计算，这三个亿可以赚多少？当然是足以令任何人心动的大数目。

张炳伦通天的本事早已人所共知，吴天祥没理由不信他，苏啸广更没理由见钱不赚。

可是，意外无处不在。当这笔钱急需复位之时，苏啸广突然失踪。张炳伦倒是没跑，可他只不过曾为吴天祥作过口头建议和保证，并未亲自接手操作。你可以怨他，可以怪他，甚至可以对他破口大骂，大打出手，可你能从他兜里挖出三个亿来吗？经手人苏啸广不见了，张炳伦当着吴天祥的面还跳起脚大骂不止呢！

吴天祥心里明白，这下麻烦大了。

吴天祥绝望的神情，连张炳伦也于心不忍。他一边大骂苏啸广，一边埋怨自己，安慰吴天祥："吴镇长你别急，这笔钱我虽说不知道苏主任是怎么个搞法，但我敢保证做的还是正经生意，里边有没有什么交易我不管，但总不至于泡汤。只是要这么快收回来，怕不行。我先过去追一追，哎呀，当初要是我亲自来干就好了，你看，你看这……唉……"

吴天祥很不客气地将张炳伦赶走，他整日整日地待在招待所里抽烟，一日三餐都由王小娣悄悄送上来，也没胃口吃。

有时王小娣把他搂进怀里，试图让他在温柔中振作起来，可是不行，三个亿太沉重了，足以把他砸得粉身碎骨。他不知道欧火生四处抓他，但他明白，那只不过是或早或迟的事情。

二

事情搞大了！这是张炳伦找不到苏啸广的第一个反应。上次帮吴天祥穿针引线，挪用几千万扶贫款，实际上从头至尾都是他在具体操作。表面上的理由是投资合伙炒地皮，而本质

上，他用那笔钱做了一个大人情。那阵子铁哥们儿急需将一块
炙手可热的地皮弄到手，钱不够，四处找"大耳隆"借，让张
炳伦这一穿针引线，高利弄到黄沙那笔扶贫款，两个月返还本
息，倒也守了生意人的信誉。张炳伦当然也因此得了不少好
处。可那是十分投机也十分有保证和把握的操作呀，而这一
回，按先前的思路，真格儿是用于做生意了。只是因为太忙，
这事的具体操作就由了苏啸广去，他只不过帮出了个主意，拉
拉线搭搭桥。他还要紧紧抓住与金召忠开发黄沙旅游资源的第
二次合作机会呢，而且，黄沙山庄的事儿，虽说与苏啸广联
手，但真正打理起来，还是他的事情。

不曾想就出了大漏子。

张炳伦马不停蹄直奔惠州，心急火燎追下来。还好，苏啸
广不敢狮子大张口，打着投资的幌子把几个亿全吞进去，投资
是实实在在的投资，钱也的确在人家地产公司的账面上。可不
妙的是，那家地产公司不行了。虽不至于气数已尽，但要东山
再起，还不知要熬到猴年马月。换句话说，黄沙那几个亿是不
可能立马收回的。别说立马，能不能在三五年收回还是个大大
的疑问。

张炳伦暗暗作了一些必要的思量，他觉得这事自己不能撒
手不管，情况明显对自己不利。而且，他对苏啸广这莫名其妙
的失踪很恼火，他怀疑苏啸广在这笔资金的投入过程中拿了回
扣，而且数目巨大。这么一想就更不舒坦，线是他牵的，桥是
他搭的，可苏啸广，钱没分他一毛，却扔了一个死耗子给他。
张炳伦不敢对这事掉以轻心，他有点担心，要是某日苏啸广被
捉拿归案，自己和他那些未必可以见天日的勾当，没准儿就曝
出来了，到时候该如何收场？天知道！

张炳伦像一头气疯了的狗四处乱窜，他必须找到苏啸广，

他还必须替黄沙将那笔泥牛入海的款子尽可能地追回来。对追钱这事，他相对有信心。他是在这条船上混过来的，讨债自有他的一套。合不合法是一回事，追不追得回来才是真功夫。他知道，眼下十万火急的，就是想尽一切办法，尽最大努力，从那个地产公司把钱弄一部分回来。多少不计，见点效就是希望所在啊！

张炳伦尽可能若无其事地敲开了林芝的房门，那时候天色尚早，大约上午9点钟光景吧，以"三陪小姐"的作息规律，能在这个时候起床的极少。通常，这些风尘女子都是夜出昼伏，陪客人熬了夜回来，赖在床上直到次日中午，才呵欠连天地穿着睡衣趿着拖鞋出来。描眉画眼，收拾妥当，为中午的"坐台"做好准备。如此这般，日复一日，年复一年。

林芝开门那会儿，二楼什么动静也没有，离上班的时间还有个把小时，楼道里静悄悄的，飘荡着一股很浓的烟酒混合味，那是头天夜里纵情声色的残留。林芝在这种特殊环境之下，看见了双眼浑浊的张炳伦。经验告诉她，眼前这个肉多毛少的家伙，少不了又是夜以继日，纵欲过度。

"张老板，查房？"林芝发觉半裸的胸脯让张炳伦狠狠地"咬"了一口，她下意识地将睡衣的领口往上拉了拉。而实际上，她的努力等同于此地无银三百两。张炳伦那双久经沙场的眼睛，又忍不住在林芝敏感的部位剜了一眼。

"宝贝儿，快叫苏主任出来。"张炳伦说，他知道苏啸广不会在这儿躲着，因此他的发问就有了战术的意味。

"苏主任？你是说苏大哥？他没在我这儿。"林芝的回答非常老实。

"他不上你这儿能到哪儿去？"张炳伦故意不信，抬手往林芝裸露的肩头上搭去，一边抬腿就往里边走，一边说："你们别老藏着躲着的，又不是什么见不得人的事。喂，苏主任，公安局的人来了。还没收拾好哇？"

林芝狐疑地闪过一边，让张炳伦进去。张炳伦将这间"妈咪"房乱七八糟的景象尽收眼底，他忍不住弯腰将一条黑色的网眼内裤捡起来认真地琢磨了一阵，说："这是什么玩意？是苏主任从香港给你捎的？"

林芝对张炳伦没多少好感，但因了他的老板身份又不敢得罪，她说："这是好东西。张老板，你也帮我捎几条呀。"一边说，一边从张炳伦手里夺过女人的什物，丢在床上。

"哎呀，你这儿真像商场啊。"张炳伦说，"苏主任经常上这儿采购吧？"

林芝心里冷笑，她突然媚媚地瞟了张炳伦一眼："张老板今儿怎么啦？你也可以来选购嘛。"

然后她就发现腰际被张炳伦揽住了。张炳伦那双没长眼睛的手老马识途，轻车熟路地开始了单刀直入式的探索。林芝扭了扭身子，欲就还推。张炳伦突然发力将她掀翻在床上，随着一声娇气的尖叫，这个上午暧昧的故事也就发生了。

个把小时转瞬即逝，张炳伦从林芝身上，已把有关想要弄清的消息摸了个七七八八。他想：苏啸广，你个狗娘养的，跑得好快！

据林芝无意间透露，她的苏大哥可能去了国外，旅游去了。

张炳伦这才慌了神，原以为总可以将苏啸广逮着的。只要他在广东转悠，落网是或早或迟的事情。可人家早有准备，出国了，你能把他怎么样？

张炳伦不顾林芝的坚决反对，提起裤子破门而出。直奔黄沙派出所时，远远地就看到方正与欧火生。他顾不上避讳他人，扯开喉咙就大叫起来："哎哟，苏啸广出国了，怎么办？这个浑蛋，我看那笔钱起码让他搞走了一半。方书记，欧所长，快派人去抓吧，可别便宜了这浑蛋！"

欧火生偏头横了张炳伦一眼，劈手揪住他恨恨地说："我他妈先把你这浑蛋抓起来，你知道自己都干了些什么吗?! 人民政府的钱你也敢乱整?!"

张炳伦赔着笑："欧……欧所长，方……方书记，你看，这……我不是在为镇政府着想吗？关键是苏啸广乱整。哎，你别老揪住我呀！我跟你说，惠州那边的钱只是暂时追不回来，但也不是完全没希望。喂，你放手啊。"

欧火生在方正的示意下，狠狠地扔下张炳伦。方正沉着脸说："老欧，你和老张去想想办法。不管用什么办法，先把钱追些回来，能追多少算多少。"

欧火生问："那……要不要先把吴镇长'那个'起来？待会儿他也跑了怎么办？"

方正摆摆手说："算了，由他去吧。"

三

纸包不住火，无论是杨树威、方正还是吴天祥，以及听说此事的任何人，都可以肯定这是非追究不可的大案子。杨树威在痛心疾首中，悄悄地给了方正（或者说给了黄沙）一个喘息的机会，他真希望对方能抓紧时间，想尽办法把这个漏洞堵上，哪怕是挖肉补疮也行啊！

但他不可能长期隐瞒包庇下去。

而方正，他暂时还未弄清事件的来龙去脉。出事之时他还在医院里待着，一边为黄沙的前景动脑子，一边想办法弥补业已出现裂痕的夫妻感情，他做梦都料不到吴天祥会……简直就是狗胆包天！

事实上，吴天祥已经从他那间专用休息室里出来了，他发红的双眼和憔悴的面容，谁见了都觉得可怜。这个黄沙土生土长的种子选手，因为突如其来的变故，一夜之间，连头发都白了。懊恼、痛楚和沮丧，无时无刻不在折磨着他撕扯着他。他阴沉着脸回到镇长办公室，默默地收拾和整理自己的东西。他明白，一切都完了，完了。

方正几乎就是看着吴天祥从他的休息室里走出来的。这之前，饭堂王小娣的所有举动，已落入欧火生的监控之中。他想：吴天祥肯定窝在招待所里。他几次想破门而入，都被方正制止了。方正说："还是让他好好想想吧。"

欧火生担心吴天祥会畏罪自杀。方正犹豫了一阵，说："什么罪？吴镇长也是为黄沙啊！"

然而，案子已犯下了，为黄沙只是出发点，而结果却是犯罪。欧火生耐着性子，看着王小娣不时偷偷摸摸地溜进招待所。

实际上，王小娣还不知道发生了什么事。她与吴天祥之间的暧昧，说白了只是普通意义上的交易。傍上一镇之长，好处自然不会少。而作为一个从未奢求过爱情也从未拥有过爱情的普通女子，肉体上的愉悦和消遣，张三李四并没有多少区别，而吴天祥在黄沙的地位，已使她感觉很满足了。于是，这种格局从形成到持续，到无限延期，便把如此这般的日子过了下来。

吴天祥的反常举动，不用说，已经让王小娣感到大难临头了。她惶惶不安，努力地做着一个女人能做的事。她在惊惶忐忑中等待吴天祥开口。

当吴天祥终于停止抽烟,坐下来将她搂进怀里。王小娣第一次感到对这个男人的依恋和动情,还没听对方说话她就哭了。吴天祥鼻子一酸,摸着她的脸,说:"今后,怕就不能管你了。无论发生什么事,都和你没关系。要是我老婆找你扯皮,你也不要怕,陪她吵就是……"

王小娣抬起一双泪眼:"你到底怎么啦?"

吴天祥说:"出事了,出大事了。"

王小娣从吴天祥的口气和神态里,明白了什么叫非同小可。她抹了一把眼泪,以普通女人特有的表达方式,为吴天祥脱下了自己的衣服。

"我不管你出了什么事,反正我们好过一场。来,留个纪念。是死是活我帮不了你,我只想,活着送口水递支烟,死了也垒个坟烧点纸……"

吴天祥一把抱住王小娣,禁不住老泪纵横。

吴天祥走出招待所休息室。

吴天祥回到办公室,清理自己的东西。

吴天祥看见方正静静地朝他走过来。

"没有办法可想了?"方正说,"老吴,这到底是怎么回事?"

吴天祥停止了手上的动作,他盯着方正的目光一片空茫。他突然笑了,很惨的那种笑:"方书记,是你害了我。"

方正大吃一惊,说:"你,你说什么?"

吴天祥有些不好意思地从办公桌后绕过来,示意方正坐下:"说来你不信,我为什么鬼迷心窍狗胆包天,胆敢挪用这笔款子?说白了,还不是想争口气?当然是为自己争口气。如果我能赚一大笔回来,对黄沙是支持;对我,则是肯定。"吴天祥点了一根烟,猛吸一口,然后在烟雾缭绕中继续说下去,

“方书记，你不知道，从你下来起，你风风火火接二连三干出那么大的成绩，站在我这个角度，心里头，怎么着也有点压力。我常想，我也要为黄沙做点什么，我要证明自己在这个位置上，也不是白吃干饭的。结果，上回那笔扶贫款，我抽出去炒地皮，两个月赚了一笔，刚好填在水灾的口子上。这回又来了这大笔钱，如果顺利，更是好机会，原以为炒炒房地产来钱容易，年底收回来，神不知鬼不觉，谁知……就是这样。算了，不说了。哎，欧火生呢？我还是主动去他那儿挂个号吧，免得他到时候来请我。”

方正也叹了口气：“欧所长这些天正和张炳伦想办法追那笔钱。我看老吴，这事我们都脱不了干系。上头还没查，就先搁下，该忙的，还是忙去，别误了别的事。俗话说，不在其位不谋其政。眼下我们还在这个位置上，还得谋点政，对不对？”

听说欧火生和张炳伦追钱去了，吴天祥双眼闪亮了一下，随即又暗淡下去：“谁知苏啸广是怎么搞的哟！唉，我早该提防他的，我早该看得出来的，可是……方书记，你说，我这次得在里边待到老死吧？”

方正说：“别想那些事，该来的总会来。不管进不进去，又待多久，这都是我们的惨痛教训。苏啸广找不到，看样子，追款子不会容易。”

吴天祥就有些怨气，说：“其实，我这是活该。我这镇长当得好好的，干吗还要去折腾呢?! 赚了钱又不是揣进自己的腰包。再说，那边公司现在情况不好，也不一定就永远都不行啊！”

方正不知该说些什么。他走到窗边，推开茶色玻璃深深地呼吸。他想：是应该收拾收拾了，市里边不可能对这么大件事睁只眼闭只眼，检察院那边已有小道消息传过来，这事已经立案，侦查工作将很快展开。他和吴天祥的工作，肯定得停下来。

方正突然转过身，有些急促地对吴天祥说："老吴，我看我们还是抓紧时间开个会吧。把各管理区书记、主任找来开个会，不管是什么情况，手头的工作不能因此受影响。我看我们先准备一下，该交代的工作都交代下去，免得到时候又出错。"

吴天祥愣了一下，有些愧疚地看了方正一眼："这事跟你没关系，我会跟他们说清楚的。"

方正说："不关我的事？老吴啊，你怎么说得这么轻松啊？出了这么大事，我往哪儿逃啊？"

吴天祥就不再多说，打电话叫人把通知传下去，下午集中到镇政府开紧急会议。

是该料理后事了，他想。

四

西江市检察院受命对黄沙挪用公款事件立案侦查。方正、吴天祥作为重点嫌疑人停职待查。

黄沙大地上像炸响了一颗巨雷，差点被震翻了个儿。霎时，上上下下人心惶惶。其负面效应很快波及西江其他镇区。大家都在传方正"翻船"的事，都觉得这年头什么事都有可能突然发生。

也就是在这个爆炸性的消息以超音速飞快扩散之时，一个庄严肃穆的葬礼，在黄沙的土地上隆重进行。

死者是苏大海，操办者是苏老头儿。

苏老头儿划着他的小船，在黄沙河道里夜以继日四处搜寻。他不听任何人的劝解，固执地把自己的行为坚持到底。

苏大海的尸体，最终从下游的认尸启事中找到。一干人开车将早已烧成灰的苏大海接回黄沙。苏老头儿一头扎进江水之中，弃舟登岸。他的举动怪异而诡秘，没有人能理解他那个时刻的心情。实际上，他已经从此与水绝缘了，他把他心爱的小木船扔在了水的中央。

是的，太多的记忆都是伤心的，太多的伤痛都会不由自主地想起。一双儿女不是溺于这水么？而今，苏大海，这个苏氏后裔，因了他的缘故，也被这水夺去了鲜活的生命。苏老头儿受够了，受够了，他再也承受不了来自水的打击。曾经，他是那么喜欢水钟情于水，而这穷山恶水给了他什么……他从水淋淋的伤心事中逃出来，走向新生。

葬礼是高规格的。披麻戴孝的孩子们，也许并不知道那棺材里的人到底是谁家长辈，又与自己有何关系，他们只是苏姓家族中的一员。因为辈分和年龄的关系，他们在父母的要求下走入了这个送葬的队伍。

锣鼓唢呐响起来，嘹亮而又凄惨的调子，在黄沙的上空回旋和扩散。一路哭声一路纸钱飘撒，几多凝重几多哀绝！

"上——路——啰——走——了——天——堂——有——路——天堂有路——"

神婆子的喊声里充满了凄惨和神秘，送葬的人们在石板路和机耕道上无声行进着。

不用说，这是乡村画卷中极其尊崇的葬礼。凡苏姓人家，每家必出人丁钱财，为这个葬礼增色。这种葬礼普通人是不敢想的，非德高望重者不能享受。而苏大海，曾经人们未必就对他有多少特殊的感情，但人们还是来了，或是因为疯子苏老头儿的威望，或是人们想起了死者生前的种种好。总之一切都那么自然，那么顺理成章。

　　这时，人们一定忘了手中的活计，忧伤地望着东边。那儿有太阳悄悄地爬上山头，生怕惊扰了这秋日的宁静。田湾和蕉地，在清晨的凉意里自由呼吸；青龙岗，有早早下地忙活后回家吃早饭的人们；水桫林里，偶尔飞出来一两只雀儿，叫几声，打两个旋，又飞了进去。

　　正当人们有些心烦意乱的时候，忽然看见一群孩子，背着书包，从水桫林里的小路上走出来。那是一群还在沙中小学念书的小家伙。今天又不是星期天，他们何以不去上学呢？于是，人们的心倏地紧缩，像悬起来一样。

　　孩子们从山林里走过，顺青龙岗下来，四周清风雅静，孩子们个个都严肃着小脸儿，让人倍感沉重。有路过的人问了他们一些什么，然后就朝某个方向，久久地望去。这就给这个早晨平添了许多忧郁。

　　一手将沙中小学建起来的苏大海，他已经……以前沙中没有学校，该上学的孩子没地方上学，要不是苏大海……于是人们就觉得眼睛潮湿起来，不能不想起苏大海的功劳。人们用结实粗糙的双手紧紧拉着孩子们，加入他们的行列。

　　而四面八方的农舍里，还有人走出来。从田坎上，从山坡上，穿过蕉地稻田，沿着弯弯曲曲的小路，过来了。他们或者刚收了早工，还没来得及吃早饭；或者正煮着一大锅猪食，却慌乱地放下活计，不约而同地走出家门，静静地走过来了。一切都显得那么庄严、那么肃穆。

　　明丽的秋阳，小心地把光芒洒下来，染黄了稻田，镀亮了鱼塘，它默默地看着一群放下活计的农人和孩子……

　　孩子的头上包着素净的孝帕，丝丝麻线被风吹起，悲伤地飘飞着。他们的前面、后面同样走着许多人，长长的，沿着弯弯曲曲的路，排了三四里。他们在为苏大海送葬。

很快地，水杈林里垒起了一座新坟，坟的四周放满了花圈、挽联和祭品，披麻戴孝的孩子跪了一大片。无论是年轻妹儿还是正当壮年的汉子，都忍不住流下眼泪。他们追忆苏大海生前的功过。他们永远会记得，苏大海出殡那天，自己伤心地哭了一场。

清晨，是的，清晨，凉意还没有散尽，长长的人流在无声中行进……

只有路过的远方人，才会惊叹这庞大的送葬队伍，说"好大一家子人哟"，以为死了一个几百岁的老祖宗！

五

然而，也就是在这凝重悲伤的时候，刚仔骑着摩托车飞奔而来，铁家伙的轰叫与周围的气氛很不协调，人们都被刚仔慌慌张张的样子吓了一跳。

刚仔跌跌撞撞地跑向坟地。他也是苏姓子弟，他在心里也为苏大海的不幸而难过。可是，当他得知方正被"逮"起来了，那心怎么能不惊慌失措呢？

刚仔的慌里慌张，招来苏老头儿很不满意的斜视。一切均在按部就班地进行。偶尔有风吹过来，竟还有些冷。看来，这天真的有些伤心了。

有人对刚仔的惊慌产生了好奇，问他干什么去了，又悄悄地取笑，说是不是与谁通奸，让人家老公发现了？刚仔哪有心情说笑，一愣眼过去，说："出事了，方书记、吴镇长让公安局抓起来了，听说是贪污公款，三个亿，可不得了！"

这样惊人的消息很快就此传了开去。人们都稀里糊涂，只有疑惑和吃惊。

只有主持葬礼的苏老头儿不为所动，他依然是一脸空茫寥远的表情，依然做着他作为主持应做的一切。直到所有的程序进行完毕，直到人们收拾东西四散走开，苏老头儿这才深深地吸了口气，突然几步上前揪住刚仔，将他从正要发动的摩托车上扯了下来："你说方书记被抓起来了？你胡说！"

刚仔吓了一大跳，随即一苦脸："阿爷，是真的。"

可是，谁能相信这样的事呢？别说苏老头儿这个对方正怀有特别感情的老人不信，就是其他的什么人，按惯常的印象推理，方书记也是好人哪，为什么好人却被抓起来了？

苏老头儿抓住刚仔的摩托车往上抬腿，刚仔吓了一大跳："干什么？"

"快点。"苏老头儿推了他一把。刚仔狐疑地发动摩托车，苏老头儿催促说，"快点，快点。"

刚仔莫名其妙，驾着车朝镇上飞奔："你去哪儿呀？阿爷。"

"去派出所。"苏老头儿猛吼一声，刚仔没敢顶嘴。车一拐就到了派出所门口，苏老头儿跳下车转身就走。

苏老头儿径直朝派出所里闯，值班警卫刚走出来想问问，还没弄清怎么回事，已被苏老头儿一把揪住生拉活扯了几个来回："你们抓方书记干什么？你们把方书记抓哪儿去了？你们这些猪，你们还不快放了方书记！"

值班警卫受了一阵猛力推搡仍未明白缘由，气得反手抓住苏老头儿，红着双眼大吼："你这个老疯子，吼什么？放手！"

苏老头儿被警卫用力一推，险些跌倒。他踉跄了几步又冲上来，拦腰抱住那警卫，大喊："欧火生欧所长欧火生，你给我出来！你们别人不抓抓方书记，方书记是好人哪！欧火生，你出来！"

终于有人弄明白了是怎么回事，跑过来劝说："你都听谁瞎说呀？方书记我们连人影都没见着，上哪儿抓去呀？再说我们抓方书记干什么？我们欧所长这些天天天跟着方书记跑，到处抓坏人呢。哎，你放手吧，你老累不累呀？"

苏老头儿有些疑惑，手上就松了劲。警卫拍了拍乱糟糟的衣服，很不高兴地说："疯子，疯子！"

苏老头儿没理他，缠住另一个人问："方书记不是你们抓的，那是谁抓的？"

"谁也没抓。你瞎吵什么呀？回去吧，回去吧。"

这时候苏老头儿才想起刚仔。可刚仔不见了，气得他冲出派出所破口大骂。

有看热闹的群众远远地聚集起来，都在留心着派出所里的动静。

方书记没准真出事了。许多人这样想，包括杨菲菲、刘礼，甚至杨树威。当然，大家都希望方正什么事也没有，但案子正在查，而且主要责任人苏啸广已潜逃出境，谁敢说方正没事？即便水落石出，要是那笔款子追不回来，能说没有方正的事？作为黄沙镇党委书记，怎么可能没他的事？

也许，在这整个事件中，为方正牵肠挂肚的人不会少，而最为恼火和被动的，莫过于市委书记杨树威了。可以说，方正的"黄沙之路"是他亲手设计的。眼看着发展势头一天天将时机推向成熟，他就要了却自己的心愿了——趁方正出了成绩之时，也是自己在位之时，抓紧时机，把他调上来。市委或市政府，总有适合他的位置。杨树威绝对不放心把方正丢在黄沙，一个人离任而去。他早已给自己定下任务，无论方正的发展情况怎样，也得在自己当政之期，为他安排好今后的位置和道路。不用说，方正年轻有为，那么，他就更应该为年轻和有为的方正着想了。

黄沙的巨大变化，实际上等同于方正升迁的资本。在西江行政建制中，一直没有县区级，所有镇都是处级，把方正弄上来干个副市长，不能说一点问题都没有，但他杨树威想干成这事，问题不大。总之，只要方正干出成绩，他可以为方正的这条理想的道路铺上鲜花。

但是，现在怎么样呢？莫说副市长，弄上来干干局长什么的，也不能让人心服口服啊！倘若检察院那边弄清楚了，与方正没什么直接关系，或者还可为他谋一条生路。可是，假如他直接参与了呢？杨树威不由得在心里仰天长叹，多好的后生啊，一念之差，就这样毁了。

杨树威无数次产生过探望方正的念头，但理智控制了他的行为，他不能不顾及社会影响。这节骨眼儿上，以他的身份，怎么可以去见方正呢？不仅不能，他还要义正词严地拒绝听任何人为方正做出的辩解，这之中当然包括杨菲菲。

杨菲菲自然不会对方正的遭遇无动于衷。她相信方正的无辜，即便他参与了也是无辜的。她坚信他所做的一切都是为黄沙。可是，刚打通杨树威的电话，才讲了几句便被扣了，她一急，提了包直闯市委。她向杨树威保证，方正是无辜的。

然而，杨树威拒绝了她的保证，杨树威说白的黑不了，黑的白不了，让秘书把她劝走。他没有心情和她说方正，这个时候，他一听方正两个字心头就鬼火乱冒。

杨菲菲失魂落魄，六神无主。她突然想到刘礼。她骑了摩托车，疯了一般朝风姿时装集团公司赶。她没给刘礼打电话，直接把刘礼堵在经理办公室里。

刘礼略感意外，对杨菲菲的突然造访，她缺少应有的心理准备。她的手被杨菲菲拉住，她看见杨菲菲差点就要哭出声来了：

"刘礼，刘礼，你相信方正有事么？我不信，方正可是全为了黄沙的呀。他把我丢下了，家也不要了，为什么还要去干那种事？连医疗费都不好意思找公家报销的人，你想他会那样干吗？刘礼，你知道吗？你知道方正他都干了些什么吗？"

刘礼将手抽回来，发觉杨菲菲用了老大的劲，已经使她白皙修长的手指变了颜色。她请杨菲菲坐下，她说："我也相信方书记没什么事。你别太急，总会弄清楚的。"

杨菲菲说："你有没有听刘市长说过方正什么？杨书记的意思呢？你能帮方正说说情吗？"

刘礼有些怜爱地看着杨菲菲，说："菲菲，我和你一样着急，可我们再急又有什么用？检察院已经在深入调查了，很快就会有结果。如果方书记没问题，谁也不能把他怎么样；如果真有问题，靠你和我去说情又有什么用？"

杨菲菲就有些沮丧，站起身，也懒得和刘礼告辞，径自推门走了。刘礼在心里叹了口气。父亲刘世平昨晚才说过，无论情况如何，方正也得背处分。

六

可想而知，日子又跌入了灰色的云层。意外之中的许多意外，总是有意无意地主宰着每一个人的命运。

好在方正有先见之明，已先抓紧时间把自己以及吴天祥分内的工作全权委托副手并交代下去，这才使黄沙发展的脚步不至于因他们受影响。黄沙仍然在不可阻挡的进步中日新月异。各个管理区书记、主任以及其他干部群众，对方正以及吴天祥，不能说一点也不挂心，但毕竟有许多事不是他们能弄得清和解决得了的，他们暂时还不会从私人情感角度出发，去替方正和吴天祥担心。总之，天理有一条，犯了法就得付出代价。他们基本上把这个当成了行为准则。这种普及的心态，在某种意义上，更有利于黄沙目前的境况。

是的，黄沙没有群龙无首的迷茫和惊慌，黄沙不会因此而成一盘散沙。招商引资工作仍在一刻不停地进行，"三来一补"企业在黄沙的土地上一天比一天多，规模也一家比一家大。正在洽谈和有待接洽的项目，也在镇侨联、镇外商联谊会的努力下，逐日成熟。只是遗憾的是，原本可以破土动工的黄沙港，却因了这意外而无奈地搁浅！

西江市检察院的工作很快就有了眉目，但主要犯罪嫌疑人的潜逃，给侦破工作带来了极大的困难，本可以三下五除二定性的案子，因了苏啸广的失踪，暂时陷入停滞阶段。当专案组数下黄沙调查取证，并将涉嫌此案的大小人物收审时，却发现又少了一个过筋过脉的人物——欧火生。

欧火生作为黄沙派出所所长，也是最先侦查此案的公安人员，他当然可以为检察院专案组提供帮助。可是，当专案组四处找他时，他却像苏啸广一样无影无踪了。

专案组感到势态严重了。当前最大的，也是最需解决的问题，便是如何将苏啸广逮捕归案。根据线索，专案组向市检察院申请出境追捕苏啸广。兵贵神速，市检察院立即向省检察院汇报并取得同意，专案组立即进入跨境捉凶的紧张准备中。

也就在这时候，刚仔一头撞进了专案组："有情况！欧所长在东南亚某国，苏啸广也在那儿。"

事件进入短兵相接阶段。欧火生从一开始就知道，这事不抓住苏啸广，无论怎样也说不清。因此，他一边跟着张炳伦往惠州追款子，一边安排人手对苏啸广进行大量的调查追踪。砍柴磨刀两不误，结果真就让他逮住狐狸尾巴了。

苏啸广潜逃在外，却依然关心黄沙的情况。电话遥遥远远地打过来，偷偷摸摸地想从林芝嘴里探点什么，谁知就撞上了欧火生的监控网。

欧火生琢磨了一阵，揪住张炳伦："你得帮我弄一笔钱，不抓住姓苏的，你的日子也不好过。"

张炳伦说："你有把握吗？那可是外国呀，你以为是黄沙？"

欧火生说："这个你别管，搞一笔钱给我，要美金，懂吗？"

张炳伦叹了口气说："好吧，先把人抓回来再说。"

欧火生带上手下直奔市公安局，跨境缉拿苏啸广，势在必行。其时，检察院专案组才刚刚投入运作，等他们回过神来，欧火生已经和苏啸广对峙了好一阵子了。

老实说，欧火生对此次跨国追捕没有多少把握，跟着他的两人中，有一人还是从市局借来的外语人才，他怕出去两眼摸黑栽跟头。可这三人行动组要对付苏啸广绝非易事。老奸巨猾的苏啸广像早有打算，别处不去，偏偏躲进了这个有时连国际刑警都管不过来的地方。

苏啸广躲在军营里，身边跟着全副武装的保镖和卫兵，那八面威风的劲儿，让欧火生暗暗心惊。

看来这事很难搞啊！可是，来都来了，骑虎难下。欧火生在异国他乡的土地上，摸着兜里越来越少的美金，不得不请求内援。而情况非常紧急，是非采取行动不可的时候了。

可是，问题之麻烦，在于这个国家根本就没参加国际刑警组织，也没和中国方面签订引渡条约，而欧火生的行动组来得匆忙，想与中国驻该国大使馆取得联系，通过外交途径争取公开抓捕苏啸广几乎不可能。在这个混乱的国度里，危险无处不在。欧火生左思右想，决定铤而走险，他一巴掌拍在桌子上，下了命令："动手！"

一个阳光明媚的早晨，便装的欧火生在某酒店一侧，双眼紧盯着躺在椅子上与人饮茶聊天的苏啸广。他在紧张地思索，如何将苏啸广旁边那两个保镖迅速搞掂。特别是靠在墙边的那两支冲锋枪。

有两辆小车过来了，在酒店前刹住。欧火生紧张得双手发抖。他知道，车上是助手用美金从民间雇来的士兵。该动手了，他深吸一口气，贴紧墙根，朝酒店前绕去。

"苏啸广，别动，你死定了！"一支手枪死死地顶住苏啸广的后脑，是欧火生。这个老刑警，记忆中，好多年没干过这事了，想想都禁不住激动。激动中的他，右手拿枪顶住苏啸广，左手紧紧扣住他的脖子："别动，别动，对，乖乖的，别乱动……"

苏啸广的两个保镖跳起来，冲向墙边抓枪。欧火生飞起一脚踢翻一个。另一个刚扑向枪柄，就被士兵狠狠地一枪托打趴在地。

"欧所长，你……你放了我吧。"苏啸广怎么也料不到欧火生会从天而降。他都快吓昏了。

欧火生哪敢与他啰唆，带人上车直接走人，按事先制定的路线迅速撤离。在他们车后，反应过来的追兵早已乱成一团……

欧火生带着苏啸广，直奔中国驻该国大使馆求助。与此同时，大使馆已接到国内请求寻找增援欧火生等人的电话。

七

水落石出。

西江市人民检察院依法逮捕苏啸广、吴天祥等人。

方正没事了。然而,没事的方正心里难过!

杨树威在"黄沙亿元大案"结案之日,第一时间约见了方正。在他的办公室里,两人进行了一次长谈。

他们都谈了些什么?外人不得而知。

只是人们都知道,杨树威任期将满。在他面前有两条路,一是荣升赴省,继续他的政坛风光。二是退居二线,到市人大或政协去安度晚年。

那么方正呢?年纪轻轻的方正将何去何从?

于是人们就这样猜测,杨树威肯定已做好安排,为他欣赏的这个老部下铺就了一条金光大道。

是的,人们的猜测很有道理。杨树威不会将方正搁置一边。以他市委书记的能量和权限,在他的任期之内,他完全可以将方正调上去,安排在一个相对不错的部门。方正的清白,以及在黄沙的政绩,可以让任何人心服口服。

可是,年轻的方正书记心中,有一个揪心的黄沙情结,因为这个"情感之结",他婉谢了杨树威的安排。无论怎样,哪怕就是不再当书记,不再是一把手,他也希望能留在黄沙。是啊,黄沙不仅有他的努力、奋斗、汗水、痛苦和欢乐,还有他未圆的梦想!

杨树威不再说什么,送方正出门那一刻,他用力拍了拍方正的肩头。

走出市委大院,方正发觉自己眼窝都湿了。

方正决定立即动身回黄沙，他不管市委给他以怎样的处分，他也不管自己今后在黄沙政坛将是怎样的处境，他只想回去，回去做他应当做、必须做的事情。

对方正的决定，杨菲菲反应由冷漠到激烈。

方正说："我要回黄沙了。"

杨菲菲说："你什么时候离开过黄沙？"

方正说："你理解我的心情吗？"

杨菲菲突然爆发起来，她狠狠地盯着方正："我理解你，但你理解我的心情吗？这些日子我是怎么过来的？我在这儿守活寡，你理解我吗？"

方正走过去拥住杨菲菲，被杨菲菲狠力推开。

方正僵在那儿不知如何是好。"菲菲。"他叫。

"你别叫我！你去吧，你去了别再回来！我可以理解你，但我受不了，你知不知道？你有你的理想你的事业，你需要成功，你需要男人的成就感，我理解。你下去锻炼也好镀金也罢，我都理解，都依了你。可你为什么就不为我，为这个家想想？你自己睁大眼看看，我们这有家的样子吗？好了好了，你去吧，你去黄沙这辈子也别回来，我留不住你也不留你……"

可想而知，这是一次难堪的告别。是啊，为什么有了杨树威的关照却偏要拒绝呢？当初在黄沙不就是为了某一天能名正言顺调回来找到新的起点吗？而今，杨树威要兑现他的承诺，为他在市里安排一个适于他发展的位置，可他又为什么要拒绝呢？也难怪妻子要伤心，也难怪妻子不接受他的行为。原本妻子也是这样给他定位的呀。去黄沙，只不过是一个内容充实的形式。就像跳板，他将借助黄沙这块跳板，跳到适于他发展的桥那边去。可是……

方书记要回黄沙了！

这之于牵挂方正的人们，简直就是一大喜讯。一直追踪方正近况的刚仔，放下了自己的生意和业务，一溜烟跑回黄沙，将这个消息迅速、及时地告诉大家。

于是，人们看见这样一个奇观：在这个早春的日子里，黄沙大桥上，从这头到那头，到处都是人；黄沙小学、黄沙中学放假一天，学生们穿着统一校服，在桥头站成笔直的两列，手中挥着彩绸，军乐队起劲地奏乐；还有麒麟、狮子、彩龙，这些只有盛大节日才出动的节目，突然间挤在了大桥之上，让人疑心这儿又有一个空前的庆典、一次盛大的狂欢。锣鼓响起来，麒麟跳起来，狮子舞起来，彩龙飞起来……哟，还有黄沙的特产——飘色：盛装的幼童，让一支特制的器具撑着，高高悬立，俨然神人。到处都是彩旗飘飘，人声鼎沸。人们都在忙碌着，都在等待和欢迎某个神圣的时刻。

"哎，那边干什么哪？这么多人，这么热闹。"

"不知道。已经闹腾好一阵了。都是黄沙那边的，好像有什么大喜事。"

"哦，早听说要建黄沙港，是不是杨书记要来参加奠基典礼？"

路人在疑惑中不由自主地把目光投向涌动的人群。发现：在桥头，以苏老头儿为首的一群老人家，正静静地向黄沙之外眺望，那不就是当初第一批从黄沙大桥上走过去的老人么？他们今天又来了，他们到黄沙大桥上来，是追忆？是憧憬？还是……

刚仔不停地抬手看表。不会错的，他对自己说。方书记今天准会来。

原来，这是黄沙人在为重返黄沙的方正书记表达心中的感情。苏啸广、吴天祥罪有应得，他们会受到法律的严惩，笼罩在黄沙上空的阴云已经成为过去。

可是，方正书记的专车为何还不来？人们那颗感动的心，禁不住又有些忧郁起来。

此时此刻，年轻的方正书记正在西江市区一家电影院里，兑现他曾经答应过刘礼的诺言——这是他终于决定再返黄沙，在离开西江时最想做的一件事：

"我可以请你看场电影吗？"

"可以。"

方正与刘礼相携而入电影院的时候，黄沙大桥上已经非常热闹了。

其时是 1995 年，春天。